teadue
2114

Valentina D'Urbano

Il rumore dei tuoi passi

Romanzo

TEA

Per informazioni sulle novità
del Gruppo editoriale Mauri Spagnol visita:
www.illibraio.it
www.infinitestorie.it

TEA – Tascabili degli Editori Associati S.p.A., Milano
Gruppo editoriale Mauri Spagnol

www.tealibri.it

Prima edizione TEADUE giugno 2013

IL RUMORE DEI TUOI PASSI

Anche l'ultimo dei poveracci
ha bisogno di una storia.

1

24 giugno 1987

I gemelli, ci chiamavano.

Dicevano che eravamo uguali, anche se non ci assomigliavamo per niente.

Dicevano che a forza di stare insieme eravamo diventati identici, sputati, come due gocce d'acqua.

Ero sullo spiazzo della chiesa.

La ghiaia bianca mi entrava nei sandali, mi massacrava i piedi. Ma non ci ho fatto caso, ho continuato a camminare per raggiungere l'ombra del sagrato.

Da lontano la chiesa del quartiere è un enorme blocco grigio malamente incastrato tra i palazzi. Sembra quasi che l'abbiano conficcata lì, che l'abbiano spinta a forza in un buco dove proprio non sarebbe entrata. E invece sta lì da anni, e da vicino la vedi per quello che è: quindici metri di cemento e piccole vetrate che dall'esterno sembrano nere, un portone rinforzato e in cima una croce tutta storta e arrugginita, che è un miracolo che ancora sia lì.

La chiamano la Pagoda.

Tutte le cose qui hanno un soprannome. La chiesa è diventata la Pagoda. Il quartiere è la Fortezza.

Noi eravamo i gemelli.

Anche oggi ho sentito che ci chiamavano così. C'era della gente, tanta gente, e tutti sussurravano la stessa cosa. Non mi sono voltata, ho continuato a camminare lenta lungo il pavimento lucido della navata e al mio passaggio la folla si è aperta, lasciandomi passare. Mi guardavano tutti, ma di nascosto, perché farlo apertamente non sta bene.

Mi sono sentita importante, al centro del mondo, ed era assurdo che dovesse accadere proprio lì. Mi sono sentita gli occhi puntati addosso, anche se tutti avevano l'espressione ebete di chi non sa bene cosa fare in questi casi.

« Non vi preoccupate », avrei voluto dire. « Nessuno lo sa mai. »

Ho posato un girasole sulla bara e mi sono chinata per baciare il legno nel punto in cui probabilmente c'era la sua testa.

Lentamente com'ero arrivata ho ripercorso la navata e sono uscita fuori.

Dal sagrato, quel girasole sembrava così pesante da sfondare tutto.

Ci chiamavano i gemelli, ma adesso non so come mi chiameranno. Forse cominceranno a usare il mio vero nome.

Mi chiamo Beatrice. È un nome particolare, che non si usa da queste parti.

Mia madre l'ha sentito alla televisione in uno sceneggiato che parlava di una principessa e ha voluto chiamarmi così. Forse le piaceva l'idea della principessa, non saprei, non gliel'ho mai chiesto.

È una bella giornata oggi, il cielo è ancora azzurro sopra la Fortezza.

Sono rientrata in chiesa e lì sono rimasta fino alla fine, seduta sulle prime panche. Ho ascoltato la messa, mi sono alzata nei momenti giusti e ho fatto finta di pregare come tutti gli altri, ho fatto finta di stare composta e di non essere sfinita anche se mi si chiudevano gli occhi e mi veniva da vomitare.

Ho persino fatto finta che me ne fregasse qualcosa di quella ridicola esibizione, dei mazzi di fiori intorno alla bara, di quella navata gremita di gente. Ho sollevato gli angoli della bocca per far apparire un sorriso triste, ho fatto finta di apprezzare quelle frasi di circostanza e gli abbracci patetici solo per farli tutti contenti.

Don Antonio ha detto che era un bravo ragazzo, che lo amavano tutti, che dovevamo pregare per l'anima del nostro fratello Alfredo senza preoccuparci per lui, che quando il Signore prende con sé dei ragazzi così giovani è perché gli stanno a cuore, perché li vuole nel regno dei cieli.

Ma anche a sforzarmi, Alfredo nel regno dei cieli proprio non riuscivo a vedercelo.

Il prete ha continuato a parlare di lui come se lo conoscesse da sempre, come se l'avesse visto il giorno prima. Ripeteva che era buono. Un bravo ragazzo. Un pezzo di pane. Che sicuramente nell'ultimo momento di vita aveva pensato alla sua famiglia, alle persone che lo amavano.

E a me questa cosa mi ha fatto incazzare.

Io lo so che Alfredo non era buono, che non lo amava nessuno. Perché se hai qualcuno che ti ama, non corri il rischio di morire da solo come un cane. Se hai qualcuno che ti ama, forse ti salvi.

Io so solo che Alfredo era un idiota. Un imbecille, nato, cresciuto e morto come tale. E quando è crepato non ha pensato a niente, probabilmente neanche se n'è accorto.

Non si accorgeva mai di niente, Alfredo, scivolava nelle cose senza opporre resistenza. Era un frignone, un teppista col moccio al naso, uno di quelli che vorresti riempire di botte a prima vista, uno di quelli che ti innervosiscono anche solo con la loro presenza. Io lo odiavo, Alfredo.

E gli volevo bene, più di quanto avessi mai creduto. Adesso lo so.

Vado via. Stasera me ne vado dalla Fortezza, questo schifo di posto fatto di case sbreccate e strade polverose con l'asfalto mangiato dagli anni. Gli hanno affibbiato un nome antico e poetico, ma qui non c'è niente di nobile. Non abbiamo bisogno di una fortezza. I muri non servono a niente quando è da noi stessi che dobbiamo difenderci.

Alfredo diceva che ci dovevamo rassegnare e che era meglio accontentarsi, che vivere qui è come entrare in un imbuto, ti risucchia e non ne esci più. Si sbagliava. Io posso vivere anche fuori, io voglio essere qualcun altro, chiunque altro. Mi basta che sia qualcosa di diverso da quello che sono adesso.

Non voglio cucirmi addosso l'odore stantio degli androni bui, non voglio respirare la sporcizia di queste strade, non rimarrò qui a guardare questi palazzi bianchi infilzati dalle antenne abusive, con l'intonaco che si disfa, si sbriciola e cade a pezzi come certe vite.

Non voglio essere il suo pezzo mancante. Non voglio essere soltanto quella che gli è sopravvissuta.

E io lo so che mi mancherà, anche se non riuscirò mai ad ammetterlo. Farò finta di niente, fingerò che questi anni non mi siano passati dentro, fingerò di averli scordati o di non averli vissuti mai.

Stasera me ne andrò e taglierò tutti i ponti e vorrò dimenticare tutto, la sua faccia, la sua voce, il posto dove viveva che è lo stesso dove vivo io. Vorrò dimenticarmi anche la via di casa. Ne imparerò un'altra, il più lontano possibile da qui. Vorrò dimenticare tutto e vorrò anche non tornare più. Lascerò indietro dei pezzi di me, e non raccoglierò nemmeno i cocci che perderò per strada.

Mi starò bene così. Mi accontenterò di come sono, rotta, ammaccata, funzionante solo a metà.

Quando sono uscita dalla chiesa, Arianna mi ha raggiunto. L'ho vista staccarsi dalla piccola folla intorno alla bara e venire verso di me. Portava un vestito nero che non le avevo mai visto. Le andava grande, si notava che non era il suo, che gliel'avevano prestato. Non ho detto niente su quel vestito, su come ci sguazzava dentro. A vent'anni non ce l'hai un abito da funerale e allora devi fartelo dare da qualcuno.

Mi è venuta vicino, in mano aveva un mazzolino di fiori bianchi dall'aria sparuta e un po' sofferente. Alfredo avrebbe riso, perché a lui i fiori non piacevano.

A me invece piacciono, soprattutto i girasoli. Per questo ne ho portato uno sulla sua bara. In fondo, è anche il mio funerale.

Gli occhi di Arianna erano rossi e gonfi. Aveva pianto per tutto il tempo della cerimonia, senza smettere un minuto.

Io non ho pianto. Non ho versato neanche una lacrima. Non c'è niente da piangere.

« Beatrice, non è stata colpa tua », mi ha detto con lo sguardo abbassato sulla punta delle scarpe.

« No, infatti. È stata solo colpa sua. »

Ho guardato di nuovo verso la navata affollata.

Nella penombra fresca, sei uomini si caricavano la bara di Alfredo sulle spalle.

Sei uomini, per uno stronzetto che pesava sì e no cinquanta chili.

Mi sono voltata e sono andata via, senza guardarmi indietro. Non è stata colpa mia se è morto. Io non c'entro niente.

È l'unica cosa che so, sarà l'unica cosa che non vorrò dimenticare.

2

Quando ero piccola mi annoiavo tantissimo. Soprattutto d'estate, quando fa troppo caldo per fare qualsiasi cosa e la televisione trasmette solo repliche.

Alla Fortezza non c'era niente da fare. A metà giugno la scuola chiudeva i battenti e noi bambini ci ritrovavamo liberi, senza sapere bene come ammazzare il tempo. Di fare i compiti non se ne parlava, e le vacanze al mare erano un sogno che non potevamo permetterci.

Non ci faceva soffrire poi più di tanto; molti di noi il mare non l'avevano mai visto, e comunque nel quartiere nessuno andava in vacanza. Quelle erano cose che facevano i ricchi.

Io e mio fratello Francesco passavamo le giornate a rotolarci nella polvere degli spiazzi assolati insieme ai nostri compagni di scuola. Giocavamo a nascondino, ad acchiapparella, facevamo a botte. I nostri genitori non c'erano mai e noi eravamo liberi di scannarci. Tornavamo a casa al tramonto pieni di graffi e lividi, con i vestiti impiastrati di terra e le facce rosse e sudate.

Di sera, quando faceva particolarmente caldo e in casa non si riusciva a stare, mia madre apparecchiava la tavola in balcone, metteva la Coca-Cola, le candele per scacciare le zanzare e la tovaglia di plastica, sempre la stessa tutte le estati, con dei limoni stampati. Anche se ci incastravamo a malapena intorno al tavolo eravamo contenti. Ci sembrava una vacanza vera. Mio padre sorrideva e diceva che l'anno dopo ci avrebbe portato al mare. Lo prometteva tutti gli anni. Ma eravamo felici lo stesso, ci accontentavamo delle promesse, ce le facevamo bastare.

L'estate in cui conobbi Alfredo avevo otto anni. I miei genitori avevano trovato un lavoro estivo presso un ufficio dall'altra parte della città. Mio padre lavorava come custode del garage e mia madre faceva le pulizie. Andavano via la mattina presto e tornavano la sera, non li vedevamo praticamente mai.

Io e mio fratello non potevamo uscire. Dovevamo tenere la casa ché a lasciarla c'era il rischio di non ritrovarla più. Forzavano la serratura, entravano e buttavano giù la tua roba dal balcone. Era già successo. Ti occupavano la casa e non potevi farci niente, ti ritrovavi dal giorno alla notte in mezzo alla strada. Non potevi neanche chiamare la polizia, per due motivi: il primo era che alla Fortezza le pattuglie non potevano entrare. Il secondo era che quella casa non ci apparteneva. Anche noi, come tutti gli abitanti del quartiere, avevamo occupato il nostro appartamento.

Era accaduto molto tempo prima, quando le case erano nuove e dentro ancora non c'era nessuno.

Gli appartamenti erano ancora tutti in vendita, tutti disabitati. Non avevamo cacciato via nessuno, non avevamo rubato il tetto a un'altra famiglia. In un certo senso, noi eravamo meno colpevoli. Così dovevamo stare in casa dalla mattina alla sera. Fingevamo di parlare con mamma e papà. Tenevamo la radio ad alto volume. Cantavamo e spostavamo le sedie, come mio padre ci aveva detto di fare: « Tirate su un gran casino, in maniera che sentano che dentro c'è gente ».

Ma anche se eravamo liberi di fare tutto il rumore possibile, alla fine ci annoiavamo da morire.

Così avevo inventato un gioco.

Era una gara tra me e Francesco. Uno alla volta salivamo le scale fino all'ultimo piano e poi correvamo giù veloci, suonando a ogni campanello. Ridevamo delle imprecazioni sguaiate degli altri inquilini. Ci minacciavano di prenderci a schiaffi o di dire ai nostri genitori quello che combinavamo, ma poi non lo facevano mai, e noi diventavamo ogni giorno più sfacciati, non risparmiavamo nessuno.

Tranne un appartamento.

C'era una porta al quinto piano a cui non avevamo mai avuto il coraggio di suonare.

In quella casa, proprio sopra di noi, abitava un uomo che non mi piaceva, uno che non sorrideva mai. Era alto e scavato, portava sempre gli stessi vestiti, ed era strabico. Sembrava ti guardasse in ogni momento, te li sentivi addosso quegli occhi, ti bruciavano. E puzzava. Si trascinava appresso un fetore di alcol, di umanità sudicia e di strade buie e marce, puzzava da sentirlo lontano un chilometro.

Aveva tre figli più o meno della nostra età, ma io e Francesco non li avevamo mai visti.

Erano arrivati una notte di qualche anno prima, si erano insediati nell'appartamento al quinto piano e avevano cambiato la serratura. Dai discorsi dei miei genitori avevo capito che venivano da fuori, dalle baracche di lamiera che spuntavano come funghi lungo il fiume della città. Lì ci abitavano i morti di fame veri, roba che noi della Fortezza, al confronto, eravamo ricchi. Almeno avevamo l'elettricità e l'acqua corrente.

Alle baracche del fiume non c'era niente, nemmeno i cessi. La facevano nell'acqua o scavavano delle buche per terra. Quando mia madre ne aveva abbastanza delle nostre urla e voleva che ce ne stessimo buoni, minacciava di portarci alle baracche e di abbandonarci lì, e la minaccia funzionava sempre. Eravamo terrorizzati dalla povertà che si intravedeva dai canneti, e di conseguenza ci facevano paura anche gli inquilini del quinto piano, che proprio da lì venivano.

I bambini di quell'appartamento non avevano mai giocato con noi. Li sentivamo sempre piangere, conoscevamo le loro voci e i loro nomi, ma non avevamo mai visto i volti a cui appartenevano. Stavano sempre chiusi in casa. Spesso il vecchio usciva e li lasciava da soli per giorni interi. Poi tornava a casa ubriaco marcio e per quei tre era la fine, le botte si sprecavano. Il più grande, Massimiliano, ne prendeva più di tutti, ma quello di mezzo che si chiamava Alfredo non veniva certo trattato con i guanti. Ogni volta che il padre lo picchiava gridava da tirare giù il paradiso, e certe volte, per via di quelle urla così acute, io non riuscivo a dormire.

Di quei primi anni alla Fortezza gli rimase una cicatrice bianca che gli attraversava la faccia spaccandogli in due un sopracciglio. È un ricordo che gli aveva lasciato suo padre la notte in cui lo avevo conosciuto, una notte di tredici anni fa.

Era una sera di agosto, afosa da star male. Mi ricordo che per strada c'era un silenzio strano, innaturale. Il caldo e l'umidità creavano una cappa che attutiva tutti i rumori, e in giro non c'era anima viva, non passava nemmeno una macchina.

Con tutto quel silenzio non riuscivo a dormire. Ero immobile a occhi spalancati a fissare la finestra, quando cominciarono le urla.

Giunsero dal nulla, all'improvviso. Un lungo ululato di dolore, poi singhiozzi e il tonfo sordo di oggetti che cadevano proprio al piano di sopra, e poi ancora urla, però stavolta più corte, strozzate. Mi fecero venire la pelle d'oca.

Nell'altra stanza mia madre saltò in piedi e prese a urlare pure lei.

«Vittorio!» urlava. «Vittò, svegliati! Quelle povere creature, le ammazza!»

Mio padre si alzò bestemmiando e io uscii sul corridoio. Lo incrociai mentre si abbottonava i pantaloni e si allontanava verso la porta d'ingresso insieme a mia madre. Non mi notarono nemmeno.

Sulle scale c'era un sacco di gente, quasi tutto il palazzo. Attirati dalle urla, erano usciti dai loro appartamenti, le facce appesantite dal sonno, spettinati e con le vestaglie chiuse male sopra canottiere sporche e pigiami sformati, e adesso si spingevano e si ammassavano sul pianerottolo poco illuminato, parlando tutti insieme, agitando le sigarette accese. E la cappa di fumo era così densa che non si riusciva a respirare. Approfittai della confusione per salire al piano di sopra senza farmi vedere dai miei genitori. Volevo capire cos'era successo. Forse avevano ammazzato qualcuno.

Sul pianerottolo sporco del quinto piano, tutte le porte erano sprangate.

Al centro, rannicchiato per terra, c'era uno spaventapasseri di bambino che piangeva tenendosi le mani in faccia. La prima cosa che vidi di lui furono i suoi capelli. Pensai che fossero rossi e invece erano solo sporchi di sangue. Restai lì imbambolata a guardarli.

Mia madre, che stava davanti a tutti, fu la prima a muoversi. Gli si avvicinò con cautela e lo toccò piano su una spalla. Il bambino non si muoveva, non ce la faceva. Piangeva e basta, spaventatissimo, faceva venire le lacrime agli occhi pure a me.

Faceva lo stesso effetto anche a mia madre che, lì

in mezzo al pianerottolo sporco, da sola con quel bambino, gli occhi lucidi, sembrava fosse su un palcoscenico. Singhiozzando, mia madre gli sollevò il mento e tutti vedemmo la maschera di sangue che lo ricopriva. La bocca aperta, senza i due denti davanti, e l'occhio chiuso, gonfio, dove il sangue e le lacrime si erano impastati creando una crosta.

Davanti a quel volto, a quel punto scoppiai a piangere anch'io, che ero l'unica bambina presente quella notte. Scoppiai a piangere senza sapere bene perché, attirando l'attenzione di mio padre, che si voltò a guardarmi senza dirmi niente, senza rimproverarmi per essere uscita di casa.

Alfredo mi vide e smise di agitarsi. Si dimenticò di se stesso per guardare me con l'unico occhio che riusciva a tenere aperto. Forse si stava chiedendo che cosa c'avevo da frignare io, quando quello conciato da schifo era lui.

Ancora non lo sapevamo ma tra noi sarebbe andata sempre così. Col tempo ce ne saremmo resi conto.

Non ci saremmo capiti mai.

3

Ho fatto un sogno la scorsa notte. Mi sono addormentata sul divano poche ore prima del mattino, prima del funerale. E ho sognato Alfredo.

In tanti anni non l'avevo mai sognato. Era già abbastanza doverlo sopportare tutto il giorno, ci mancava solo che mi mettessi a sognarlo pure la notte.

Stanotte invece è successo.

Nel mio sogno mi svegliavo in una stanza con le pareti color ocra. Io le avevo già viste, quelle pareti, avevano la stessa tinta delle aule della mia scuola media. Ero seduta per terra con la faccia contro il muro e non volevo voltarmi. Allora è successo che la stanza, è stata lei a girare su se stessa. E c'era lui seduto di fronte a me, con indosso una maglietta di Topolino, quella che gli aveva comprato mia madre tantissimi anni fa.

« Ti diverti tanto, eh, Alfredo? » gli ho chiesto nel sogno.

Lui ha annuito distratto. « Bea, ma dove mi hai portato? 'Sto posto fa schifo. »

« Lo so. È la mia scuola. Tutte le scuole fanno schifo », gli ho risposto io.

Lui allora ha scosso la testa e mi ha guardato, improvvisamente triste. «Questa non è una scuola, Beatrice. Questa è la tua vita. Dovresti osservarla meglio, più da vicino.» Non volevo guardare, ma lui mi ha costretto, mi ha sollevato la testa in modo rude, mi ha fatto male. E davanti a me adesso c'era un enorme specchio e dentro allo specchio c'eravamo noi due, all'inizio piccolissimi, ma poi crescevamo sempre più in fretta.

La mia immagine mi fissava e io ho cominciato a piangere. Lui era lì che piangeva con me, e riflesso nello specchio sembrava stanco, provato, e molto più vecchio.

Quando mi sono svegliata c'era mia madre vicino a me, con le labbra poggiate sulla mia fronte.

«Ti stavi agitando. Hai la febbre?»

«Ho sognato Alfredo, ma'.» Lei ha strizzato gli occhi come se cercasse di mettermi a fuoco. Mia madre ci crede, ai sogni.

«Che ti ha detto?»

«Niente. Che sta bene», ho detto per farla contenta.

«Hai visto, ti è venuto a salutare», ha risposto lei con la voce che tremava, e io ho avuto paura che scoppiasse in lacrime da un momento all'altro. «Ti è venuto a salutare.»

4

Certe volte ti dimentichi le cose che hai vissuto. Le lasci da parte perché ti sembrano infantili, prive di senso, e allora le abbandoni lì a farsi seppellire. Le rimuovi, fino a che non succede qualcosa che te le fa ricordare. E allora cambia anche la visione della realtà.

È come uno stagno. L'acqua è limpida e ferma. Però se butti un sasso vedi che comincia a rimescolarsi e si riempie di terriccio, diventa torbida.

Quel terriccio che sporca l'acqua c'è sempre stato, è sempre stato lì immobile, solo che poi qualcuno ha deciso di riportarlo in superficie. Ma durerà poco, presto tutto tornerà ad acquietarsi.

È un ciclo.

Guardando fuori dalla finestra ho visto il cortile invaso dal sole. Io quel cortile non lo vedevo da undici anni. Non lo vedevo perché nessuno aveva smosso lo stagno della mia memoria. Ci ha pensato Alfredo a farlo.

La polvere gialla. I calcinacci in un angolo. Erbacce nelle fessure dell'impiantito. Un'incisione sull'intonaco grigio del muro. A cercarla da qui non si vede, però c'è.

Sono scesa in quel cortile silenzioso e soleggiato per guardarla.

E l'ho rivista, era ancora lì. Sono passati undici anni e nessuno l'ha toccata. È sopravvissuta al passaggio del tempo e di altri ragazzini nati dopo di noi.

Mi sono piegata per osservare quelle lettere storte e infantili scavate nell'intonaco scrostato. Le ho seguite con il dito, come a voler completare il lavoro iniziato tanto tempo prima con un tondino di ferro preso da uno dei tanti cantieri abbandonati.

ALFREDO c'era scritto, e poi FORZA INTER. Me lo ricordo come fosse ieri. L'aveva scritto lui.

INTER MERDA avevo scritto io poco più in là, per fargli un dispetto. Però la mia scritta è franata chissà quando insieme a un pezzo di intonaco, lasciando scoperta una sezione di muro. La sua invece è ancora lì.

Crudele ironia della sorte?

Fottuta coincidenza?

Un sasso nello stagno che rimescola il terriccio?

Era l'estate del 1976. Erano passati due anni dalla notte del pianerottolo, quella in cui suo padre l'aveva quasi ammazzato di botte. Alfredo era un bambino di nove anni, con un paio di pantaloncini grigi che gli andavano grandi e che si era rimboccato più volte all'altezza della pancia, i capelli rasati per via dei pidocchi presi a scuola. Teneva in mano un'asticella di ferro macchiata di ruggine e con grande sforzo scavava l'intonaco per scriverci sopra.

Il ricordo è nitido come se fosse successo ieri.

Ho pensato che lui era mio amico. Ho pensato che lui era esistito, perché quel giorno aveva scritto su quel muro, aveva appoggiato le sue mani lì sopra. Mi è sembrato impossibile, ma le stesse mani avevano toccato anche me. Quelle mani che ormai non c'erano più.

È spaventoso come ci si abitui alla morte di una persona. Sai che non la rivedrai. Non è che sia partita, non puoi nutrire nessuna speranza di rincontrarla per caso. Non ci sarà nessuna coincidenza di questo tipo.

È una cosa tanto schifosa che ti viene voglia di urlare.

E allora mi sono seduta per terra su quella polvere appiccicosa, ho appoggiato la fronte al muro e ho urlato. Ho urlato con quanta forza avevo in corpo, ho urlato fino quasi a strapparmi dalla gola le corde vocali, fino a sentire che mi laceravo dentro, e Alfredo si scomponeva dietro i miei occhi chiusi nello sforzo, aveva tredici anni e i capelli lunghi sulle spalle, ne aveva sette ed era imbrattato di sangue, e poi ne aveva venti e la sua faccia era blu ed era morto già da un paio d'ore... e ritornava ancora a nove anni, mi faceva ciao con la manina e si allontanava ridendo, e io non avevo più la sua età, Alfredo bambino salutava i miei ventun anni da lontano, indistinto, terribile, straziante.

È stato in quel momento che ho deciso che me ne sarei andata. Non posso vivere con un morto, non posso portarmi dietro il peso di qualcuno che non c'è più. Io non voglio stare qui, non voglio crepare in questo posto, non credo di meritarmelo, nessuno se lo merita.

Nemmeno Alfredo.

5

1976. L'estate di undici anni fa.

Dalle radio accese uscivano incessantemente canzoni idiote che si confondevano con il frinire delle cicale.

Quello che ricordo bene di ogni estate era la calura insopportabile.

Tenevamo tutte le porte e le finestre aperte per far passare l'aria, e il palazzo si riempiva di odori, di chiacchiere, di canzoni.

Ogni anno a giugno, dopo la fine della scuola, mia madre prendeva me, mio fratello Francesco e Alfredo e ci faceva sedere sul bordo della vasca, poi ci tagliava i capelli.

Loro due erano contenti, ridevano e non stavano fermi un momento. Io invece rimanevo immobile, piangevo come una disperata e, quando mia madre finiva di sforbiciarmi la testa, guardavo nello specchio quell'orribile taglio a scodella e dicevo che non sarei mai più uscita di casa.

Ma poi mi dimenticavo dei capelli e tornavo a occuparmi dei miei giochi, e quell'estate per la prima volta c'era un'altra femmina con cui giocare.

Arianna era arrivata alla Fortezza pochi mesi prima. Aveva la mia età, un cespuglio di capelli rossi e tutti e due i genitori in carcere. Quando i suoi erano stati arrestati, un'assistente sociale l'aveva portata dalla nonna paterna, che nemmeno sapeva di avere una nipote di dieci anni e ci era quasi rimasta secca dalla sorpresa. Però non l'aveva mandata via, se l'era tenuta a casa, quella nipote sconosciuta. Arianna diceva che sua nonna era gentile. Ci invitava spesso a casa sua e io, Francesco e Alfredo eravamo contenti di andarci.

In quella casa faceva fresco. Tutte le finestre dell'appartamento affacciavano su di un chiostrino interno, dove non batteva mai il sole. Era sporca e umida, e spesso ci giravano dei topi enormi, ma almeno lì il sole non picchiava arroventando tutto, e il fresco di quel luogo saliva fino a dove eravamo noi. In casa c'erano piante di basilico giusto un po' avvizzite che facevano capolino dalla finestra della cucina, un grosso tavolo di legno addossato alla parete e sempre qualcosa di buono da mangiare.

Arianna mi stava simpatica, anche se non riuscivamo mai a convincerla a venire a giocare con noi per strada. Diceva che non voleva sporcarsi i vestiti.

Così a volte, mentre Alfredo e Francesco se ne andavano a giocare per strada o al campo di pallone all'oratorio della Pagoda, io andavo da lei. Arianna mi parlava di cose che non capivo, cose strane che succedevano tra maschi e femmine. Io ridevo, lo raccontavo ad Alfredo e anche lui rideva, diceva che Arianna si inventava le cose.

Sapevamo già in che modo eravamo diversi. Mia

madre aveva l'abitudine di farci il bagno insieme per risparmiare tempo, ma eludeva le nostre domande e ci sgridava se le riferivamo le storie che Arianna ci raccontava.

Anch'io pensavo che fosse un po' bugiarda, ma non mi importava. Mi piaceva avere una femmina con cui stare, e mi auguravo che i suoi genitori non uscissero tanto presto di galera.

Sono passati undici anni e Arianna non se n'è mai andata. Suo padre è morto, sua madre è stata rilasciata di prigione e si è fatta un'altra famiglia. Arianna ha ancora gli stessi capelli rossi e voluminosi, ma stamattina al funerale la sua faccia era diversa dal solito.

Mentre il prete diceva messa, d'improvviso si è alzata. Ho visto la sua testa ondeggiare al di sopra delle altre e tutti gli sguardi che convergevano su di lei. E nell'intera chiesa è calato un silenzio carico, pesantissimo.

Si è inginocchiata accanto ad Alfredo e ha bussato sulla bara. L'eco di quei colpi mi ha quasi soffocato.

«Alzati, Alfredo», ha sussurrato. «Ti prego, alzati ed esci fuori, non farci questo.»

Qualcuno alle mie spalle ha singhiozzato forte.

Ho guardato lei, quel vestito nero troppo formale, completamente fuori luogo. Il suo volto accartocciato, invecchiato di colpo, e il mio che nello specchio, stamattina, sembrava normale, solo un po' pallido.

Mi è sembrato assurdo avere ventun anni e doversi arrendere, dover sopportare un peso così grosso.

In quel momento, mentre la guardavo piegata su quella bara, avrei voluto abbracciarla. Dirle di allontanarsi da lì, di smetterla di fare la scena. Portarla via.

Oppure, semplicemente, sdraiarmi accanto a quel legno lucido, mettermi nella stessa posizione di Alfredo per fingere di essere lì dentro, al posto suo.

E parlargli, come se potesse rispondermi.

Sai Alfredo, mi piacerebbe sapere cos'hai pensato quando ti sei reso conto che eri arrivato al capolinea, che quello era il tuo ultimo giorno e che ci saresti rimasto secco.

Qual è stata l'ultima immagine che hai visto? Forse hai chiamato mia madre, visto che la tua non te la ricordi nemmeno.

Forse hai chiamato me.

Per dirmi cosa?

Forse prima di andartene avevi capito che per me è stato difficile, che ci ho sputato il sangue, e tanto non puoi sentirmi, ma hai lasciato la tua maglietta verde tra i miei vestiti, era la tua maglietta preferita, e io ti amo Alfredo, non ho fatto altro che amarti per tutto questo tempo, ogni secondo, ogni momento della tua vita, e anche dopo ho amato tutto, e ci vuole coraggio ad amare uno come te, ma se adesso esci ti perdono, credimi Alfredo, non ne parliamo più, e se stai ancora male puoi essere me, possiamo scambiarci, ci entro io lì dentro al posto tuo, però tu parlami ti prego, dimmi che è uno scherzo, lasciami un'altra immagine di te, non questa, la odio, non l'accetterò mai perché rappresenta la mia sconfitta, mi sputa in faccia il fatto che hai vinto tu, che sei riuscito a fregarmi una volta di più.

6

Alfredo non capiva niente.

Non si accorgeva delle cose che succedevano intorno a lui, nemmeno se gli capitavano sotto il naso. Mi conosceva come le sue tasche, eppure non capiva quello che provavo.

O forse lo capiva, ma faceva finta di niente.

Io lo sapevo da sempre, lo sapevo e basta. Era come mio fratello, ma era qualcosa di più. Io un fratello vero ce l'avevo e sentivo tutto il peso di quella differenza. Francesco aveva il mio stesso cognome, la mia stessa faccia. Stare vicino a mio fratello, dormire con lui, era come stare da sola. Con Alfredo, anche se facevo le stesse cose, era diverso. Era il mio corpo che cambiava, le mie sensazioni si facevano più acute. Me ne vergognavo tantissimo. Non volevo provarlo, mi sembrava qualcosa di sporco. Lo reprimevo, lo tenevo nascosto come una malattia, come una cosa imbarazzante.

Avevo sedici anni, mio fratello quattordici e anche Alfredo era cresciuto. La sua voce si era fatta profonda, ed era diventato molto più alto di me. Erano belli i suoi quindici anni.

All'improvviso le cose erano cambiate. Non volevo più che Alfredo e Francesco mi vedessero nuda, mi vergognavo. Se dovevo spogliarmi, controllavo che non ci fosse nessuno nelle vicinanze. L'idea di Alfredo che mi piombava in camera, come era abituato a fare, e mi beccava senza mutande, mi riempiva di terrore. Pensavo di essere brutta perché non ero magra. Perché il mio culo era più grosso di quello delle altre ragazze che frequentavamo. Quando lui le guardava, qualcosa nel mio stomaco si stringeva e mi sembrava che mi venisse da piangere, ma non piangevo mai.

Alfredo infilava il gomito aguzzo tra le mie costole, mi faceva un cenno per attirare la mia attenzione, e allora guardavo quello che stava guardando lui e mi sentivo proprio male. Ragazze della nostra età, magre, non troppo alte, col sedere fasciato dentro jeans che io non mi potevo permettere.

« Per avere tra le mani un culo così mi vendo pure l'anima », disse una volta, con lo sguardo fisso. « Hai visto, Bea, che culo quella? »

« Che me ne frega a me? Io sono una ragazza, mica guardo le femmine. »

Si voltò a guardarmi stupito. « Ma tu non sei come loro. »

« Ah, no? E come sono allora? »

« Non lo so. Tu sei tu. »

« Se non te ne sei accorto sono una ragazza anch'io. »

« Sì, ma tu sei diversa. »

« Che intendi con diversa? »

« Che cazzo ne so, Bea, sei diversa. Adesso non

mi rompere con 'sta storia, ti prego, ché t'ho già capito che vuoi litigare.»

Ma io non avevo nessuna voglia di litigare. Puntualmente, quando facevamo conversazioni come quella, me ne andavo via con una sensazione strana tra la gola e lo stomaco che non mi lasciava in pace.

Dopo quella volta sul pianerottolo, nelle notti in cui suo padre era più ubriaco del solito Alfredo si rifugiava a casa mia. Ci stringevamo nel letto matrimoniale in cui dormivamo io e mio fratello e io mi sistemavo in mezzo a loro e dormivo.

Ma dopo i sedici anni, qualche volta, mentre loro dormivano, io ci pensavo.

Io Alfredo volevo abbracciarlo. Volevo baciarlo. Volevo che smettesse di trattarmi come il suo migliore amico. Volevo andarci a letto e fare con lui quelle cose che Arianna aveva già fatto con diversi ragazzi. Poi nel buio guardavo il suo viso voltato verso di me, la bocca aperta, i capelli scomposti, la cicatrice bianca sul sopracciglio. Mentre lo ascoltavo russare, mi ricordavo che era come mio fratello e i miei pensieri mi sembravano così schifosi che mi veniva da vomitare.

Io non so se lui ci avesse mai pensato a questa cosa.

In certi momenti mi guardava in modo strano, come se mi vedesse per la prima volta. Se gli chiedevo che cosa gli prendeva lui si alzava e, senza rivolgermi la parola, usciva dalla stanza. Credo che cercasse di controllarsi, non so. Eravamo fratelli. Anzi di più, eravamo gemelli.

Non ho mai saputo cosa pensasse in quei momenti.

Ci sono un milione di cose che avrei voluto chiedergli e che invece non potrò più sapere.

7

Vorrei chiedergli se si ricorda di quando da bambini avevamo preso l'abitudine di andare a nasconderci nel lavatoio condominiale. Era un locale all'ultimo piano, dove ci avevano sempre proibito di salire. L'avevamo scoperto un giorno che suo padre urlava più del solito. Le sue grida rauche rimbombavano per le scale. Come sempre inveiva contro i figli, minacciava di ammazzarli, di levarseli di torno una volta per tutte, si calmava per cinque minuti e poi ricominciava daccapo. Ogni volta biascicava sempre di più. Il fratello maggiore di Alfredo, Massimiliano, era scappato di corsa da casa. L'avevamo visto saltare i gradini due a due, ruzzolare giù per le scale, rialzarsi e ricominciare a correre. Il più piccolo dei tre, Andrea, l'aveva preso mia madre.

Il vecchio tirava calci alla porta di casa mia. Urlava di ridargli il bambino, ma mia mamma urlava più forte di lui, lo insultava, lo minacciava, diceva che gli avrebbe sparato.

Mi venne da ridere, perché lei la pistola non ce l'aveva, era solo una ventiquattrenne un po' spaventata. Mia madre voleva bene ad Alfredo. E anche agli altri due. Li ha sempre trattati come fossero figli suoi.

Quella volta io e Alfredo salimmo all'ultimo piano e ci nascondemmo nel vecchio lavatoio condominiale.

Qualcuno aveva dimenticato di chiudere la porta e noi ci infilammo in quello stanzone fresco, con i muri senza intonaco e il muschio che cresceva negli angoli. C'erano delle grosse vasche vuote e umide che odoravano di sapone. Ci sdraiammo dentro per fingere di nuotare.

Alfredo disse che potevamo giocare a far finta di essere al mare.

« Ma tu non sai nemmeno come è fatto il mare », gli dissi, e lui si strinse nelle spalle. Non gli importava niente di non averlo mai visto in vita sua.

« L'ho visto in televisione. »

« Non è mica la stessa cosa. Quello non è un mare vero. »

« Neanche tu lo hai mai visto, allora, un mare vero. »

Avrei voluto dirgli che invece io l'avevo visto. Certe volte, quando a mezzogiorno faceva caldo, anche l'asfalto diventava mare e tremolava tutto. Allora mi immaginavo gli ombrelloni al posto delle panchine scrostate e le onde di calore che salivano dalla strada diventavano improvvisamente azzurre e fresche, proprio come quelle che vedevo nei film della domenica pomeriggio.

« Potremmo chiedere a mio padre se ci porta al mare. » La vocina di Alfredo interruppe bruscamente i miei pensieri.

« Tuo padre è sempre ubriaco », risposi io, tirandomi su a sedere.

« Mica sempre sempre. »

« Eh, ma quasi. »

« Quando sarò grande, ci andrò da solo. »

« Andremo insieme », proposi allora.

Alfredo scosse la testa. Lui doveva andare al mare per fare delle cose che io non potevo sapere.

Sarebbe andato in America e io lo avrei visto in televisione. Poi sarebbe tornato qui e ci saremmo sposati e avremmo avuto dei bambini.

« Non li picchierò mai », disse, convinto. « Gli farò fare tutto quello che vogliono e io non li picchierò mai. »

A nove anni l'idea di sposarmi con Alfredo non mi sembrava così cattiva.

A scuola tutti dicevano che eravamo fidanzati. Quando passavamo insieme, gli altri bambini ridevano e battevano le mani, cantavano la marcia nuziale. Alfredo si arrabbiava e tirava calci. A me non me ne fregava niente, potevano dire tutto quello che volevano. Io gli dicevo di non ascoltarli, ma lui ogni volta che lo prendevano in giro poi si rifiutava di parlarmi e non mi guardava nemmeno in faccia. Invece di prendersela con quelli che lo sfottevano, se la prendeva con me. Quando uscivamo dalla scuola elementare io lo picchiavo con la riga finché non tornava a rivolgermi la parola. Odiavo che mi tenesse il muso.

Non reagiva mai, perché ero più alta e più grossa di lui. Preferiva lasciar perdere, non gli piaceva litigare con me perché vincevo sempre io. Sopportava in silenzio e poi, la sera, faceva la spia con mia madre.

Lei non diceva niente, aspettava che mio padre si spostasse in soggiorno a guardare la tv insieme a Francesco. Poi si sedeva vicino a me e mi guardava senza parlare.

Era giovanissima, mia madre. Quell'anno, a ottobre, avrebbe compiuto venticinque anni. Io la guardavo e pensavo che quell'espressione seria non le stava bene. La faceva sembrare vecchia, come le madri dei miei compagni di scuola.

«Hai di nuovo picchiato Alfredo», mi disse una volta. E non era una domanda.

Mi strinsi nelle spalle guardando da un'altra parte, con quella spavalderia tipica di chi non ha mai preso un ceffone in vita sua.

Ero sicura che mi avrebbe fatto il solito noiosissimo discorso sul fatto che Alfredo veniva già riempito di botte da suo padre e non c'era assolutamente bisogno che lo picchiassi anch'io. Ma io mica lo menavo come faceva il suo vecchio. Le mie botte erano diverse. Volevo solo che facesse come dicevo io, volevo che mi obbedisse. Non lo colpivo per ammazzarlo, solo per fargli capire che io avevo ragione e lui torto.

Perciò mi preparai a sentire per l'ennesima volta lo stesso discorso di mia madre, a risponderle che avevo capito, che ero d'accordo con lei, che mi ero comportata male e che non l'avrei più fatto.

Quella sera invece, mia madre mi tirò uno schiaffo fortissimo.

Ricordo che mi girò la faccia da un lato e che mi lasciò senza fiato più per la sorpresa che per il dolore.

Mi voltai a guardarla, sconvolta. « Non lo fare mai più », mi disse. « Non ti permettere mai più di toccare Alfredo. Tu non sai quanto sei fortunata, non lo capisci proprio. »

Si alzò e uscì dalla cucina. Io rimasi lì a riflettere sulla mia fortuna, e la mia fortuna era che mia madre mi prendeva a ceffoni per difendere uno che non era nemmeno suo figlio, che non era niente per lei.

Nel lavandino della cucina mi sciacquai con l'acqua fredda la guancia che mi bruciava e, quando chiusi il rubinetto, la sentii ridere in soggiorno dove la televisione stava trasmettendo un film comico. Anche mio padre e mio fratello ridevano. La odiai, li odiai tutti, quasi quanto odiavo Alfredo.

Ero molto possessiva nei confronti di mia madre. La situazione non mi piaceva. Alfredo era piombato nella mia famiglia da un giorno all'altro e si era preso tutte le attenzioni che prima erano per me e per mio fratello. Francesco non ci faceva caso, era contento. Alfredo gli piaceva, piaceva a tutti, e non lo sopportavo.

Soffrivo come un cane, mi sentivo abbandonata. Se mia madre diceva quanto erano belli i capelli biondi di Alfredo, io scioglievo i miei e mi mettevo davanti a lei finché non diceva che anch'io avevo capelli bellissimi. Se mio padre portava Francesco, Alfredo e i suoi fratelli a giocare a calcio al campetto dell'oratorio, io volevo andare con loro, anche se del calcio non me ne fregava niente. Insistevo finché mio padre non acconsentiva, e poi rimanevo ad annoiarmi sul bordo del campo, da sola, a guardarli mentre rincorrevano la palla, a controllare che Alfredo non prendesse il mio posto nella mia famiglia.

Quando poi lui si arrampicava sulle ginocchia di mia madre e le buttava le braccia al collo, proprio non ci vedevo più.

Lei rideva, si facevano il solletico. Sembrava lui il figlio vero, mica io.

Li guardavo torva, seduta in un angolo. Aspettavo che finissero, aspettavo che mia madre se ne andasse in un'altra stanza e quando non poteva vedermi lo prendevo da parte per ricordargli che quella era la mia mamma e non la sua. Che la sua era morta, e non poteva pretendere un'altra mamma. Non la mia, almeno.

Lui si rabbuiava. Incrociava le braccia, metteva il broncio.

« Mica te la rubo », diceva. « Lo so che non è mia madre. La chiamo Elena, mica mamma. »

« Ci manca solo che ti metti a chiamarla mamma! » gli urlavo io, tempestandolo di schiaffi.

Quando succedevano queste cose, Alfredo spariva per qualche giorno. Non voleva scendere a casa nostra. Io ogni volta speravo che non tornasse più. Che se ne rimanesse con la sua famiglia schifosa. Poi però tornava sempre. E i miei genitori, invece di mandarlo via, erano contenti. Io invece speravo soltanto che sparisse.

Ero una bambina orribile, ora me ne rendo conto. Egoista fino al midollo, non pensavo che a me stessa. Non mi importava nulla che quel ragazzino che aveva conosciuto solo botte e fame sperimentasse qualcosa di diverso. Una famiglia normale, con delle persone che si volevano bene. Con delle persone che volevano bene a lui.

La madre di Alfredo era morta cinque anni prima. Il vecchio lo aveva confidato a mio padre in uno dei suoi rari momenti di lucidità. Era morta alle baracche sul fiume, dopo aver sgravato l'ultimo figlio. Aveva partorito per terra, in mezzo al fango, come le bestie. Si era presa la setticemia e nel giro di un mese era morta.

Piagnucolando, il vecchio aveva detto che tutti e tre quei figli assomigliavano a lei. Che erano biondi, biondissimi, come la madre. Qualche volta cercavo di immaginarmela, quella madre bellissima, morta di stenti alle baracche, e non ci riuscivo, mi veniva in mente solo Alfredo.

Il vecchio diceva che erano uguali. Che i bambini gli ricordavano lei, che quella somiglianza lo tormentava.

Forse è per questo che cercava ogni giorno di ammazzarli.

8

Fino ai dodici anni la più forte sono stata io.

Ero alta, molto più di tutte le mie coetanee e anche più di parecchi maschi della mia stessa età. Ero più robusta di Francesco e Alfredo, e approfittavo della mia forza per diventare ogni giorno più prepotente nei loro confronti.

Non mi rendevo conto che le cose stavano cambiando.

Improvvisamente, da un giorno all'altro, Alfredo prese ad allungarsi come se lo avessero innaffiato. In pochi mesi mi raggiunse e superò. Era ancora magro come un chiodo e così sarebbe rimasto. Tutti i vestiti gli andavano corti, non faceva in tempo a metterseli che poco dopo non gli stavano più. Andava in giro con le caviglie scoperte e l'ombelico di fuori, sembrava uno spaventapasseri, ma non gliene fregava niente. A nessuno importava come ci vestivamo.

Con quegli abiti così corti, non poteva nascondere i segni che aveva addosso. Li guardavamo in silenzio e non dicevamo niente, e lui credeva che non ce ne accorgessimo.

La sua schiena era un reticolo fitto di strisce rosse di sangue coagulato sotto la pelle bianca. Spiccavano come stigmate. Erano i lasciti chiari e inequivocabili delle cinghiate che prendeva.

Il padre continuava a mettergli le mani – e la cintura – addosso, nonostante Alfredo fosse più alto e più giovane e più sano di lui. Se Alfredo avesse voluto, avrebbe potuto ammazzarlo facilmente. Ma non si ribellava. Le prendeva senza reagire.

E quello schifoso ubriacone non se ne rendeva neanche conto. Non ci pensava al fatto che aveva tre figli maschi che fino a quel momento non avevano ancora trovato il coraggio di ribellarsi, ma che un giorno avrebbero potuto farlo a pezzi.

Alfredo non ne parlava mai, ma il suo vecchio diventava di giorno in giorno più violento e irascibile. Io pregavo tutte le notti di vederlo morire, ma quello non moriva mai, e questo voleva dire che suo figlio passava tutto il tempo che poteva a casa mia.

Mi ero ormai abituata al fatto che stesse sempre stravaccato sul mio letto, ma, certe volte, la sua presenza mi dava ancora fastidio.

Mi erano cresciute le tette. Adesso avevo queste cose sul petto, che erano sì minuscole, ma non così tanto da essere invisibili. Mia madre aveva accolto il cambiamento con un sorrisetto, mio padre con preoccupazione. Da parte mia avrei voluto esserne orgogliosa come tutte le altre ragazze, invece non riuscivo a esserne contenta. Mi vergognavo di farmi vedere.

Mi erano venuti anche dei peli, lì sotto. Erano pochi, ma mi angosciavano lo stesso. Sapevo che cosa mi stava accadendo, ma non lo accettavo. Non volevo diventare donna. Volevo essere come Alfredo, che si faceva il bagno davanti a me e io vedevo che lui non aveva nemmeno un pelo.

Arianna ne aveva molti più di me ed erano di un colore strano. Diceva che non dovevo vergognarmi, che ai ragazzi piacevano. Che quei peli là sotto volevano dire essere grande.

A me, di essere grande e di piacere ai ragazzi non me ne fregava niente.

E ogni volta che andavo in bagno mi chiudevo a chiave, non volevo che mi vedessero.

Alfredo mi chiedeva perché mi comportavo così, e io non gli rispondevo. Tanto non avrebbe capito.

Allora cercava di toccarmi e io lo picchiavo.

Ma erano cambiate tante cose, parava i miei pugni senza sforzo e non riuscivo più a colpirlo e a fargli male come un tempo. Ormai il più forte era lui.

Il giorno che mi vennero per la prima volta le mestruazioni era domenica.

Era gennaio o forse febbraio, non me lo ricordo. Mi ricordo che faceva freddo, però, e c'era la nebbia. Da queste parti la nebbia è un evento raro, non si vede quasi mai. Quando mi svegliai, quella mattina, la Fortezza era sparita. Fuori dalla finestra non c'era niente, solo bianco e grigio. La prendemmo tutti come una festa e scendemmo per strada a vedere meglio quella coltre umida che ci aveva nascosto tutto il quartiere.

Le poche persone che riuscivamo a vedere attraverso la nebbia si comportavano come noi. Camminavano lente, guardandosi intorno, tastando le forme con le mani. Sentivamo le voci di quelli sparsi nel bianco. Qualcuno rideva, qualcuno si preoccupava per i panni stesi ad asciugare che sarebbero rimasti bagnati, qualcun altro si lamentava dell'umidità. Come sempre, io ero insieme ad Alfredo. Da anni ormai non ci separavamo più. Anche se litigavamo tutto il giorno, ci prendevamo a morsi e ci tiravamo i capelli. Adesso, alle porte dell'adolescenza, con me si ribellava eccome. Se gli davo uno schiaffo in faccia, lui me lo restituiva. Se gli tiravo un calcio, mi torceva il braccio dietro la schiena. Io usavo tutta la mia forza, lui invece aveva imparato a dosare la sua per non farmi male. Ci azzuffavamo come gatti dalla mattina alla sera, ma non ci dividevamo mai.

La gente della Fortezza diceva che eravamo buffi. Che due così non li aveva mai visti nessuno. Ci chiamavano i gemelli. Ci chiamavano così anche i nostri amici.

I gemelli.

Era per via di come ci muovevamo. Camminavamo in sincrono, con lo stesso identico passo sciatto e ciondolante. Avevamo le stesse espressioni facciali, le stesse abitudini, gli stessi gesti nervosi. Stropicciarsi gli occhi con gli anulari. Tormentarsi il labbro superiore con i denti. Massaggiarsi il sopracciglio destro, quello dove lui aveva la cicatrice. Il modo di ridere, quello di mangiare, anche la posizione in cui dormivamo era la stessa, ma questo lo sapevamo solo noi due.

Ci prendevano in giro. Cercammo di smettere di essere uguali, ma non ci riuscimmo mai. Ci eravamo contaminati.

Quel giorno di nebbia, però, non ci assomigliavamo tanto. Io stavo male. Camminavo trascinando i piedi per via di un dolore continuo alla pancia che non mi lasciava respirare. Sapevo che cos'era a provocarlo, anche se non volevo ammetterlo. Me lo sentivo.

Andammo in giro per il quartiere tenendoci per mano, con la paura di perderci. Eravamo soli, sperduti, ci sembrava tutto nuovo.

Un paio di volte gli lasciai la mano e corsi a nascondermi, solo per il gusto di sentire Alfredo incazzarsi e mettersi a cercarmi nella nebbia.

Non si vedeva niente, sentivo solo la sua voce un po' rauca, a metà tra quella di un bambino e quella di un adulto. Ma pure quella era soffocata dalla nebbia.

Alla fine, persi l'orientamento.

« Dove sei? » dissi.

« Dove cazzo sei tu, Bea! »

« Non lo so, non si vede niente! » Lo sentivo, ma non capivo a che distanza fosse. Nuotavo nel bianco. Mi venne da ridere.

«Non ti muovere, altrimenti non ci troveremo mai!»

«Hai paura che mi perdo, eh, Alfredo?»

«Magari ti perdessi! Così mi ti levo dal cazzo!» Rise pure lui.

Mi arrivò alle spalle e mi urtò. Barcollai e finii con la faccia contro un albero, picchiando il naso.

«Che idiota che sei!» sbottai.

«Stai zitta! Hai capito dove siamo?»

Mi guardai intorno, per quel poco che riuscivo a vedere. Eravamo nel cortile di una casa abbandonata. La riconobbi subito. Era lì da anni, al margine ovest del quartiere, ed era mezza diroccata. L'edera e i rovi erano cresciuti dentro e fuori dalle finestre rotte. C'era un cartello che avvisava che la struttura era pericolante e subito sotto, quasi soffocato dalle piante, c'era uno di quei pannelli di plastica del comune, con le scritte sbiadite dal tempo. Un cartello che diceva che i lavori di demolizione sarebbero cominciati il 7 novembre del 1966. Il giorno e l'anno esatti in cui era nato Alfredo. Quella casa aspettava di essere demolita da dodici anni.

«Entriamo?» mi chiese lui.

«Non ci penso proprio. Ci sono i topi. Potrebbero morderci.»

Mi faceva paura quella casa, anche se non l'avrei mai ammesso ad alta voce. Alfredo si strinse nelle spalle, frugandosi nelle tasche. Tirò fuori una sigaretta tutta stropicciata, una di quelle Nazionali che fumava suo padre, e con gesti poco esperti se l'accese.

Anch'io volevo fumare.

Gli strappai la sigaretta di mano. Aspirai a pieni polmoni quel fumo puzzolente insieme alla nebbia e tossii una nuvola grigiastra. Nello stesso istante mi sembrò che qualcuno mi avesse rovesciato della minestra tra le gambe.

In tutto quel freddo c'era qualcosa di caldo e bagnato che mi aveva appiccicato i pantaloni della tuta alla pelle. Ci appoggiai una mano e sentii che le cosce erano umide. Non c'era bisogno di guardare, sapevo benissimo che cos'era.

« Alfredo, andiamo via? »

« Aspetta un attimo, siamo appena arrivati. »

« No, voglio andare via adesso. »

« E non rompere, che palle che sei! »

« Vaffanculo, io me ne vado. »

Me ne andai senza guardarmi indietro e lo lasciai da solo nella nebbia. Alfredo certe volte era proprio stronzo. Gli augurai mentalmente di essere morso da un topo, o di perdersi.

Ritrovai la strada di casa e la percorsi tutta, a gambe strette.

A casa c'era mia madre.

Non disse niente, le bastò guardarmi in faccia. Io mi muovevo da una parte e dall'altra, senza sapere bene cosa fare.

Il sangue continuava a colarmi addosso, me lo immaginavo denso e scuro e mi sentivo nauseata.

« Beatrice, che c'è? »

« Niente, mamma. »

Sotto il suo sguardo sospettoso mi chiusi in bagno. Mi tolsi tutto, nascondendo i vestiti sporchi in fondo alla cesta della biancheria.

Io non lo volevo quel sangue. Non l'avevo chiesto io, mi faceva schifo.

Aprii l'armadietto e trovai degli assorbenti. Me ne misi uno tra le gambe e uscii. Appena fuori dalla porta del bagno c'era mia madre che mi aspettava.

« Ti sono venute le tue cose? »

« Sì », ammisi con vergogna. Non sapevo che altro dire.

La smorfia che aveva sulla faccia parlava da sé. « Da oggi devi stare attenta », disse.

Si voltò, mosse due passi in direzione della cucina e poi tornò a guardarmi. Sul suo viso c'era la bambina che era stata, quella che a sedici anni era rimasta incinta di me. « Devi stare attenta, specialmente con Alfredo. »

In quel momento non capii cosa c'entrasse lui.

Rimasi tre giorni a rotolarmi nel letto, tenendomi la pancia stretta fra le mani. Per quel che ne sapevo, stavo sopportando il menarca più doloroso della storia dell'umanità.

Una mattina Alfredo entrò nella mia stanza e mi

informò che suo padre era talmente ubriaco che si era addormentato seduto sul cesso, ed era lì da ore, e se non ci fosse stato il bagno di casa mia lui si sarebbe letteralmente pisciato addosso.

Io non risposi. Non era una novità.

Lo guardai in maniera diversa, perché non riuscivo a smettere di pensare a quello che aveva detto mia madre.

Alfredo.

Arianna diceva che se nel mondo c'era un maschio che non sapeva a cosa servisse il cazzo, quello era proprio lui. E io le credevo.

Diceva anche che era un peccato, perché Alfredo era *bello*. Io lo guardavo e non capivo cosa ci fosse di attraente in quei dodici anni fatti di ossa aguzze e di capelli biondi e spettinati.

Gli attori della televisione, loro erano belli.

Quelli dei fotoromanzi che leggeva mia madre erano belli.

Anche alcuni ragazzi grandi che incontravamo al bar erano belli.

Ma Alfredo era Alfredo.

9

Io sapevo perché mia madre si preoccupava tanto: non voleva che facessi la sua stessa fine.

Fui concepita quando lei aveva appena compiuto sedici anni. Quello che poi sarebbe diventato mio padre ne aveva diciannove ed era stato uno dei primi occupanti alla Fortezza. Dopo la morte di suo padre – cioè mio nonno – era andato via dalla Basilicata insieme a mia nonna, che era già avanti con gli anni e soffriva di cuore, stava più di là che di qua. Al Sud mio padre Vittorio aveva lasciato un fratello e una sorella molto più grandi di lui, che avevano già famiglia e non potevano accogliere pure loro, ché la miseria era tanta e altre due bocche da sfamare dentro casa proprio non se le potevano permettere.

Mia madre invece era la figlia di nessuno.

L'avevano abbandonata dalle suore appena nata ed era cresciuta in un istituto. Non si trovava tanto male. Per mangiare mangiava, stava con gli altri bambini, le avevano insegnato a leggere e a scrivere e aveva un letto in cui dormire. Le suore le volevano bene, ma avevano lo schiaffo facile. Bastava che sospettassero qualcosa – qualunque cosa – e le prendevi di santa ragione. Così, sulla fiducia.

Quello che mi è stato raccontato è che una mattina mio padre andò a chiedere alle suore dell'istituto se per caso avessero qualche lavoro da fargli fare, e loro lo misero a rastrellare le foglie nel giardino, non tanto perché ne avessero bisogno quanto perché quel ragazzetto scuro che non aveva neanche vent'anni gli faceva pena.

Mia madre intanto, quel giorno stesso, aveva rotto una pila di piatti ed era scappata in giardino a nascondersi. Passò davanti a mio padre e gli fece promettere che se le suore l'avessero cercata, lui doveva dire che non l'aveva vista. Mio padre fece sì con la testa e la guardò sparire nelle siepi, sperando che le suore non la trovassero.

Ma alla fine la scovarono lo stesso, accovacciata dietro la statua della Madonna. Sapevano che era stata lei a rompere i piatti. Mio padre vide il manrovescio che le si abbatté sul volto. Fortissimo, le rigirò la testa da una parte e poi dall'altra.

Ma lei non pianse. Rimase ferma dov'era e disse solo: « Mi dispiace, non lo faccio più ». Pronunciò quelle poche parole con una faccia seria, inespressiva e talmente colma di orgoglio che mio padre ne rimase sorpreso e ammirato.

Tornò anche il giorno dopo a chiedere un altro lavoro.

E quello dopo ancora.

Alla fine le suore gli dissero di andare lì due giorni a settimana per pulire il giardino e fare qualche lavoretto extra, cose semplici tipo portare via la spazzatura o fare qualche commissione fuori dall'istituto. La paga non era nemmeno male, ma a lui non interessavano poi tanto i soldi.

A lui interessava mia madre.

E dopo pochi mesi che lui lavorava all'istituto, lei rimase incinta di me.

Ci volle ben poco a fare due più due. Quello che non doveva succedere era successo, quello che non ci voleva proprio era un altro figlio di nessuno, ché pure se nella visione delle suore era un dono di Dio, era comunque un dono poco gradito. Quella cosa che nessuno voleva, neanche mia madre all'inizio, ero io.

Mio padre però, accusato di aver messo «nei guai» mia madre, non si tirò indietro. «Me la sposo», disse. «Tanto me la sarei sposata lo stesso.»

E così fu. Si sposarono di fretta, prima che io cominciassi a crescere troppo dentro la pancia di mia madre. Prima che tutti vedessero che proprio in un istituto cattolico era stato concepito un figlio al di fuori del sacro vincolo nuziale. Lui la condusse via dall'istituto e la portò con sé alla Fortezza.

Mio padre si portò a casa da un giorno all'altro questa ragazzina figlia di nessuno e pure incinta. Una ragazzina che ora era sua moglie. La nonna ci rimase secca, nel senso che la sorpresa di vedersi arrivare il figlio diciannovenne con una moglie gravida peggiorò le sue condizioni rendendole critiche. Morì pochi mesi dopo, senza riuscire a vedermi nascere. Neanche il tempo di scoprire che faccia avevo, se assomigliavo più a mio padre o a mia madre. Io che, forse per una compensazione del destino nei suoi confronti, ero la copia sputata del figlio.

Ecco di cosa aveva paura mia madre. Non si era pentita di aver sposato mio padre. Ci stava insieme da anni e diceva sempre che, anche se non fossi capitata io, si sarebbero sposati lo stesso, prima o poi. Solo che non voleva la stessa sorte per me.

Più tardi, con gli anni, capii anche il suo amore per Alfredo. In qualche modo le ricordava se stessa. Alfredo, con la mamma morta quando lui era piccolo. Alfredo, che nessuno aveva mai voluto. Alfredo che alla fine, anche se non l'avrei ammesso mai, aveva imposto anche a me la sua presenza e quell'amore scomodo.

10

Siamo stati bambini in un'epoca strana.

Furono anni pesanti, gli anni di piombo, ma non per noi.

Noi bambini quegli anni li abbiamo sprecati seduti sui marciapiedi della Fortezza. C'era una novità, da qualche tempo a quella parte, una cosa che non avevamo mai visto.

La polizia.

Guardavamo le loro macchine con gli occhi sgranati, come avremmo guardato un elefante. Proprio come gli elefanti, le auto della polizia le avevamo viste soltanto in televisione.

Erano arrivati da un giorno all'altro in un posto dove non potevano mettere piede. La Fortezza era un porto franco, una terra di nessuno. Quelli del quartiere non avevano paura delle guardie, non avevano niente da perdere. Chi se ne fregava della prigione, tanto, per la maggior parte, quelli che abitavano lì c'erano già stati e tornarci non faceva grande differenza.

Non ne avevamo paura, li trattavamo da pari a pari. Quando sparavano, sparavamo anche noi della Fortezza. Quando pattugliavano le strade del quartiere, dai balconi volavano bottiglie e piatti e immondizia. Se venivano a cercare qualcuno, nessuno sapeva niente, nessuno aveva visto niente.

Non ce li volevamo lì, non erano i benvenuti e alla fine l'avevano capito. Ci avevano lasciato stare, avevano fatto finta di dimenticarsi di noi, non venivano più. Potevamo scannarci a patto che non uscissimo, e loro non sarebbero entrati. E noi ci eravamo organizzati per chiuderci in noi stessi. Eravamo diventati una società a parte e per distinguerci ci eravamo costruiti una prigione. A noi andava bene così.

Era stato così per molti anni, fino a che fuori avevano cominciato a scoppiare le bombe e quelli erano ritornati a tormentarci, anche se noi non c'entravamo niente.

C'era della gente che arrivava a notte fonda, gente che non era della Fortezza. Tutti sapevamo chi erano e che cos'erano, ma nessuno lo diceva apertamente, anzi, nessuno doveva saperlo. Dopo di loro, arrivava la polizia e noi dovevamo lasciarla entrare. Qualche volta i poliziotti li trovavano, qualche volta no, ma noi non aiutavamo mai quegli uomini in divisa. Non dicevamo niente, non collaboravamo. Era già tanto da parte nostra lasciarli entrare.

E intanto in città si era sparsa la voce che alla Fortezza nascondevamo i terroristi.

All'improvviso il quartiere cambiò. Diventò un presidio, una frontiera sorvegliata. Sentivamo tutto il giorno le sirene della polizia. Era un continuo andirivieni di volanti, e urla, pianti, e gente che veniva portata via e si nascondeva la faccia nei giornali.

I miei genitori volevano che restassimo chiusi in casa, dicevano che non era più sicuro, che era arrivata troppa gente da fuori, che ormai chiunque poteva entrare alla Fortezza. Sparavano per le strade in pieno giorno, in mezzo alla gente.

Tutti i genitori volevano che i loro figli rimanessero asserragliati fra le pareti di casa, ma alla fine, in qualche modo, riuscivamo sempre a scappare.

Ci sedevamo sui marciapiedi, guardavamo il trambusto. Guardavamo i poliziotti.

Non capivamo niente, ma li squadravamo con odio. Non so nemmeno perché.

Ognuno di noi aveva almeno un genitore che era passato per la galera. Anche mio padre si era fatto qualche tempo di buio, da giovane. Avevamo succhiato l'odio insieme al latte delle nostre madri. Mentre imparavamo a camminare, imparavamo anche che lo Stato era il nemico. L'infame. E la polizia il suo orso ammaestrato. Non sapevamo scindere le due cose, eravamo contaminati.

Gli anni di piombo noi li abbiamo trascorsi così. A guardare il mondo da quell'agglomerato di case bianche e scorticate. Stanno accucciate sul colle, lontane come una bestia pericolosa, come il lupo che da sopra guarda il gregge e vuole mangiarselo.

La città ci guarda dal basso e pensa che qui dentro non riesca a crescere niente.

Non ce l'ha mai avuto un nome preciso, questo

posto. Per molti anni era stato solo il quartiere occupato, ma all'inizio degli anni Settanta qualcuno cominciò a chiamarlo la Fortezza.

Quelli che venivano da fuori non potevano entrare. A pensarci bene, nemmeno noi potevamo uscirne.

Eravamo gente poco raccomandabile, gente che nessuno voleva prendere a lavorare, i rifiuti della società. Quelli che nella vita non avevano nessuna speranza erano venuti alla Fortezza, le avevano dato vita e avevano messo al mondo figli che avevano ancora meno speranze dei loro genitori.

La colpa è del degrado, dicevano in città.

La colpa è di quegli assegnatari delle case popolari che la casa popolare non ce l'avevano, e allora negli anni Sessanta avevano occupato un complesso residenziale che si chiamava « Colle dei Salici » e che era pronto, finito, con gli appartamenti da consegnare entro la fine dell'anno. E poi erano arrivati gli altri: siciliani, calabresi, disoccupati, nomadi, gente che voleva la casa ma la casa non gliela davano, venuti da fuori e dai margini con i loro miseri stracci, la puzza di sudore, e quattro o cinque figli, ma quei figli non se li potevano permettere e li lasciavano morire, li abbandonavano a se stessi a crescere in mezzo ai motorini sventrati e ai materassi marci, a giocare accanto alle siringhe dei tossici, senza saper leggere né scrivere, senza cure e senza vaccini, senza niente di niente.

Eravamo così. Retrocessi allo stato di natura, alla

selezione rigida e crudele, e il più forte divorava il più debole e ci sembrava la cosa più naturale del mondo, e forse, forse lo era davvero.

Io qua ci sono nata. Non ho conosciuto nessun altro posto, non sono mai stata da nessun'altra parte. Mio padre fu uno dei primi a occupare. Era giovane, incazzato, voleva una casa e non gliela davano e allora la casa se la prese con la forza. Ha conosciuto mia madre e poi sono arrivata io, ché qua facciamo le cose in fretta, facciamo figli in fretta, cresciamo in fretta e moriamo in fretta.

Io qua ci sono nata, e questo posto non mi fa paura, questa è casa mia, qui sono al sicuro.

Non sarò mai più al sicuro come lo sono qui dentro, in questo quartiere di ladri e di spacciatori, di tossici e di delinquenti, questo posto con gli angoli sporchi e gli androni che puzzano di piscio, con i lampioni rotti e le strade che annegano nel buio, e i confini sorvegliati affinché nessuno entri a ficcare il naso, a vedere cosa facciamo.

Ci sono abituata, io. Giro di notte per strade che nessuno avrebbe mai il coraggio di percorrere e passo a testa alta nei corridoi delle vedette che delimitano il quartiere. Non le vedo, sono nascoste nell'oscurità per controllare i nostri confini, non le vedo ma so che ci sono, e sento i loro occhi puntati sulla nuca e il *clic* secco del cane che si abbassa, ma continuo a camminare, al buio, silenziosa, senza farmi riconoscere, e nessuno mi ha ancora sparato, perché il passo di noi bestie lo distingui sempre, è come se si lasciasse dietro una scia d'ansia, e poi corro attraversando il viale delle corse clandestine, e ascolto il brusio indistinto delle voci lontane degli scommettitori, e il ringhiare di quei motori fermi sulla linea di partenza ad aspettare il via di uno starter improvvisato, e quando quello spara in aria mi butto in mezzo alla strada senza guardare le luci ammiccanti dei fari che si avvicinano a velocità folle, e potrei aver calcolato male i tempi, potrebbero colpirmi, scaraventarmi in aria come una lattina vuota, e poi tornerei giù, un volo di molti metri per atterrare sulla schiena e scivolare, perdere conoscenza, e il sonno diventa morte.

Il rischio c'è, e lo conosci. Li conosci tutti i rischi di questo posto.

Ma c'è stato chi quei rischi non li ha mai considerati, li ha ignorati, ha fatto finta che non esistessero. C'è stato chi ha calcolato male i tempi e pur sapendolo se n'è fregato.

E quel qualcuno era proprio l'ultimo che ti saresti aspettato.

Quel qualcuno era Alfredo.

Sono stati anni strani, gli anni di piombo. Anche per noi che nemmeno con le contestazioni avevamo niente a che fare.

Ma vedevamo la gente portata via dalle camionette, e io pensavo che un giorno forse sarebbero venuti anche per qualcuno di noi. Era solo questione di tempo.

E guardavo Alfredo seduto accanto a me che aspirava dalla sua sigaretta, e mi chiedevo chi di noi due sarebbe stato il primo. Forse io. Ero più coraggiosa di lui.

Un giorno un poliziotto ci vide e si avvicinò. Lo guardammo dal basso, senza fiatare. Alfredo aspirò la sigaretta fino al filtro e la gettò lontano, senza smettere di fissare l'uomo in divisa fermo davanti a noi.

« Quanti anni hai? » chiese quello dopo un po'.

« Dodici », disse Alfredo.

« Non ti sembra presto per iniziare a fumare? »

« E a te non sembra presto per iniziare a rompere i coglioni? »

Mi coprii la bocca con la mano e ridacchiai cercando di non farmi sentire. Ma non ci riuscii. Quello se ne accorse e si voltò verso di me.

« Tu invece, signorina? Dove sono i tuoi genitori? »

« Ve li siete appena portati via », lo sfidai. Non sapeva se credermi o no.

« Chi sbaglia paga. Mi sa che non ve lo hanno insegnato. »

Alfredo chinò la testa tra le ginocchia. Gli sputò sulle scarpe, poi rialzò la faccia e gli sorrise.

« Piccolo stronzo impunito. Aspetta qualche anno e vedi se non torniamo a prendere pure te. Tanto è quella la fine che fate voi animali», disse il poliziotto. Lo schiaffo che avrebbe voluto darci sembrava bruciargli le mani, ma non poteva fare niente.

Alfredo drizzò la schiena. Lo fissò negli occhi con tutta la serietà di cui era capace.

«Vieni, vieni», gli disse. «Col cazzo che mi trovi ancora qui.»

Lo guardammo ritornare verso la camionetta con le scarpe sporche di sputo e farsi largo tra la folla che si era radunata. Poco dopo, altri quattro come lui uscirono dal palazzo di fronte. Due di loro tenevano sotto braccio una donna che piangeva senza ribellarsi.

«Guardali, Bea. In quattro per una femmina.»

Io non risposi. Non lo guardai nemmeno. Guardavo la donna che avevano arrestato.

Lui mi prese il volto tra le mani, mi costrinse a girarmi verso di lui, ad ascoltarlo. I suoi occhi verdi erano seri. E pieni di orgoglio.

«Io non mi farò mai portare via dagli infami», mi disse.

Non potevo sapere fino a che punto Alfredo avesse ragione.

Non l'avrebbero mai preso.

11

Arrivarono gli anni Ottanta.

Entrammo a testa bassa negli anni della nostra adolescenza, come a voler sfondare un muro, come a cercare di superarli il prima possibile. Erano appena iniziati e già volevamo lasciarceli alle spalle.

Alfredo continuava a crescere, sembrava non volesse più fermarsi. A quindici anni era più alto di tutti i suoi coetanei e profondamente diverso. Pareva l'avessero messo lì per sbaglio, non sembrava uno dei nostri. Era troppo alto, troppo bianco, troppo biondo. Non sembrava nemmeno italiano. Portava i capelli lunghi sulle spalle, non li pettinava mai e d'estate, col sole, diventavano ancora più chiari, sembravano ossigenati. A vederlo da dietro, se non fosse stato per l'altezza, l'avresti scambiato per una femmina.

Le ragazze della Fortezza dicevano che era bello, che uno così avrebbe potuto fare l'attore dei fotoromanzi, o addirittura andare in televisione. Io non la pensavo allo stesso modo, ma le mie amiche, e anche alcune ragazze più grandi, non facevano che bisbigliare e lanciarsi occhiate e risatine odiose ogni volta che Alfredo era nei paraggi. Anche Silvia, Michela e Cristina, che erano le mie amiche più strette dopo Arianna, si comportavano così, e io non lo sopportavo. Lo riempivano di sguardi di adorazione, gli giravano sempre intorno. E lui, a parte fare le solite battute stupide con gli altri maschi, non se ne accorgeva nemmeno. Non gliene fregava niente delle ragazze, gli interessava soltanto giocare a calcio, stare al bar a commentare le partite e farsi le canne. Passavamo le giornate a sfondarci di erba. Ci nascondevamo nei sottoscala per non farci vedere da mia madre e riemergevamo ore dopo, completamente stravolti. Non facevamo niente dalla mattina alla sera.

Io però ci avevo provato. Finita la terza media, mia madre mi aveva chiesto se per caso volessi provare ad andare al liceo e io le avevo risposto con una risata. Lei si era stretta nelle spalle. In fondo non ci sperava. La terza media mi bastava e avanzava per cercare un lavoro.

Non avevo grandi pretese. Mi sarebbe piaciuto fare la commessa in un negozio di vestiti o in una profumeria, oppure fare la parrucchiera, ma anche qualunque altra cosa sarebbe andata bene. I miei genitori non mi avevano messo fretta nella ricerca. In fondo, speravano ci ripensassi e mi iscrivessi alla scuola superiore, magari non il liceo classico come sognava mia madre, ma almeno una scuola professionale.

Solo che io di studiare proprio non avevo voglia. Volevo trovare un lavoro e avere dei soldi miei, dei soldi con cui poter fare ciò che mi pareva.

Comprarmi dei vestiti al mercato, le sigarette e la birra quando uscivo con gli amici e l'erba per me e per Alfredo.

Così mi ero messa d'impegno nell'andare a chiedere di lavorare in tutti i negozi della città, ma non avevo trovato niente. La gente mi dava un'occhiata fugace e mi liquidava, sembrava avessi scritto in faccia da dove provenivo.

Avevo macinato chilometri nel tentativo di trovare qualcuno che mi facesse lavorare, e ogni volta era la stessa identica storia. Mi squadravano con sospetto mentre guardavo la merce esposta. Sentivo i loro occhi addosso, controllavano che non rubassi niente. Ma io non volevo rubare. Quando mi avvicinavo per chiedere un impiego, loro mi domandavano da dove venissi. E quando sentivano dove abitavo, il finale della conversazione era scontato.

Alcuni mi chiedevano di andarmene, altri minacciavano di chiamare la polizia. Qualcuno più gentile degli altri si faceva lasciare il numero di telefono e diceva che in caso mi avrebbe richiamato. Nessuno lo fece mai.

Io però ci avevo provato. Mi ero impegnata per trovare un lavoro, ero anche riuscita a finire le scuole medie. Alfredo nemmeno quello. Si era fatto bastare la quinta elementare. Poco importava che facesse fatica a leggere e a quindici anni scrivesse come un bambino di sette, lui non doveva farsi bello con nessuno. A nessuno importava se non sapevi leggere bene. Perciò, aveva passato i quattro anni precedenti a ciondolare in giro per la Fortezza. Qualche volta veniva ad aspettarmi fuori dalla scuola media, giurava che dal giorno dopo si sarebbe messo a cercare lavoro, ma quel giorno non arrivava mai, e allora si stringeva nelle spalle e diceva che eravamo nati nel posto sbagliato. Con questa provenienza scomoda appiccicata addosso non avremmo mai trovato un posto di lavoro, non nella nostra città almeno.

Allora parlavamo di andarcene e di come racimolare i soldi per comprare il fumo, erano i nostri unici argomenti.

Qualche volta li rubavo a mia madre, qualche volta li chiedevamo al fratello maggiore di Alfredo.

Massimiliano aveva diciotto anni e un impiego, a forza di cercare, lo aveva trovato. Faceva il guardiano notturno in un cantiere. Andava via al tramonto e ritornava la mattina presto. Diceva che il lavoro non era male, stava in un gabbiotto a guardare la televisione e se sentiva qualche rumore doveva uscire a controllare. Non aveva paura dei ladri. A conti fatti, lui quei ladri li conosceva tutti. Lavorava e non si lamentava, diceva che qualcuno doveva pur farlo, che se avevi una famiglia di merda ed eri il figlio maggiore era inutile piangersi addosso, tanto valeva rimboccarsi le maniche.

Massimiliano non si arrabbiava mai, parlava a voce bassa e sgobbava come un mulo. A parte la somiglianza fisica, non aveva niente in comune con il fratello. Alfredo era uno sfaticato di quindici anni che passava la vita ad annoiarsi stravaccato sulle panchine sfondate della Fortezza. Massimiliano invece portava a casa uno stipendio e tutta la famiglia campava di quello. C'era anche un assegno di invalidità che spettava a suo padre, ma non faceva in tempo ad arrivare che il vecchio se l'era già bevuto tutto, fino all'ultima lira.

L'unica nota positiva in quella sinfonia stonata era che almeno Massimiliano non veniva più picchiato. Al vecchio era rimasto abbastanza cervello per capire che ammazzare di botte l'unica fonte di reddito della famiglia non avrebbe migliorato la situazione. Così si accontentava di insultarlo e di urlargli contro, e quando aveva voglia di menare le mani si rifaceva su Alfredo e su Andrea.

Io il vecchio lo odiavo. Era un alcolizzato, lo sapevamo tutti e con disinvoltura facevamo finta di niente. Lo trattavamo come se non esistesse e quando lo incontravamo che dormiva in qualche angolo sudicio Alfredo si voltava dall'altra parte, come se non lo conoscesse.

Diceva che non gliene fregava niente, ma so che soffriva per l'umiliazione; quello era suo padre e lui se ne vergognava da morire.

Alfredo sopportava ogni cosa, tentava di nascondere i lividi e i tagli coprendoli con i vestiti. Anche in piena estate portava magliette a maniche lunghe, su cui il sudore lasciava grosse chiazze biancastre. A volte il vecchio gli faceva male davvero, lo lasciava zoppicante o con dei dolori alla schiena per via dei quali non riusciva a piegarsi, e certe volte perfino respirare gli provocava fitte di dolore. In quei casi raccontava di essere caduto dalle scale. Tutti fingevano di credergli, anche se a giudicare da come stavano le cose, Alfredo cascava dalle scale una volta sì e l'altra pure.

Ma se gli altri potevano soltanto immaginarsi quello che succedeva a casa sua, io lo sapevo. Era una cosa che ero abituata a sentire fin da bambina, attraverso le pareti sottili del palazzo. Era la stessa storia da anni, e io non potevo farci niente. Alfredo mi diceva di non impicciarmi, che erano affari suoi, che sapeva lui come gestirseli. Io mi incazzavo, urlavo e gli mettevo il muso, ma poi accettavo di malavoglia la mia impotenza. Dovevo sottostare al fatto che nonostante tutto amava suo padre. E che non gli avrebbe mai e poi mai fatto del male.

Come riuscisse ad amare qualcuno che gli provocava solo dolore era per me un mistero. Non l'ho mai visto rivoltarsi contro il vecchio, mentre io più di una volta l'ho preso a calci, approfittando del fatto che fosse troppo ubriaco per muoversi e per riconoscermi. Speravo che morisse, speravo di ucciderlo.

E un giorno fui sul punto di riuscirci.

Era tutta la mattina che dal piano di sopra si udivano tonfi e grida. Il vecchio era fradicio di vino, ma non abbastanza da accasciarsi da qualche parte e lasciarci in pace. Urlava come un ossesso, chiamava e bestemmiava la moglie morta. Nelle pause, la voce di Alfredo, per niente spaventata, gli rispondeva con pazienza. Non mi preoccupavo neanch'io, era molto più forte di suo padre. Se avesse voluto, avrebbe potuto tranquillamente scaraventarlo giù dalla finestra e liberarsene per sempre.

Ero sola in casa, i miei genitori avevano portato Francesco dal medico. Aveva una brutta febbre che non voleva passare. Per rendermi utile durante l'assenza dei miei spolveravo i mobili e lavavo i pavimenti, e distrattamente ascoltavo i rumori che provenivano dal piano di sopra.

Il ticchettare di zoccoli di legno, una sedia che si spostava e qualcosa che cadeva di colpo sul pavimento. Il biascicare odioso del vecchio e la risata un po' strafottente di Alfredo. Cose normali.

E poi improvvisamente la situazione precipitò.

Colpi di talloni nudi, di falcate lunghe che si allontanavano verso l'uscita.

Scattai verso la porta di casa mia e l'aprii appena in tempo per evitare che Alfredo ci andasse a sbattere.

«Ha un coltello, mi vuole ammazzare! Levati di mezzo!» Mi spinse contro la parete dell'ingresso e richiuse la porta in tutta fretta. Qualcosa si schiantò pesantemente dall'altra parte.

Lo vidi, bianco come un cencio lavato, scostarsi i capelli dalla fronte e afferrare una credenza cercando di smuoverla. «Che cazzo fai lì impalata? Aiutami o questo entra e ci fa fuori tutti e due.»

Non me lo feci ripetere due volte e con tutta la forza che avevo lo aiutai a creare una barricata che separasse noi due da quel pazzo lì fuori che sbraitava e colpiva con calci e coltellate la porta, facendola sussultare e tremare oltre la credenza.

Il vecchio chiamava Alfredo, lo insultava, lo minacciava. Mi augurai che la barricata tenesse, i cardini sembravano fragili e quel fottuto ubriacone pareva particolarmente in forma quel giorno.

Ci accucciammo a terra, appoggiando le spalle alla barricata. Alfredo tirò fuori dalla tasca dei jeans un pacchetto di Nazionali. Ne accese due e me ne passò una.

Era ancora bianco come un morto, continuava a tirarsi via i capelli dalla fronte, nervosamente.

D'un tratto i colpi cessarono e le urla pure. Suo padre passeggiava fuori dalla porta, biascicando minacce e bestemmie.

«Ti ha picchiato?» domandai. Quando Alfredo si lasciava battere da suo padre diventavo una bestia. Me la prendevo con lui perché non era nemmeno capace di reagire.

Scosse la testa. «Oggi no. Ma il pezzo di merda ha cercato di accoltellarmi.»

Il suo avambraccio destro – quello che usava per pararsi la faccia – era chiazzato di lividi e croste. Tra questi spiccava una ferita fresca, ancora sanguinante. Un taglio di striscio, lungo e poco profondo.

«Quello prima o poi ti ammazza.»

«Non ce la farebbe mai, non vedi com'è ridotto?»

«Però se non avessi fatto in tempo ad aprirti la porta ti ci avrebbe inchiodato sopra.»

Alfredo si strinse nelle spalle. Non mi credeva. «Ti sbagli. Non ce l'avrebbe fatta.»

«È una cosa orrenda. Tuo padre meriterebbe di crepare.»

«Sei cattiva, Beatrice.»

«Non sono cattiva, sono sincera.»

Non mi rispose, si limitò a venirmi vicino. Appoggiò la testa sulla mia spalla. Il suo sangue mi macchiò la maglietta, ma io non ci feci caso.

«Come fai a sopportarlo?»

«Sopporto anche te, per quale motivo non dovrei sopportare lui?»

«Ma io non sono come tuo padre.»

«No, infatti sei peggio. Tu sei cattiva. Lui è solo ubriaco.»

Sul pianerottolo, i rumori erano cessati. Adesso c'era solo un silenzio sommesso. Immaginai che il vecchio fosse dietro la porta in attesa di noi due, in agguato, ma l'avevo sopravvalutato. Non era così paziente, era soltanto un poveraccio che già non si ricordava più di aver tentato di ammazzare il figlio.

Aprimmo la porta e lo vidi che dormiva a braccia spalancate sul ciglio delle scale.

Mi avvicinai e raccolsi il coltello da terra. Era un lungo arnese da cucina affilato e appuntito. Adatto per ammazzare qualcuno. Era anche sporco di sangue.

Lo mostrai ad Alfredo.

« Guarda. Ti avrebbe fatto secco. »

« Te lo ripeto ancora una volta, testa dura: non ne ha la forza. »

« E allora perché sei scappato? Non sarò sempre pronta a farti entrare. Un giorno troverò te o i tuoi fratelli crocifissi alla mia porta. »

« Cristo Iddio, come la stai facendo lunga, Bea. »

Distolsi gli occhi dai suoi. Se l'avesse preso l'avrebbe ammazzato, lo sapevo io e lo sapeva anche lui. Ma Alfredo minimizzava tutto, non voleva ammettere che avevo ragione. Mi faceva arrabbiare. Mi venne voglia di scaraventarlo giù dalle scale.

Fu in quel momento che mi venne l'idea.

« Buttalo giù », dissi, indicando i gradini. Erano ripidi, e il vecchio era accasciato proprio sul ciglio. « Dagli una spinta e te ne liberi. »

« Stai scherzando? »

Mi ci volle tutta la forza che avevo per rispondergli. Alfredo mi guardava stralunato come se fossi pazza. Nei suoi occhi si leggeva un misto di orrore, ribrezzo e paura.

« Non sto scherzando. Non c'è anima viva. Nessuno saprà che siamo stati noi. Penseranno che si è accoppato da solo. »

« Mi stai proponendo di ammazzare mio padre? »

« Lui voleva ammazzare te, siete pari! »

Scosse la testa, si allontanò da me. « Tu sei malata. »

« Se non hai il coraggio lo butto giù io. Lo farò per te. »

Mi chinai sul vecchio che, ignaro della sua sorte, continuava a dormire. Lo afferrai per la camicia e mi voltai a cercare lo sguardo di Alfredo, la sua approvazione.

Non la trovai.

Alfredo mi afferrò per le braccia con una tale furia che mi terrorizzò. Fui sollevata e sbattuta al muro. Urtai la parete con la testa, sentii i denti cozzare e vibrare.

« Non lo dire mai più! Non voglio mai più sentire una stronzata simile uscire dalla tua bocca! Sono stato chiaro? »

« Non capisci che lo dico per te? Non li voglio più vedere io, i tuoi lividi! Mi fanno male, fanno male pure a me! Se te ne liberi andrà tutto meglio! »

« È mio padre, Bea. Tu non c'entri niente, ti devi fare i cazzi tuoi. »

Mi lasciò andare di scatto e si allontanò di qualche passo, senza smettere di fissarmi. Nei suoi occhi bruciava l'odio, ma non me ne fregava niente. Mi sarei fatta odiare pur di non dover assistere ancora a scene come quella. Erano anni che le sopportavo, non ce la facevo più.

Alfredo taceva. Dovevo dire qualcosa.

« Lo sai quanto ci tengo a te. »

« Hai proprio un bel modo di dimostrarlo. »

Si voltò e si inginocchiò accanto a suo padre. Lo svegliò con delicatezza, lo aiutò a rimettersi in piedi e se lo caricò sulle spalle. Il vecchio borbottava parole impastate. Non ricordava niente, si teneva stretto a suo figlio per paura di cadere.

« Tu entra in casa, stronza, se no prendi freddo. » Lo disse senza nemmeno guardarmi e sparì su per le scale, arrancando con quel peso inutile.

Rientrai, facendo appello a tutto il mio orgoglio per non scoppiare a piangere di rabbia.

Avevo sedici anni e non riuscivo a capirlo. Non capivo nemmeno il dolore che gli provocavo. Stava malissimo, soffriva come una bestia, eppure continuava a perdonare, perdonava tutti. Le cose che amava di più al mondo – me e suo padre – erano anche quelle che lo divoravano. Ma io non volevo che amasse nessun altro, volevo averlo tutto per me. Io credevo che il suo amore mi fosse dovuto. L'avevo difeso, l'avevo sopportato. Avevamo dormito insieme, ci eravamo svegliati insieme, erano anni che condividevamo tutto, mentre suo padre non gli aveva mai dato nulla di simile a quello che lui aveva preso da me. Se c'era qualcuno che il suo amore se lo meritava appieno ero io. Nessun altro.

Perché una delle poche cose buone di Alfredo era proprio questa: sapeva amare incondizionatamente. Ma non aveva il mio carattere. Se nella nostra amicizia c'era un pilastro portante, quello ero io. Lui amava come un cane, con la stessa insensata fiducia, con lo stesso cieco trasporto.

Io invece odiavo.

Odiavo il suo carattere debole, il suo qualunquismo, la sua pigrizia, la sua rassegnazione al mondo che l'aveva prodotto. Odiavo le ragazze che gli piacevano, odiavo i nostri amici quando volevano staccarlo da me, odiavo qualunque cosa cercasse di sottrarmelo. Odiavo suo padre, più di tutto. Pensavo che fossero le circostanze esterne a cercare di allontanarci. Pensavo che Alfredo non avesse volontà sua, per questo gli imponevo la mia. Non avevo capito che era proprio lui a cercare altro, a volermi sfuggire. A voler sfuggire anche a se stesso.

Quella stessa notte, quando lui arrivò io ero già a letto. Ero sveglissima e continuavo a rigirarmi tra le coperte. Accanto a me mio fratello Francesco dormiva placidamente e io lo invidiavo da morire.

Bussò alla porta di casa mia, disse a mio padre che il vecchio era di nuovo ubriaco. Li sentii parlottare nell'ingresso e pochi minuti dopo la sua ombra nera entrò in camera.

« Bea? »

Non risposi, fingendo di dormire. Sospirò, si sdraiò accanto a me. Da qualche tempo, ogni volta che mi stava troppo vicino mi sentivo pesante come se avessi ingoiato un sasso e mi veniva voglia di fumare. Detestavo quella sensazione, era una cosa che non provavo con nessun altro. Un fastidio strano mi pizzicava la lingua. E avevo un gran caldo alla pancia.

«Il vecchio è ancora ubriaco?»

«Pensavo stessi dormendo.»

«Facevo finta. Allora, è ancora ubriaco?»

«No. Dorme.»

Mi voltai dandogli le spalle. «Allora perché sei venuto qui?»

Mi abbracciò. Era una cosa che faceva raramente, e mi faceva stare ancora peggio. Sentivo le gambe squagliarsi.

«Girati, cazzo.»

«Sto comoda così.»

«Non fare la stronza. Girati.»

Francesco, infastidito, grugnì nel sonno. Assecondai la richiesta di Alfredo, solo per farlo stare zitto.

«Che sei venuto a fare? Potevi stare a casa tua.»

Non riuscivo a non maltrattarlo. Ero io ad avere torto e lo sapevo. Gli avevo proposto di ammazzare il vecchio, che per quanto fosse un disgraziato era sempre suo padre. Mi sentii davvero stupida. E cattiva. Proprio come lui mi aveva detto.

«Non lo so che sono venuto a fare. Avevo voglia di stare qui.»

Le sue mani freddissime mi sfiorarono la bocca e i capelli. Rabbrividii.

«Scusa... Mi dispiace per prima», dissi a mezza voce, quasi soffocando. Volevo che mi lasciasse andare, volevo che smettesse di stringermi in quel modo. Era diverso, non eravamo più bambini. Non mi stava abbracciando per consolarmi da un incubo. C'era una corrente sotterranea e segreta che scivolava piano nel letto. C'era il suo corpo che aderiva al mio. C'ero io che non riuscivo quasi a respirare, c'era la sua voce incerta.

« Non volevo attaccarti al muro. Non volevo farti male. Ma certe volte dici cose che mi mandano fuori di testa. Promettimi che non le dici più. »

« Basta, Alfredo, non parliamone più. »

Lentamente, indecisa, lo abbracciai anch'io. Lo abbracciai forte. Gli infilai il viso nell'incavo del collo. Lui mi accarezzò la schiena, piano.

Mio fratello Francesco tossì, imprecando nel sonno.

Mio fratello Francesco, che mi assomigliava tanto.

E quest'altro fratello biondo che adesso aveva le mani sotto la mia maglietta.

Eravamo gemelli. Non si poteva fare, non si doveva neanche pensare. Mi irrigidii tutta e Alfredo se ne accorse.

Mi lasciò andare, mi stampò un bacio in fronte e mi disse di dormire.

Solo che, quella notte, non ci riuscii per niente.

12

Arianna aveva dei problemi. Non stava tanto bene. Ogni volta che andavo a citofonarle per chiederle di scendere mi diceva che non poteva. Che aveva il mal di pancia o il mal di testa, che aveva preso una storta, che le era venuta la febbre. Non mi lasciava neanche salire a casa sua, se ne stava tutto il giorno da sola con sua nonna. Lo sapevo che non stava male davvero, che le sue erano solo scuse, ma non capivo perché.

Stavo con le altre ragazze della Fortezza, ma non era la stessa cosa. Cristina, Silvia, Michela mi erano simpatiche. Avevamo fatto le scuole elementari insieme, ci conoscevamo da sempre. Silvia, poi, era venuta anche alle medie con me. Mi trovavo bene con loro, ma con Arianna era diverso, lei era la mia migliore amica. Con lei mi divertivo, stavamo sempre a ridere. Parlavamo di un sacco di cose, ci facevamo un sacco di domande. Non mi sfotteva se dei maschi non me ne fregava niente, se ero ancora vergine, se non mi interessava rimorchiare e scopare. Diceva che se a me stava bene così stava bene pure a lei, che ognuno ha i suoi tempi. A lei invece piacevano quelle cose, le faceva con un sacco di ragazzi.

Però da alcune settimane non faceva neanche più quello, rimaneva chiusa a casa tutto il giorno. Fuori era l'inizio di giugno, le giornate erano lunghissime e si moriva già dal caldo, e lei se ne stava rintanata con sua nonna.

I nostri amici mi dicevano di lasciarla perdere. Che se la stava tirando. Che le sarebbe passata. Io però non ci volevo credere, ero convinta che avesse qualche problema.

Così un giorno andai sotto casa sua e citofonai, per l'ennesima volta. Mi disse che non poteva scendere perché aveva l'allergia al polline. Eravamo fuori stagione per il polline e comunque Arianna non aveva mai sofferto di allergia. Le dissi che non le credevo, che sarei salita comunque, e senza aspettare risposta entrai nell'androne e imboccai le scale.

Quando arrivai al secondo piano trovai la porta socchiusa e nessuno ad aspettarmi.

Entrai senza essere invitata e guardai in ogni stanza alla ricerca di Arianna. Non ci volle molto, la casa di sua nonna era piccola.

La trovai nel bagno, seduta sulla tazza del cesso con le mutande calate intorno alle caviglie e i gomiti puntati sulle ginocchia. Mi guardò senza dire niente. Aveva dei cerchi scuri intorno agli occhi.

«Ah, è questo il gran segreto per cui non vuoi più uscire? Hai la diarrea? Potevi dirlo subito.»

«Non ho la diarrea.» Allargò le gambe per farmi vedere l'acqua pulita nella tazza.

« Allora che stai a fare seduta lì impalata? Alzati e usciamo. »

« Bea... non mi vengono. »

Restai un momento confusa. « Chi è che non viene? »

« Le mie cose. Non mi vengono. Sto qua tutto il giorno a controllare, ad aspettare che arrivino. C'ho due settimane di ritardo e ancora niente. Sono incinta, Bea. »

« Oh, merda, merda! Ma sei sicura? Perché non l'hai detto subito? Di chi è? Te lo vuoi tenere? »

La scrollai, la tirai su dal water. Adesso eravamo una di fronte all'altra, e ci guardavamo negli occhi, io con tutti i vestiti addosso, lei con quella faccia sofferente e le mutande afflosciate in mezzo ai piedi nudi.

« Non so che fare, Beatrice. Non lo so. So solo che non lo voglio. Ho sedici anni, io. A sedici anni non sei in grado di tenerti un bambino. »

Evitai di ricordarle che non era proprio così. Che mia madre a quella stessa età si era sposata e aveva avuto me.

« Ari, di chi è? Me lo vuoi dire? »

« Non lo so di chi è. Pure per questo me lo voglio togliere. »

« Un'idea ce la devi avere, non puoi dire che non sai di chi è. »

« Non lo so e basta, Bea, non chiedermelo più », concluse, brusca come non l'avevo mai vista. Mi guardò in faccia. I capelli crespi e rossi le coprivano il viso, incorniciavano quegli occhi scuri e spaventati. «Mi devi aiutare. Sei l'unica che può farlo.»

«Va bene, ti aiuto io, Ari, non ti preoccupare. Ti aiuto io.»

Ma io non avevo la più pallida idea di come fare per risolvere il casino che aveva combinato. Le proposi di andare all'ospedale ma si rifiutò. Lei in ospedale non voleva metterci piede.

«Quelli ti ammazzano», mi disse. «La gente pensa male, se vuoi abortire. Pensano che sei una persona cattiva.»

«Nessuno penserà che sei cattiva, Ari, devi solo farti un po' di coraggio.»

«Tanto non me lo fanno perché sono minorenne. Ai minorenni ci vuole il permesso dei genitori. E poi mi terrebbero lì dei giorni, e io che racconto a mia nonna?»

«Dille che vieni a dormire da me, e io dirò a mia madre che dormo da te. Così ti farò compagnia in ospedale.»

«No, Bea, non si può fare come dici tu. Meglio che facciamo come dico io.»

L'idea di Arianna era di andare a raccomandarsi dalla mammana.

Era una vecchia megera siciliana che abitava appena fuori dalla Fortezza. Dicevano che stava lì da anni, da molto prima che noi occupassimo, anche da prima che costruissero i palazzi bianchi di Colle dei Salici. Quei palazzi che avrebbero cambiato nome e che sarebbero diventati i nostri. Viveva in un tugurio diroccato, col tetto di tegole rosse e un orto avvizzito circondato dalle lamiere. Qualcuno diceva addirittura che stava lì da sempre.

Ci andammo una mattina presto. Dissi a mia madre che avrei accompagnato Arianna al mercato. Lei disse la stessa cosa a sua nonna.

Uscimmo dalla Fortezza e, invece di scendere verso la città, piegammo a sinistra verso i campi.

La casa della mammana stava in uno spiazzo di terra battuta in mezzo a un campo che sembrava una discarica. Tra l'erba avvizzita c'erano resti di vecchi elettrodomestici, materassi sventrati e carcasse di motorini. Li scavalcammo avvicinandoci e a ogni passo che facevamo sentivo la determinazione di Arianna venire meno.

«Non devi farlo per forza, se non sei convinta. Possiamo aspettare qualche altro giorno.»

«No, Bea, lo voglio fare. Ho solo un po' di paura, tutto qua. Però lo voglio fare, non vedo l'ora che tutto torni come prima.»

Eravamo giunte davanti alla casa. C'era una veranda di legno marcio, e una tenda di perline messa a coprire l'entrata. La porta era aperta, ma dentro non si vedeva niente.

« C'è nessuno? »

Dal retro, lì dove c'era l'orto protetto dalle lamiere, provenivano dei rumori. Presi Arianna per la mano e me la trascinai dietro, facendo il giro della baracca.

La mammana era nel suo orto, piegata a gambe divaricate, e si teneva una mano sul fianco, mentre con l'altra esaminava una piantina verde appena nata.

Aveva capelli bianchissimi e un vestito a fiorellini sporco di terra. Si crepava di caldo, ma lei portava calze pesanti e calzettoni bianchi arrotolati alla caviglia infilati in un paio di ciabatte che avevano visto tempi migliori. Sembrava una barbona.

Quando alzò la testa ci vide, ferme a pochi metri da lei. Ci squadrò, prima una e poi l'altra. La sua faccia non cambiò espressione.

« Che vi serve? »

« Siamo della Fortezza », dissi io. « Ci devi aiutare. »

« Fate il giro e ne parliamo. »

Ritornammo all'entrata, davanti alla veranda e alla tenda di perline. La donna uscì con le mani piantate sui fianchi. Ci guardò senza dire niente.

« Ci dobbiamo levare un pensiero », dissi. Accanto a me Arianna soffocò un gemito.

« Tutte e due? » La mammana aveva già capito.

« No, solo lei. »

La sua attenzione si spostò su Arianna che, con le

mani strette dietro la schiena e i piedi allineati, sembrava una scolaretta timida.

« Quanti anni tieni? » le chiese la mammana.

« Sedici. »

« Di quanto sei? »

« Non lo so. Un mese, un mese e mezzo. »

« Sei sicura? Meno di tre mesi? »

« Sì, sì, sono sicura. »

« Ce li hai i soldi? »

Arianna si infilò la mano nella tasca dei jeans e tirò fuori delle banconote spiegazzate. Gliele allungò, ma quella non le prese.

« Vieni dentro che vediamo », le disse. Poi, rivolta a me: « Tu rimani qua ». Mi strinsi nelle spalle. Non mi dava per niente fastidio rimanere fuori, anzi.

Mi sedetti sul primo scalino della veranda, stando bene attenta a non sporcarmi i pantaloni, e accesi una sigaretta. Mi incantai a guardare le cornacchie che svolazzavano tra i rifiuti alla ricerca di cibo.

Dall'interno della casa non proveniva nessun rumore.

Poco dopo, molto prima di quanto mi sarei aspettata, sentii la tenda di perline frusciare e Arianna comparve di nuovo accanto a me. Sembrava normale, stava bene. Teneva in mano una bottiglia di Coca-Cola piena fino all'orlo di un liquido strano.

« Hai già fatto? »

« Macché. » Alzò il braccio mostrandomi la bottiglia. « Devo farlo a casa. »

« Che è quella roba? »

Arianna mi rispose con un cenno. Insieme ci allontanammo dalla veranda. Non voleva che la vecchia origliasse i nostri discorsi.

« Un intruglio », disse poi. « Una cosa che ha fatto lei, con le sue erbe. Dice che è tutto naturale, che starò un po' male, ma che funziona. Mi ha visitato, Bea, manco fosse un dottore. »

« Che ti ha fatto? »

« Mi ha detto di levarmi le mutande. Prima mi ha messo le dita dentro, poi un arnese che pareva un cucchiaio... mi ha fatto pure male. Non lo so come fa, la sentivo tirare, rovistare... Faceva delle cose strane. Dice che non c'è bisogno di tirarmelo fuori con i ferri, che è piccolo. Che se bevo questa roba stasera viene via da solo. »

« E tu ti fidi? » Rabbrividii pensando a quella vecchia che pareva una strega. Arianna si strinse nelle spalle.

« Non ho alternative. E poi, senti, sono anni che fa questo mestiere. Mi ha detto che lo fa da sempre. Che gliel'ha insegnato sua madre, che quando ha fatto il primo aborto non aveva neanche la nostra età. Io mi fido, Bea. Anche perché le ho lasciato venticinquemila lire a 'sta stronza. »

Venticinquemila lire erano una cifra enorme. Mi chiesi come avesse fatto Arianna a racimolare tutti quei soldi in così poco tempo. Forse li aveva rubati a sua nonna, o magari aveva fatto di peggio, tipo prostituirsi. Non sapevo perché, ma mi sembrava una di quelle cose che Arianna avrebbe potuto fare. Sapevo anche che se avessi indagato mi avrebbe detto la verità, perciò decisi che non glielo avrei chiesto. Le misi un braccio sulle spalle e ci allontanammo, dirette verso casa.

Prima di entrare alla Fortezza, Arianna si scolò tutto il contenuto della bottiglia in un colpo solo, come la mammana le aveva detto di fare. A ogni sorso che mandava giù la sua espressione peggiorava.

«Cristo se è disgustoso», diceva nelle pause che faceva per riprendere fiato. «È una schifezza immonda.»

«Che ti aspettavi, principessa?» le risposi io. «Che sapesse di aranciata?»

«Vaffanculo», ebbe la forza di dirmi, mentre i conati la scuotevano.

Dopo che ebbe svuotato la bottiglia, aspettammo un po' sedute su una panchina. Non passava nessuno, ed era una fortuna. Arianna era pallidissima, ma sembrava stare meglio.

La riaccompagnai a casa, si spogliò, si mise a letto.

Un'ora dopo cominciarono le doglie.

La mammana aveva detto che era normale. Che per un giorno intero ti contorcevi come un'indemoniata e poi alla sera tiravi fuori tutto con il sangue.

E si vedeva che Arianna soffriva, ma non si lamentava. Aveva le contrazioni, si piegava su se stessa tenendosi le mani sulla pancia. Quando le arrivava una fitta, tratteneva il fiato e si conficcava le unghie nella carne, mordendosi il labbro inferiore. Poi il dolore passava per qualche minuto e la lasciava di nuovo respirare.

Io aspettai con lei, non sapevo che fare. Speravo soltanto che sua nonna non tornasse a casa. Era andata a lavorare in città e poi a trovare sua sorella, perciò eravamo sicure che non sarebbe rientrata troppo presto.

Nel caso fosse arrivata dovevo dirle che Arianna aveva mal di pancia per qualcosa che aveva mangiato al mercato. Dovevo impedire in tutti i modi che la portasse in ospedale. Era per questo che speravo che non tornasse, che perdesse l'autobus, o qualcosa del genere. A vedere Arianna che si contorceva sul letto con la fronte sudata e la schiuma alla bocca, all'ospedale l'avrei portata pure io.

Con il passare delle ore le contrazioni peggiorarono, arrivarono a intervalli sempre più brevi. Si rotolava nel letto e affondava la faccia nel cuscino per soffocare le urla. Avevo paura che non ce la facesse, avevo paura che insieme a quella cosa che aveva nella pancia morisse pure lei.

Però non morì.

Verso le sette di sera, dopo che le avevo bagnato il viso e la bocca con un asciugamano, mi disse che le scappava la pipì.

In tutto quel tempo non si era mai alzata dal letto e io non mi ero mossa dalla sedia su cui stavo.

Si appoggiò a me per alzarsi, poi da sola fece alcuni passi malfermi.

« Vieni qua », mi ordinò. « Mi ci devi portare te, non mi sento le gambe. »

Guardai le sue ginocchia bianche e lentigginose che spuntavano dalla camicia da notte, le gambe sottili con le vene in trasparenza. C'era un filo di sangue che le colava lungo la parte interna del polpaccio scivolando sul tallone e poi sul pavimento. Non dissi niente.

La accompagnai fino al bagno e le abbassai le mutande. Si lasciò cadere sulla tazza.

« Non ce la faccio », mormorò. E mentre lo diceva il sangue cominciò a colare sul serio. Abbassò la testa per guardarsi tra le cosce. Adesso il suo viso aveva assunto una sfumatura verdognola.

« Bea... che cazzo succede? »

« Il sangue, Ari, la vecchia te l'ha detto. Lo stai tirando fuori. »

Si abbracciò le ginocchia e la sentii respirare forte con la faccia nascosta. Forse piangeva. Presi uno straccio e tornai in camera ad asciugare la scia di sangue che si era lasciata dietro.

Un'ora dopo trovò la forza di alzarsi dal water. Il flusso che le colava tra le gambe si era placato, adesso era diventato un ciclo normale.

Prima di tirare lo sciacquone, Arianna si chinò a esaminare il contenuto della tazza. Rimasi sulla porta del bagno, io quella roba non la volevo vedere.

« Come va? » chiesi.

Scosse la testa, trattenendo il respiro. Si toccò la pancia, quella pancia che adesso era vuota.

«Ho abortito», disse. «Non c'è più.»

L'espressione impietrita della sua faccia mentre si girava a guardarmi non l'avrei più dimenticata.

13

Un mese esatto dopo quel giorno a casa di Arianna, l'Italia vinse i Mondiali.

Eravamo felici, a noi solo quello importava. Non sapevamo nemmeno chi fosse al governo. Non sapevamo niente, coltivavamo la nostra ignoranza spaventosa giorno dopo giorno. Noi conoscevamo solo Paolo Rossi.

Arianna stava un po' meglio. Per i due giorni successivi all'aborto non era riuscita a muoversi di casa, ma poi aveva ripreso a uscire anche se si affaticava ancora facilmente e bastava una camminata di pochi minuti a farla sentire spossata. Mangiava poco perché non aveva appetito, ed era dimagrita. I segni dell'avvelenamento che si era provocata per abortire si vedevano ancora.

Tutti i nostri amici sapevano che cosa aveva fatto, tutti facevano finta di niente e a lei stava bene così.

Ogni tanto la guardavo e ripensavo a quella sera a casa sua, alla faccia che aveva fatto nel bagno alla fine. Ci pensavo e qualche volta mi sentivo male, a ricordare la sua espressione, tutta quella sofferenza compressa in una smorfia appena percettibile. Giuravo a me stessa che a me non sarebbe successo. Io non sarei mai stata così cogliona da permettere che qualcuno me lo lasciasse dentro quel tanto in più da rimanere fregata.

Quella sera eravamo andati tutti nell'unico bar della Fortezza. Era estate e nel locale affollato un ventilatore affaticato faceva più pena che vento. Fuori c'era un caldo umido che ti si appiccicava addosso e non riuscivi più a staccarlo. Dentro c'era puzza di sudore e il frastuono tipico di un giorno di festa. La finale dei Mondiali, Spagna '82, Italia contro Germania ovest.

Accompagnai Arianna dentro il bar e chiesi una sedia per lei. Gliela sistemai un po' lontano dalla calca, vicino al bancone scorticato, e l'aiutai a sedersi. Non ci riusciva bene, qualche volta le cedevano le gambe.

« Bea, rimani con me? Non mi va di stare qui da sola, mi sento stupida. » Me lo chiese guardando gli altri della compagnia. Erano tutti in piedi sotto al televisore, incastrato tra una mensola e il soffitto macchiato. In mezzo a tutto il casino c'era anche Alfredo.

Gli altri ci avevano salutato da lontano, nessuno di loro si era avvicinato. Avevano tutti paura di perdere la prima fila che si erano guadagnati con l'attesa.

Un po' li compatii. Erano lì da ore per una stupida partita. Qualcuno era già indecentemente ubriaco.

Non c'erano altre sedie, perciò mi accovacciai ai piedi di Arianna, che, con le mani in grembo e quel sorrisetto triste, sembrava una giovane madonna addolorata.

« Bene, speriamo di vincere », disse tanto per dire qualcosa.

« Vuoi un gelato? » le proposi. Sapevo che era l'unica cosa che si sentiva di mangiare.

« Un ghiacciolo. Al limone. »

Mi alzai per prenderglielo. Dovetti spostare a spallate parecchi avventori prima di raggiungere il frigorifero che se ne stava triste e sbilenco in un angolo.

Ghiacciolo per lei e birra per me, che della partita non me ne fregava niente. Io ero lì soltanto perché avevo accompagnato Arianna.

Alfredo mi sorrise da lontano. Indossava una maglietta verde, bianca e rossa. Era carina, non mi ricordavo di avergliela mai vista addosso.

Tornata indietro, mi accorsi che Arianna non stava guardando la televisione. Aveva gli occhi puntati sulla folla, sui nostri amici. E aveva uno sguardo strano, un po' assente.

« Stai bene? » le domandai.

« Sì, sto bene. Guarda, è quasi finito il primo tempo e in campo c'è calma piatta. »

« Come fa a piacerti? »

« Che cosa, Bea? »

« Il calcio, come fa a piacerti il calcio? A me fa schifo. »

«È uno sport come un altro. Era giusto per non rimanere a casa a fare niente.»

Si strinse nelle spalle e io l'osservai ancora un po' di nascosto. I suoi occhi rimasero concentrati sulla partita e non si spostarono più verso il gruppo dei nostri amici. Forse si era accorta che la stavo sorvegliando.

«Io lo so di chi era il bambino.»

La frase sussurrata a mezza bocca mi colse alla sprovvista mentre bevevo. Mi sputai la birra sulle gambe. Quello non me l'ero aspettato.

Intorno a noi tutti gli sguardi convergevano sulla finale dei Mondiali. Anche il suo.

«Mi sa che ho sentito male», replicai.

«No, hai sentito benissimo. Io lo so chi è stato.»

«E allora perché non me l'hai detto?»

«Tanto comunque non lo volevo.»

«Andiamo fuori.»

Uscimmo e in giro non c'era nessuno. Dalle case affacciate sulla strada proveniva forte e chiara la telecronaca della partita.

Ci sedemmo su un marciapiede di fronte al bar. Da quella postazione riuscivamo a vedere la folla assiepata nel locale, pigiata sotto una cappa di fumo talmente densa che si tagliava col coltello.

Alfredo era il più alto di tutti e il più agitato. Saltava, sbraitava, abbracciava quelli accanto a lui.

Arianna teneva gli occhi appiccicati ai nostri

amici al di là del vetro, che non si erano nemmeno accorti che eravamo uscite, tanto erano assorti.

Rimasi in silenzio a cercare di indovinare chi dei nostri amici stesse guardando. Era difficile, erano tutti troppo vicini. Sapevo che se fossi riuscita a capire su chi era puntato lo sguardo di Arianna avrei anche capito chi era il padre di quel bambino che aveva voluto togliersi dalla pancia. Ma volevo comunque che fosse lei a dirmelo.

«È uno di qua?»

«Sì.»

«Sei sicura? Magari è stato Marcello, quello della bisca. Magari era suo.»

«No, con lui avevo contato i giorni, infatti subito dopo mi erano venute. Non è stato Marcello.»

«Allora è Enrico. Deve essere stato lui per forza.»

Enrico era uno della nostra comitiva. Aveva la fama di essere uno bravo, uno che con le ragazze ci sapeva fare. Arianna era stata anche con lui.

Aprì la bocca come per parlare e la richiuse subito. Mi guardò storcendo il naso.

«Arianna, c'è qualcosa che non so?»

La vidi dimenarsi a disagio.

Cosa mi nascondi, eh, Arianna? Chi è stato il deficiente che non te l'ha tolto in tempo? Sei sicura che non sia Enrico? Con chi altro sei stata, e perché me l'hai nascosto?

Tornò a guardare dall'altra parte della strada, nella vetrina offuscata del bar.

Guardava i nostri amici che seguivano la partita.

Guardava quello che si sbracciava più di tutti.

Sentii le mie budella liquefarsi e sguazzare in una brodaglia calda.

Non mi dire che è stato lui. Non mi dire che ti sei scopata anche Alfredo e che non me l'hai detto. Che lui è venuto nel mio letto ad abbracciarmi e aveva ancora le mani umide dopo averti toccato. Dimmi che non l'avete fatto, e se lo hai fatto davvero, dimmi almeno che non è bravo. Che fa schifo, che è venuto subito. Che è talmente incapace che non è riuscito nemmeno a sfilarsi in tempo.

« Guarda quanto cazzo si agita quella scimmia del gemello, pare un indemoniato », commentò lei, con aria assente.

« È stato lui? Dimmi la verità, ti ha messo incinta lui? » Quel brodo caldo nella pancia non voleva più andarsene.

C'era del panico nella mia voce? Non mi sembrava. Arianna mi squadrò come si fa con i pazzi.

« Con Alfredo? Ma sei fuori? »

« Non ci sei mai andata con lui? »

« No, ma come ti viene in mente? »

« Cazzo ne so, uno chiede. »

Le mie viscere avevano ripreso consistenza. Tirai il fiato. Non sapevo nemmeno perché l'idea di Alfredo con Arianna mi mandasse così fuori dai gangheri.

Sorrisi.

« Lo sai che per un attimo ho creduto davvero che fosse stato lui? »

« Impossibile. »

« Perché dici che è impossibile? »

« Alfredo non scopa. Alfredo vuole te. »

« Ma come ti viene in mente? »

« Apri gli occhi e accorgitene. »

« Sì, senti, a darti retta si fa notte. Allora, chi è stato, me lo dici? »

Piegò la testa da un lato, abbracciandosi le ginocchia.

« Tuo fratello. È stato lui. »

Un boato fragoroso esplose all'interno del bar. Paolo Rossi aveva fatto gol.

14

Resistetti fino alla fine della partita. Aspettai che la gente uscisse dal bar, festeggiando la vittoria.

Poi, mi allontanai correndo e, assicuratami di non essere vista, mi piegai e vomitai in un angolo.

Non lo so perché la rivelazione di Arianna mi fece quell'effetto. Forse perché di tanta gente che poteva aiutarla aveva chiesto proprio a me e questa cosa mi sembrava perversa. O forse semplicemente perché Francesco era mio fratello e aveva compiuto quattordici anni la settimana prima. Non mi sembrava possibile che potesse mettere incinta una ragazza.

Chiesi ad Alfredo di riaccompagnarmi a casa perché non mi sentivo bene, lo pregai insistentemente fino a che, sfinito dalle mie suppliche, acconsentì.

Ma io non volevo dormire da sola con mio fratello. Mi faceva senso.

«Resti da me stanotte?»

Fu sul punto di dire no, quando si accorse dalla mia faccia che qualcosa non andava.

«Hai bevuto troppo, eh, Bea?»

«Non è quello. È che... non lo so se ce la faccio a dirtelo. Però dormi con me.»

La sua espressione divenne seria. Entrammo in

casa in silenzio, camminando in punta di piedi per non disturbare mio padre e mia madre, e finalmente arrivammo in camera mia.

Francesco era rimasto fuori a festeggiare con gli altri. Con loro era rimasta anche Arianna.

L'avevo vista faticare a reggersi in piedi e mio fratello l'aveva sorretta. I loro sguardi si erano incrociati. Francesco aveva sorriso e io l'avevo odiato. Era un bambino, e lei ne aveva approfittato. Era un deficiente che aveva messo incinta la mia amica e nemmeno si era posto il problema.

O forse sì.

Forse lo sapeva e faceva finta di niente.

O forse, forse non era stato lui. Arianna si era sbagliata. Aveva fatto male i conti. Magari me l'aveva detto solo per farmi un dispetto. Ma dispetto di che? Arianna non aveva nessun motivo per dirmi una bugia.

Mi tormentavo, rigirandomi in quel letto troppo grande. Alfredo sdraiato accanto a me non diceva una parola. Aspettava annoiato. E, ogni tanto, sbuffava.

« Senti... »

« Ti sei decisa a dirmelo? »

« Non sai quanto è difficile. »

Quel suo silenzio tranquillo mi snervava. Dovevo dirlo a qualcuno.

« Arianna ha abortito. »

« Ma dai, che novità. Guarda che lo sanno tutti, Bea. »

«Non è questo il punto, imbecille.»

«Ah, no? E allora qual è?»

«La questione è chi è stato a metterglielo dentro.»

«Ma se non lo sa nemmeno lei. E comunque se l'è tolto. A questo punto, uno vale l'altro.»

«Lei lo sa chi è stato.»

Nella poca luce che entrava dalla finestra spalancata i suoi occhi sembravano neri.

«Chi?»

«Francesco.»

Detta così sembrava molto meno grave. Alfredo sospirò. Non era affatto impressionato.

«Lui lo sa?» mi chiese.

«Non credo.»

«Glielo dirai?»

«Dovrei farlo? Se glielo dico, poi lo ammazzo. Se faccio la spia a mio padre, poi lo ammazza lui. Ma lo ammazza davvero, eh? Io un fratello morto sulla coscienza non lo voglio. Anche se mi fa incazzare, Cristo se mi fa incazzare.»

«Allora non lo fare. Non dire niente a nessuno. Dimenticati questa cosa.»

«Perché non ti fa stare male? A me fa stare da schifo», lo rimproverai. Odiavo quella sua calma, quel suo disinteresse.

«È una cosa passata. E mica è capitato a te, quindi non vedo che senso abbia starci male. E poi, Bea, sinceramente, e con tutto il bene possibile: non me ne frega un cazzo di chi si scopa Arianna. Non me ne frega un cazzo nemmeno se si è fatta Francesco. Tu stai sempre lì a impicciarti, ma devi capire che questi sono affari loro. »

« Sei uno stronzo. »

« Sì, e tu piantala di scassare con questi discorsi da femmine. »

Mi sollevai sui gomiti e allungandomi su di lui accesi la piccola lampada sul comodino. Infastidito, socchiuse gli occhi.

« Tu ci sei mai stato con lei? »

Lo sapevo che Arianna aveva negato. Sapevo anche che mi aveva detto la verità. Quello che non sapevo era perché avevo quel bisogno di sentirlo da lui.

Mi fissò con la bocca aperta. Aveva lo sguardo identico a quello della mia amica quando poche ore prima le avevo fatto la stessa domanda. Mi venne da ridere.

« No, certo che no. Ma che cazzo di domande fai? »

« Giura che non siete mai stati insieme. »

« Bea, ma che ti prende? »

Irritata, tornai a spegnere la luce. Mi venne l'istinto di voltargli le spalle, ma non lo feci. Rimasi a fissarlo nell'oscurità.

« Va bene, te lo giuro. Non ci sono andato. Ti fa sentire meglio? »

« Arianna ti piace? »

« Sei gelosa? »

« No. Non sono gelosa. Allora ti piace, sì o no? »

«No, non mi piace. Non mi piacerebbe metterlo in un posto dove lo hanno messo tutti.»

«Questa è una cattiveria, Alfredo.»

«E tu mi stai chiedendo cose assurde. Adesso stai zitta e dormi, che non ti reggo più.»

«E che faccio con Francesco?»

«Fai un po' come cazzo ti pare, lo sai te quello che è meglio.»

«Sì, ma se tu fossi in me che cosa faresti?»

Nella penombra lo vidi passarsi le mani tra i capelli e lo sentii scalciare le lenzuola, infastidito. Mi venne da ridere. Mi piaceva portarlo all'esasperazione, mi divertivo.

«Guarda, io me ne fregherei, mi metterei a dormire e lascerei in pace i poveri cristi che mi sopportano.»

Mi girai verso la parte vuota del letto, chiusi gli occhi. Pochi minuti dopo, mi baciò i capelli, augurandomi la buonanotte.

«Oh, Alfredo», mi lasciai sfuggire.

«Perché devi rompere i coglioni a questo modo, e proprio stasera, eh, Bea?»

«Vaffanculo. Volevo dirti che sono contenta.»

«Contenta di cosa?»

«Che con Arianna non ci sei stato.»

Sorrisi immaginando la sua espressione perplessa allargarsi alle mie spalle. Poi finalmente mi addormentai.

15

L'inverno alla Fortezza era insopportabile. A ottobre cominciavamo a preoccuparci di cosa avremmo fatto per non morire di noia durante i mesi invernali. A partire dai primi di novembre, sulla collina che ci ospitava cominciava a ghiacciare. Il fango degli spiazzi si congelava e diventava scivoloso, l'erba ingrigiva e all'aperto non si poteva stare. Soffiava un vento gelido che ti tagliava le orecchie.

Passavamo le giornate a guardare la televisione, oppure rintanati nell'unico bar del quartiere, che a causa del freddo era sempre pieno di gente, e trovare un posto a sedere era praticamente impossibile.

Spesso pioveva, una pioggia battente che ti infradiciava anche le ossa.

Quella pioggia la vedemmo spesso durante l'inverno del 1982.

A causa del brutto tempo ci annoiavamo ancora di più. Costretti a stare in casa per gran parte della giornata, io, Alfredo e Francesco non facevamo che litigare. A volte, Massimiliano e Andrea scendevano a casa mia e allora litigavamo anche con loro.

Quando veniva a trovarmi Arianna era anche meglio, litigare con una ragazza forniva spunti più interessanti.

Non ce la facevamo più, ogni scusa era buona per picchiarci tra noi.

Neanche mia madre riusciva a sopportare la nostra presenza, ci urlava di toglierci dai piedi. Allora ci sedevamo sulle scale del condominio, ma puntualmente usciva qualcuno a intimarci di fare silenzio.

Fu per questo che a mia madre venne l'idea.

Una domenica mattina, durante la messa, don Antonio aveva consegnato ai fedeli un volantino. Mia madre lo portò a casa e ci disse di leggerlo. C'era il programma completo delle attività natalizie dell'oratorio, con diversi appuntamenti, tutti nel pomeriggio. Erano attività davvero stupide e inutili, roba di lavoretti manuali come costruire decorazioni per l'albero di Natale o personaggi per il presepe.

Francesco disse che piuttosto che andarci si sarebbe buttato dal balcone.

Alfredo fu d'accordo con lui, e anch'io concordai. Era dai tempi della scuola che fare i lavoretti di Natale mi faceva schifo.

Mia madre però non era della stessa opinione. L'ultimo venerdì di novembre ci spedì all'oratorio della Pagoda, e a niente servirono le nostre proteste. Fu irremovibile.

Alla fine, una visita all'oratorio era sicuramente meglio che stare per strada a congelarci, e comunque nessuno poteva costringerci a fare quelle cose ridicole, potevamo anche stare lì a guardare, o a farci gli affari nostri.

Perciò andammo.

Mi aspettavo la solita atmosfera da chiesa, quella che avevo colto durante le poche attività parrocchiali alle quali avevo assistito. Don Antonio con la tonaca nera e i capelli sempre pettinati all'indietro, le anziane del quartiere e i bambini impegnati a fare quei lavoretti. E qualche altro poveraccio nella nostra stessa condizione con cui scambiare chiacchiere e lamentele.

Invece, non trovai niente di tutto questo.

La sala principale dell'oratorio, utilizzata come ripostiglio per la maggior parte dell'anno, era stata ripulita e addobbata a festa. In un angolo c'era un abete spoglio, di quelli finti con i rami ripiegabili. C'erano anche delle lucine colorate che pendevano dal soffitto. Ne funzionava una su quattro.

Don Antonio non indossava la tonaca, ma un paio di jeans e un maglione. Non sembrava nemmeno un prete.

E c'era della gente, parecchia gente. Non ne avevo mai vista così tanta, all'oratorio. Alcuni li conoscevamo, erano abitanti della Fortezza.

Altri, e questa era la vera novità, non li avevamo mai visti.

Restammo impalati sulla porta a guardare quel mucchio di gente sconosciuta. Molti di loro erano poco più grandi di noi.

La cosa più strana era che non avevano paura di essere alla Fortezza. Si muovevano tranquilli, sembravano a loro agio. Ci sorridevano.

« Io me ne vado », disse Alfredo.

« Dove cazzo vai? »

« A casa. Qui non ci sto neanche morto. Ci vediamo dopo, eh? »

Lo guardammo allontanarsi, sparire lungo la strada con le mani in tasca e la pioggia battente a picchiargli sulla testa.

Quando fu sparito alla nostra vista, Francesco mi lanciò un'occhiata speranzosa.

« Non ci pensare nemmeno », gli dissi. « Se torniamo a casa adesso, sai quanto si incazza nostra madre? »

Stavamo fermi sulla porta, a guardarci sconsolati, quando don Antonio venne verso di noi, con un gran sorriso.

« Beatrice, Francesco, che bello vedervi qui », ci disse. Non scherzava, era davvero contento. Si mise tra noi due e ci circondò le spalle con le braccia, come facevamo noi con i nostri amici.

Don Antonio ci accompagnò a un tavolo dove alcune persone stavano dipingendo delle palle di Natale e ci spiegò brevemente cosa dovevamo fare. Riconobbi due donne che abitavano nel palazzo di fronte al mio e la sorella maggiore della mia amica Cristina. Le salutai a mezza bocca, poi mi sedetti tra mio fratello e un ragazzo che non conoscevo.

Rimasi per un po' a guardare il ragazzo sconosciuto alla mia destra.

Poteva avere la mia stessa età, forse qualche anno in più. Era magro e portava gli occhiali. Sembrava contento di stare lì a dipingere le palle di Natale, eppure non aveva l'aria sfigata. Mi chiesi cosa ci stesse a fare seduto a quel tavolo insieme a tutte quelle femmine.

Non feci in tempo a pensarlo che quello alzò la testa e mi sorrise.

« Ciao. Io sono Giulio. »

« Io mi chiamo Bea, e questo è mio fratello Francesco. »

Per tutta risposta, Francesco grugnì: « Te non sei di qua. Che ci sei venuto a fare? »

Avrei voluto dirgli di stare zitto e comportarsi bene, ma tanto non mi avrebbe dato retta. Francesco faceva sempre quello che voleva. A differenza di Alfredo, che qualche volta si lasciava convincere, Francesco era ingovernabile.

Chinai la testa, fingendo di non aver sentito, anche se la conversazione stava avvenendo in prossimità delle mie orecchie.

« Vengo dalla parrocchia di San Damiano », rispose quello, con un tono straordinariamente gentile. « Don Antonio mi ha chiesto se volevo venire ad aiutarlo con le attività natalizie dell'oratorio. »

« Ah. Quindi sei un prete. »

« Non sono un prete. Sono un volontario della parrocchia. Tutte le persone che non conosci e che vedi qui stasera sono volontarie. »

Ci guardammo rapidamente intorno. I volontari erano almeno una decina, tutti giovanissimi.

« Ma vi piace davvero fare queste cazzate? » continuò Francesco. Avrei voluto strozzarlo, mi stava facendo vergognare. Anche le nostre compagne al tavolo sembravano in imbarazzo, guardavano ovunque tranne che nella nostra direzione.

«Non è mica quello l'importante. Questa è solo un'occasione per stare insieme.»

«Cristo, parli proprio come un prete, forse dovresti pens...»

«Francesco, basta!» urlai.

Funzionò. Ammutolì all'istante. Ne approfittai per minacciarlo: «Se non la smetti, dirò tutto a papà».

La promessa di riferire tutto a casa aveva sempre un effetto straordinario su mio fratello. Bastava uno sguardo di mio padre per metterlo in soggezione.

Mi diede ascolto, afferrò una palla di Natale e cominciò svogliatamente a dipingerla.

«Lavori da carcerati», lo sentii borbottare tra sé.

Mi voltai verso il ragazzo nuovo, mi scusai con lui. Non volevo che pensasse che anch'io ero una bestia, anche se a dire il vero condividevo appieno le opinioni di mio fratello.

Quei lavoretti erano tutte colossali stronzate.

Quando uscimmo dall'oratorio, si era fatta l'ora di cena. Francesco era rimasto accigliato per tutto il tempo, io invece alla fine mi ero rassegnata e l'avevo trovato non del tutto spiacevole.

Pensavo che se dovevo starci per forza, tanto valeva farmelo piacere. E poi, il ragazzo del volontariato era simpatico e gentile.

«Non è male quel Giulio... no?»

«Ma chi, il prete mancato? È solo un imbecille. Ti sei messa pure a difenderlo.»

«Solo perché tu non ti sai comportare. Lui era carino e tu un grandissimo cafone.»

C'era un gran buio quella sera alla Fortezza, e stava ricominciando a piovere, ma Francesco si fermò in mezzo alla strada e mi prese per un braccio.

«Non ci credo», disse, mentre un sorriso idiota gli si allargava sulla faccia. «Ti piace il pretino!»

«Non è vero, quand'è che avrei detto una cosa del genere?»

«Hai detto che è carino! Ti piace quello sfigato!»

«Tu senti solo quello che ti pare! Intendevo carino come persona, che palle che sei!» Ma mio fratello non mi ascoltava più. Si lanciò a correre lungo la strada, gridando ai quattro venti che mi ero innamorata di un prete.

Mi strinsi nelle spalle e decisi di lasciarlo perdere, conscia del fatto che Francesco era un deficiente fatto e finito.

16

Alla fine, non mi dispiaceva andare all'oratorio. Alfredo non voleva metterci piede, e mio fratello dopo la prima volta si era categoricamente rifiutato di tornarci.

Io invece ci andavo tutti i pomeriggi.

Ero sempre convinta che dipingere palle di Natale o costruire il presepe fossero dei lavori stupidi e noiosi, ma non andavo alla Pagoda per quello.

Mi piaceva incontrare gente nuova, persone diverse da quelle che avevo visto tutti i giorni da quando ero nata.

E poi, nonostante le chiacchiere di Francesco, Giulio mi stava simpatico. Durante i pomeriggi all'oratorio cercavo sempre di sedermi vicino a lui.

E dopo pochi giorni, aveva cominciato a tenermi il posto.

Forse aveva ragione Francesco. Forse quel ragazzo non mi era indifferente. Se pensavo che di lì a un paio di settimane sarebbe finito tutto, non mi sentivo sollevata, ma dispiaciuta.

Ma non era soltanto per quello. Mi comportavo in modo strano nei suoi confronti, me ne accorgevo io stessa.

Non mi ero mai comportata così con nessuno.

Davanti a lui cercavo di esprimermi in italiano senza strascicare le parole e senza troncarle a metà, come facevo quando invece parlavo con i miei amici. Mi sforzavo di non dire troppe parolacce, cercavo di sostituire le imprecazioni con qualcosa di meno volgare. Mi sedevo a gambe strette senza stravaccarmi. Qualche volta avevo anche messo del rossetto, preso di nascosto dalla borsa di mia madre.

Quando poi mi capitava di restare sola con lui mi sentivo così nervosa che non facevo che ridere.

Don Antonio non voleva che si fumasse all'interno della sala dell'oratorio, così ogni volta che volevo accendermi una sigaretta ero costretta a uscire nel portico. Faceva freddo e a causa dei lampioni rotti il cortile dell'oratorio rimaneva al buio, ma almeno non mi pioveva in testa.

Qualche volta, quando non c'era troppo da fare, Giulio mi accompagnava fuori, anche se lui non fumava.

Stavamo vicini, in quell'oscurità illuminata solo dalla brace della sigaretta, ad ascoltare la pioggia che cadeva da qualche parte del portico.

Parlavamo pochissimo.

Non mi veniva da dire niente. Mi sforzavo sempre di trovare un argomento e, se per miracolo ci riuscivo, dopo poche battute la conversazione moriva.

Era come se il silenzio del portico ci tappasse la bocca, in qualche modo. Finché stavamo dentro all'oratorio eravamo allegri e parlavamo di tutto.

Fuori, la situazione languiva, e io mi sentivo in imbarazzo. Pensavo che da solo con me si annoiasse, perciò mi sbrigavo a fumare per rientrare il prima possibile.

Non mi piaceva per niente come mi sentivo lì fuori e verso la fine avevo preso l'abitudine di non uscire più.

Fumavo prima di entrare all'oratorio, e dopo, sulla via del ritorno.

Per il resto del tempo mi trattenevo.

Una sera, però, fu lui che mi chiese di uscire sul portico.

Era l'ultimo pomeriggio di attività lì all'oratorio. Dopo, don Antonio avrebbe celebrato la messa alla Pagoda e poi saremmo tornati tutti a casa. Io però me ne sarei andata via prima degli altri. Non me ne fregava niente della messa.

Ero arrampicata su di una scala a pioli di quelle usate dai muratori. Stavo sistemando la punta dell'albero di Natale, quando Giulio mi si avvicinò.

«Bea, puoi venire giù per favore?»

«Che cosa ti serve?»

«Niente, è solo che... Vieni giù e te lo dico.»

Non feci in tempo a scendere da quella scala traballante che mi afferrò per una spalla, allontanandomi dall'albero. Sembrava nervoso.

«Andiamo a fumare, ti va?» mi chiese.

«Tu non fumi!»

« Che c'entra, ti faccio compagnia mentre lo fai. »

Feci appena in tempo a prendere la giacca e le sigarette e poi fui trascinata fuori, nel buio del portico.

Eravamo soli. Erano tutti impegnati a dare gli ultimi ritocchi all'albero e al presepe, e nessuno aveva fatto caso alla nostra fuga.

Nel cortile e sotto al portico non c'era nessuno, ma dalla sala dell'oratorio arrivavano distintamente le voci e le risate.

Mi appoggiai contro il muro, guardando i palazzi della Fortezza. C'erano dei balconi che lampeggiavano di lucine colorate, era uno spettacolo quasi allegro.

« Bea, senti... ci vieni a casa mia? » disse lui all'improvviso. Non afferrai subito.

« Che hai detto? »

« Ti ho chiesto se ci vieni, uno di questi giorni, a trovarmi a casa mia. »

« E che vengo a fare? »

« Non lo so, stiamo un po' insieme... stiamo bene insieme, no? »

Certo che stavamo bene. Giulio mi piaceva. Non come i miei amici di sempre, mi piaceva in modo diverso. Davanti a quel ragazzo volevo essere migliore.

Lui, però, non faceva parte del mio mondo. Era un'altra cosa. Una cosa che sarebbe finita di lì a poche ore, lo sapevo.

Mi dispiaceva, ma non potevo farci niente.

«Abiti da solo, tu?»

«No. Con i miei genitori. Ho anche un cane, si chiama Zeno. È grosso ma è buono, non mette paura.»

«Io non ci posso venire da te.»

«Perché no?»

La risposta era evidente, ed era tutto intorno a noi. Era per colpa di quel posto, con i portici rotti e i cortili congelati, quel posto fatto di lucine da quattro soldi impiccate ai balconi graffiati di ruggine. Io non me ne potevo andare. Era una specie di prigione.

«Perché abito qui, perché sono una della Fortezza. Alla gente di fuori noi non piacciamo, Giulio. Ci guardano male, ci cacciano via. Non posso venire a casa tua.»

«Mio padre e mia madre non sono mica così stupidi. Questo è solo un posto, Bea. Non devi essere per forza come quello che ti circonda.»

«Io però sono così. Sono uguale a questo posto. Non ci posso fare niente.»

«Quindi non ci vedremo più?»

«L'anno prossimo, quando tornerai all'oratorio.»

Cercai di sorridere, e all'improvviso, senza che me lo fossi minimamente aspettato, Giulio mi baciò.

Non mi resi subito conto di quello che stava succedendo. Un momento prima eravamo distanti e parlavamo di rivederci.

Il momento successivo avevo la sua lingua in bocca.

Mi dava una sensazione strana, ma non mi scansai. Gli gettai le braccia al collo e mi lasciai abbracciare a mia volta, quello era il mio primo bacio e non volevo perdermelo per niente al mondo, anche se non era come l'avevo immaginato io, anche se i miei capelli ci finivano in bocca e gli occhiali di lui si erano messi di traverso tra i nostri nasi, era comunque un'esperienza nuova, inaspettata. E una volta fatta l'abitudine non era nemmeno così brutto.

Mentre ci baciavamo, qualcuno all'interno della sala dell'oratorio esplose in una risata fortissima. Era una risata allegra, ragliante, una di quelle risate contagiose.

Sembrava proprio quella di Alfredo.

Alfredo. All'improvviso mi ricordai che gli avevo dato appuntamento proprio lì all'oratorio, per la fine delle attività. Volevo mostrargli il presepe e l'albero di Natale decorato da noi.

Alfredo, che stava arrivando.

Alfredo, che non doveva vedermi mentre baciavo uno sconosciuto.

Alfredo, che l'avrebbe detto a mio fratello, che poi l'avrebbe detto a mio padre.

E mio padre, che a sapere una cosa del genere mi avrebbe proibito di uscire almeno fino a Pasqua.

Spinsi via Giulio, mi sistemai la giacca e cominciai a correre giù per la strada.

« Bea, ma dove vai? »

« Devo fare una cosa, è importante! »

« Quando ci rivediamo? »

Mi fermai, voltandomi a guardarlo. La sua figura nera nell'ombra del portico. Il riflesso degli occhiali, ancora storti sul naso, si vedeva anche a quella distanza. Pensai che anche così era davvero carino.

Sorrisi.

« L'anno prossimo! Ci vediamo per il prossimo Natale! »

Poi ripresi a correre e non mi guardai più indietro.

Lungo la strada, incontrai Alfredo. Veniva verso la Pagoda con le mani sprofondate nelle tasche del giubbotto e i suoi soliti jeans troppo corti alle caviglie.

« Che ci fai qui? Non dovevi essere all'oratorio a fare quelle cazzate di Natale? »

« Sono venuta via prima, mi stavo annoiando. »

« Be', andiamo a vedere questo presepe. Ci tenevi tanto. »

Lo afferrai per un braccio e cominciai a trascinarlo nella direzione opposta alla Pagoda. Non volevo che entrasse nell'oratorio, non volevo che incontrasse Giulio.

« Ma chi se ne frega del presepe, Alfredo. Puoi vederlo anche domani. Vieni, andiamo al bar, devo comprare le sigarette. »

« Che cazzo ti succede? Sei strana. Sembri matta. »

« Io? No, niente. Sto un po' così. Mi sono fatta una canna, sono stravolta. Andiamo via, dai. Andiamo via. »

Alla fine si lasciò convincere.

Mi attaccai al suo braccio, lungo la discesa che dalla Pagoda conduceva alla piazza e poi al bar del quartiere.

Alfredo aveva preso per buona la scusa della canna e non sembrava essersi insospettito.

Non gli avrei detto mai il vero motivo di tutta quella scena, me lo sarei tenuto per me.

Ma sentivo ancora il sapore di Giulio tra le labbra, e mi piaceva e mi faceva sentire felice.

E non vedevo l'ora di raccontarlo ad Arianna.

17

L'estate successiva a quella dei Mondiali partii per le mie prime vere vacanze al mare.

Non ero mai stata da nessuna parte, il mare non l'avevo mai visto. Qualche volta, in primavera, ero stata insieme alla mia famiglia a un lago artificiale che avevano scavato in un parco fuori dalla nostra città, ma non era la stessa cosa. Nel lago potevi pescare, ma fare il bagno era vietato. E comunque l'acqua era di un verde scuro che ti faceva passare la voglia di tuffarti.

A metà luglio, sul cancello della chiesa apparve un cartello: l'oratorio aveva organizzato una gita di una settimana in una località sul mar Adriatico, e le iscrizioni erano aperte ai ragazzi dai dodici ai diciotto anni. Si partiva di sabato col pullman e si alloggiava dalle suore, in un convento vicino al mare. Mi fermai a leggere il programma scritto sul cartellone: c'erano qualche attività ricreativa e qualche preghiera di troppo per i miei gusti, ma per riuscire a vedere il mare ne valeva la pena.

Informai i miei genitori della gita. Dissero che mi ci avrebbero mandato, che per un prezzo così basso potevamo permetterci di andare sia io sia Francesco.

Non ero mai stata fuori dalla città e l'idea mi eccitava.

La mattina dopo, con i soldi in mano e un'autorizzazione scritta di mio padre, andai alla Pagoda per versare la mia quota di partecipazione. Don Antonio mi accolse con un sorriso.

«Sei fortunata, Beatrice», mi disse, «è rimasto un unico posto libero.»

Tornai a casa saltellando felice. Non sapevo chi altri della Fortezza avesse prenotato quei posti, ma io ci sarei andata, io avrei visto il mare. Poco importava che Francesco non avesse fatto in tempo a iscriversi. Peggio per lui che era rimasto a dormire, dicendo che sarebbe andato nel pomeriggio.

Passai tre giorni col sorriso perennemente stampato in faccia. Francesco e Alfredo, invidiosi, mi guardavano preparare la valigia e rispondevano alle mie chiacchiere con grugniti imbronciati.

Me ne stavo andando. Una settimana dove nessuno mi conosceva, dove nessuno mi avrebbe etichettato come una delinquente da tenere lontana solo perché abitavo nel posto sbagliato.

Una settimana vissuta da persona normale.

Il giorno prima della partenza, andai con mia madre al mercato e comprai un costume da bagno azzurro. Mi stava bene, mi sentivo già abbronzata, ero carina con quel costume. Me lo tenevo addosso, nascosto sotto i vestiti che portavo tutti i giorni. Indossarlo mi dava una bella sensazione, pensavo a quando sarei arrivata in spiaggia il giorno dopo e sorridevo da sola, come una cretina.

Alfredo, seduto sul balcone, fumava una sigaretta dopo l'altra e mi dava le spalle. Erano giorni che comunicava con me attraverso monosillabi e grugniti.

« Pensa, domani a quest'ora starò facendo il bagno », gli dissi.

« E sai quanto me ne frega. »

« Perché non riesci mai a essere contento di qualcosa che faccio senza di te? »

« Ma chi ti ha detto niente? Non me ne frega un cazzo del mare, neanche mi piace il mare. »

« Ma se non l'hai mai visto. »

« Ecco, brava, e quando torni non raccontarmelo. »

« La tua è tutta invidia. »

« Quel costume ti sta da schifo, Bea. »

C'era una musicassetta anonima abbandonata sul letto, la raccolsi e gliela tirai. Lo colpii alla nuca.

« Ahio! Ma sei scema? »

« Che ne sai che porto il costume? Mi stavi spiando? »

« Si vede da lontano che non indossi delle mutande normali. Cammini come se avessi le emorroidi. »

« Guarda, non ho nient'altro da tirarti a portata di mano e sono troppo occupata a fare la valigia per buttarti di sotto. »

« Guarda tu, è meglio che me ne vado o altrimenti di sotto ti ci butto io. Oggi non ti reggo. »

Si alzò, entrò in casa scansandomi con una spallata e sparì ciabattando lungo il corridoio.

« Vado al mare, che bello, vado al mare col mio costume che mi fa sembrare una cicciona! » La sua voce in falsetto tintinnò lungo le pareti, un'irritante imitazione della mia.

Dominai l'impulso di inseguirlo e picchiarlo. Scaraventai gli ultimi vestiti in valigia. Tutto il mio buonumore era svanito. Mia madre si affacciò alla porta della stanza.

« Perché hai quella faccia? Ho visto Alfredo andare via come una furia. »

« Mamma, lascialo perdere quello. »

« State sempre a litigare. »

« È lui che mi fa uscire di testa. Vorrei ammazzarlo. È invidioso, vuole rovinarmi la partenza. »

« Un po' te le cerchi, Bea. Sei sempre lì a tormentarlo... gli ci vuole una pazienza, con te... »

« Ti ci metti anche tu, adesso? Gli dai sempre ragione! »

« Non gli sto dando ragione. Dico solo le cose come stanno. »

Mi girai a guardarla, un po' sorrideva, un po' no.

« Volevi qualcosa, eh, mamma? »

« Se hai finito con la valigia, puoi scendere a prendere un litro di latte? »

« Non puoi mandarci Francesco? »

« Sta aiutando tuo padre con lo scaldabagno. »

« E allora chiama Alfredo e mandaci lui. »

« Va bene, ho capito, ci vado da sola. »

« Dai, dammi qua. »

Le strappai i soldi di mano e scesi senza nemmeno preoccuparmi di indossare le scarpe. Con quel caldo nessuno ci avrebbe fatto caso.

Fuori dal bar, seduto accanto a un tavolino zoppo e scheggiato, ritrovai Alfredo. Parlava con un vecchio in canottiera. Le loro voci risuonavano per la strada facendosi udire da tutti, anche se a nessuno interessava l'ennesima discussione calcistica.

Sotto i miei talloni, l'asfalto bruciava. Coprii di corsa gli ultimi metri, fino a trovare un brandello di ombra dove appoggiare i piedi, proprio accanto alla sedia di Alfredo, che non mi degnò di uno sguardo.

Entrai nel bar sghignazzando e quando uscii, pochi minuti dopo, lui era sparito.

« Dov'è andato? »

Il vecchio aveva la pelle bruciata dal sole e dai tatuaggi, la testa pelata e la voce rauca da fumatore incallito.

« Ma chi? »

« Il ragazzo biondo. Quello che era qui fino a due minuti fa. »

Dal suo sorriso mancavano parecchi denti. « Io non ho visto nessuno. »

« Oh, vaffanculo anche te. » Mi allontanai, irritata. Stavano sempre tutti dalla sua parte.

Alfredo era di un permaloso unico. Si incazzava per ogni cosa, ma non aveva una grande memoria, perciò, di solito, gli passava nel giro di una notte. Tranne quella volta. Quella volta se la prese parecchio.

La mattina dopo arrivò a casa mia ciabattando con i suoi zoccoli di legno e un'espressione scocciata. Mi guardò salutare la mia famiglia e prese la valigia, senza dire una parola.

Non mi accompagnava per farmi un favore, o perché gli piacesse stare con me. Mi portava la valigia solo per avere qualcosa da rinfacciarmi in seguito. E per tormentarmi col suo silenzio.

L'appuntamento era stato fissato per le nove davanti alla chiesa. Fino a lì, mi avrebbe accompagnato solo lui. Una camminata di dieci minuti con il rumore dei suoi grugniti a farmi compagnia.

Non era una prospettiva piacevole, perciò decisi di cercare un compromesso.

Litigare, per esempio. Quello sì che era un gran bel compromesso.

« Be', la finisci di fare il deficiente? »

Mi rispose il silenzio. Alfredo guardava dritto davanti a sé, giocherellava con un accendino giallo e fingeva di non sentirmi.

« Per favore, Alfredo, per favore! » sbottai. « Non ce la fai proprio a essere contento per me? »

« Perché, Bea, tu lo saresti stata per me? »

Sbuffai.

Fossi stata al suo posto, lo sapevo, ne avrei fatto una tragedia. Cercavo di giustificarmi con me stessa dicendo che era diverso. Ero meschina, ma temevo che lui potesse sostituirmi, che potesse conoscere qualcuno migliore di me, qualcuno che me lo avrebbe portato via. Una ragazza, forse. Odiavo l'idea di doverlo dividere con qualcun altro. Ma questo non potevo dirglielo.

Non potevo fare altro che mentire.

« Certo che sarei stata contenta per te! »

« Non ti sarei mancato? »

« Telefonerò tutti i giorni, te lo prometto. »

« Bea, non ho detto che mi mancherai. Ho chiesto se ti sarei mancato. »

Chinai il capo, mordendomi le labbra.

« Bene, vedo che non sei così stupida come pensavo. »

« Senti, io... »

« Oh, sta' zitta un po', che noia che sei. Guarda, qualcuno è già arrivato. »

Mi indicò uno sparuto gruppo di persone ferme sotto al portico della Pagoda. Si fermò, mi porse il mio bagaglio.

« Ciao, Bea. »

« Be', almeno abbracciami, no? »

« Non te lo meriti. »

Sapeva essere velenoso. Lasciai cadere la valigia. Atterrò sulla ghiaia con un tonfo sordo.

Gli gettai le braccia al collo, anche se per farlo fui costretta ad alzarmi in punta di piedi. Lui non ricambiò il mio abbraccio. Me ne fregai.

« Lo so che non ti importa », gli sussurrai in un orecchio, « ma mi mancherai sul serio. »

Un lampo di dolore mi annebbiò la vista. Schizzai all'indietro come se mi avessero morso.

Il braccio sinistro mi bruciava. C'era una ferita rossastra proprio all'altezza della spalla, un'ustione piccola ma dolorosa che ancora sfrigolava.

Alfredo teneva in mano l'accendino giallo su cui aveva incastrato un pezzo di ferro reso rovente dalla fiamma, e non faceva nulla per nasconderlo. Lo guardava inespressivo come se lo vedesse anche lui per la prima volta.

Aspettò che si fosse raffreddato e poi, lentamente, se lo rimise in tasca.

«Tu sei pazzo! Fatti curare!» gli gridai.

Quella sua faccia calma. Quegli occhi verdi socchiusi. Quei capelli biondi che avrei voluto strappare a mazzi. Quella bocca sottile che non sorrideva.

«Beatrice, chi ti vuole bene ti fa piangere.»

Gli sferrai un pugno, spaccandogli il labbro.

Lui non fece una piega, si leccò via il sangue scuotendo la testa. «Ci vediamo quando torni.»

Lo guardai allontanarsi su quel piazzale bianco di ghiaia.

«Ti odio, Alfredo!» gli urlai dietro. Nemmeno si voltò.

Con gli occhi ancora pieni di lacrime tornai a guardare l'ustione. Già si distingueva la sua forma.

Era una fottutissima e perfettamente leggibile A.

18

La mia rabbia nei confronti di Alfredo si attenuò nel giro di quattro ore, quelle che ci vollero all'autista per condurci a destinazione. Sul pullman mi ero seduta accanto al finestrino, e guardavo fuori, quell'Italia che non avevo mai visto. Non era tanto diversa da casa mia. Chiacchieravo con quelli che mi stavano intorno, mi trovavo bene. Anche se non facevano parte della mia solita cerchia di amici, alla fine ci conoscevamo tutti, anche solo di vista. Ogni tanto tornavo a guardare quell'ustione già gonfia e livida e mi stringevo nelle spalle. Pensavo che in fondo non era così grave. Ci eravamo fatti di peggio in passato. Ci eravamo ricoperti a vicenda di morsi e tagli e graffi, al confronto una bruciatura non era niente. Cercavo di convincermi, ma c'era qualcosa che non funzionava. Le botte che ci eravamo dati da bambini erano stati dispetti, piccole vendette, giochi finiti male. Stavolta era diverso. Alfredo, forse senza rendersene conto, aveva tracciato un confine che stava tutto lì, nella prima lettera dell'alfabeto. Nella prima lettera del suo nome. Un confine che non riguardava lui, ma me.

Cercavo di convincermi, ma sotto le balle che mi raccontavo lo sapevo bene. Non l'aveva fatto per farmi un dispetto, ma solo per imprimere su di me la linea che ci separava dal resto del mondo. Un segno di riconoscimento, un ricordo.

Alfredo mi aveva marchiato come un animale.

Smisi di pensarci all'improvviso, quando guardando fuori dal finestrino l'autostrada, i campi coltivati con le case costruite su spiazzi di polvere e i filari di alberi, vidi in fondo, lontano, una striscia azzurra appena visibile che non era cielo. Il mare. Erano anni che volevo vederlo, che volevo metterci dentro i piedi, sentire che odore e che sapore avesse.

Passai l'ora successiva ad agitarmi sul sedile. Mi agitai finché il pullman non si fermò a destinazione.

Eravamo nello spiazzo del convento che ci avrebbe ospitato. Era una costruzione col tetto basso e le finestre strette e un giardino dove c'era un prato curato, palme e pini. Alcune suore ci aspettavano schierate in fila davanti alla porta, ci guardavano sorridenti e ci salutavano, ma di loro non mi importava niente. Oltre la cancellata c'era la strada e subito dopo la spiaggia. Non vedevo l'ora di scendere.

L'autista aprì il portellone e don Antonio si mise davanti a tutti per evitare che ci spintonassimo. Ci faceva scendere a coppie, poi ognuno andava a prendere la propria valigia nel portabagagli e si sistemava da una parte, in attesa di entrare nel convento. Approfittai della confusione che inevitabilmente si era creata per allontanarmi.

Lasciai la valigia in un angolo e, senza farmi notare, uscii spedita dal cancello, attraversai la strada correndo e mi buttai nella sabbia.

Era una giornata ventosa, nuvole basse riempivano il cielo, e sulla spiaggia non c'era nessuno. Da vicino, il mare aveva lo stesso colore del ferro.

Mi sfilai le scarpe e le calze, corsi a piedi nudi in quella sabbia fredda, ridendo da sola.

Raggiunsi l'acqua e continuai a correre, senza preoccuparmi dei jeans che si inzuppavano, che diventavano pesanti, e adesso correre era un'impresa, l'acqua al ginocchio rallentava tutti i miei movimenti.

Quello era il mare. Era freddo, molto più di quanto mi sarei immaginata, e aveva un odore, un odore che non avevo mai sentito. Era speciale, ti prendeva alla gola.

All'improvviso vidi qualcuno che veniva correndo dalla strada verso di me. Era troppo lontano perché ne distinguessi i tratti, ma dalla tonaca nera non poteva che essere don Antonio. Accortosi della mia fuga, adesso arrancava sulla sabbia e si sbracciava gridando il mio nome.

Mi lasciai cadere all'indietro. L'acqua gelida si richiuse su di me, poi si riaprì, lasciandomi respirare. Boccheggiai, strizzando gli occhi che adesso mi bruciavano. Guardai don Antonio fermo sul bagnasciuga che mi chiamava incazzato. Non voleva bagnarsi la veste, diceva, altrimenti sarebbe venuto a prendermi per un orecchio.

Mi alzai ridendo e lo schizzai col piede. Non avevo paura delle punizioni che minacciava di infliggermi.

Ero contenta di essere lì, anche se la giornata faceva schifo e il cielo era grigio e prometteva pioggia, ero contenta di aver fatto il mio primo bagno al mare. Anche se ci erano voluti diciassette anni d'attesa, e anche se l'avevo fatto con tutti i vestiti addosso, era esattamente come l'avevo immaginato.

Fosse stato per me, sarei rimasta lì per sempre.

19

Sarei dovuta rimanere una sola settimana, e invece la mia vacanza si prolungò.

Nonostante le suore fossero pallose e alle dieci ci mandassero a dormire, noi ci divertivamo comunque.

Dormivamo in due grandi stanzoni con i letti a castello. Ce n'era uno per i maschi e uno per le femmine. Anche i bagni e le docce erano separati. La mattina ascoltavamo la messa, facevamo colazione e poi ci accompagnavano al mare. C'era una piccola spiaggia che il comune aveva concesso al convento, e le suore la usavano per portarci i ragazzi che ospitavano. Così avevamo il nostro pezzo di mare privato ed era più facile sorvegliarci. Tornavamo al convento nel primo pomeriggio e, mentre i ragazzi piccoli rimanevano con le suore a fare degli stupidi giochi, noi più grandi potevamo uscire da soli, a patto che alle sette fossimo di ritorno per la messa della sera.

A me della messa non me ne fregava niente, ma dopo la fuga del primo giorno don Antonio non mi toglieva mai gli occhi di dosso, controllava sempre che io ci fossi o meno. E per evitare di farlo incazzare, cercavo sempre di essere presente.

Il giorno dopo il mio arrivo, poi, avevo conosciuto Marta.

Aveva diciotto anni, era lì in vacanza con i genitori. Avevano affittato un appartamento sul lungomare.

Marta e la sua famiglia vivevano a Bologna ed erano persone normali. Suo padre faceva il rappresentante di medicinali e sua madre era una maestra elementare. Mi sembravano alieni in confronto alla gente che frequentavo io. Marta stava per cominciare l'ultimo anno di liceo e non vedeva l'ora di iscriversi all'università, leggeva un sacco di libri e non conosceva nessuno che fosse mai stato in carcere, e questa cosa mi sbalordiva.

Anche se era così diversa da me mi piaceva moltissimo.

L'avevo conosciuta per caso, in fila al chiosco sulla spiaggia. Una delle suore mi aveva mandato a comprare dei gelati per i ragazzi più piccoli. C'era una fila lunghissima e Marta era proprio davanti a me. Si era girata a guardarmi un paio di volte e poi mi aveva sorriso. Era bello il suo sorriso lentigginoso.

«Quello è un tatuaggio? Fa male quando te lo fai?» aveva chiesto, indicando la mia spalla.

«Non è un tatuaggio, è una bruciatura.» Sorrisi. «E comunque sì, fa male lo stesso.»

«Ah. Be', da lontano sembra un tatuaggio. È proprio a forma di A.»

« Mi ha bruciato per sbaglio un mio amico idiota, lascia perdere », mi affrettai a spiegarle. Non volevo pensasse che mi avevano marchiato a fuoco come un animale.

Anche se poi era proprio quello che Alfredo aveva fatto.

La ferita che mi aveva lasciato aveva cominciato a scurirsi, e allo stesso tempo la rabbia che mi veniva quando pensavo a lui si era attenuata. Ero quasi pronta a perdonarlo, e di mezzo c'era anche il fatto che da quel giorno non lo avevo più sentito. Probabilmente, se ci avessi parlato, poi avrei finito con l'urlargli addosso, e perciò mi stava bene così.

Non sono mai stata un tipo molto amichevole, non ero abituata a dare confidenza alla gente, ma quella ragazza mi risultò subito simpatica. Non le interessava chi ero e da dove venivo. Non aveva mai sentito nominare la Fortezza. Non mi guardava con disprezzo, e nemmeno con sospetto. Non aveva paura che potessi rubarle la borsa o i soldi, mi trattava come una persona normale. Era una bella sensazione.

Il pomeriggio dopo pranzo, quando noi tornavamo dal mare, Marta veniva ad aspettarmi davanti al convento. Tornavo in spiaggia con lei, ai bagni dove i genitori avevano preso l'ombrellone e la cabina. I suoi erano gentili e ci lasciavano fare come volevamo, non come le suore che ci imponevano orari per mangiare, per farci il bagno, per tutto.

La parte di vacanza che passavo con Marta mi piaceva molto di più di quella che passavo al convento.

Alla fine della settimana, i genitori della mia nuova amica mi invitarono a rimanere qualche altro giorno. Dissero che nella casa che avevano affittato il posto non mancava e che avrei potuto trattenermi quanto mi pareva.

Non volevo rimanere, ma Marta mi pregò talmente a lungo e in un modo così imbarazzante che alla fine fui costretta a cedere. Così, il venerdì prima del ritorno, cambiai delle monete in gettoni del telefono e mi infilai in una cabina per chiamare mia madre e raccontarle di Marta. Le spiegai che non sarei tornata quella settimana, che ero stata invitata a restare. Non fece storie, mi disse solo di stare attenta, di comportarmi bene e di ringraziare dell'ospitalità.

Poi, visto che mi erano rimasti alcuni gettoni, decisi di fare un'altra telefonata. Questa volta chiamai Arianna.

Chiusa nella cabina telefonica sotto il sole a picco, composi a memoria il suo numero di casa.

Non era lei che volevo sentire, ma mi sarei accontentata. Quell'altro non ce l'aveva il telefono.

«Pronto?»

«Ari, sono io.»

«Bea! Come stai? Com'è il mare?»

Ridacchiai. Era contenta di sentirmi.

«Qui è bellissimo, Ari. Sono abbronzata, lo sai? Adesso c'ho un milione di lentiggini, come te!»

«Ci vediamo domani? Vieni a casa mia quando arrivi così mi racconti.»

«Ehm... no. Io non torno domani. Ho conosciuto una ragazza, mi ospita lei per qualche giorno ancora.»

«Bel cazzo di culo che hai! Conosci la gente in vacanza e questi ti ospitano pure. Di', ma lo sanno da dove vieni?»

«Sì, lo sanno e non gliene frega niente. Da matti, eh?»

«Che stronza che sei, non sai che invidia che c'ho. L'anno prossimo vengo pure io!»

«Dai, l'anno prossimo ci torniamo insieme... Piuttosto, com'è la situazione là?»

«Uhm, tutto come al solito. Si crepa di caldo e ci rompiamo le palle. Il gemello lo sa che non torni?»

A sentir nominare Alfredo il mio stomaco si rimpicciolì all'improvviso.

«Non ancora. Penso che glielo dirà mia madre.»

«Merda, quando lo saprà farà il diavolo a quattro.»

«Ma figurati quanto gliene frega. Non se ne accorgerà nemmeno.»

«Lascia perdere, Bea. Ultimamente è intrattabile, sembra un animale in gabbia. Non lo sopportiamo più.»

«Perché, che fa?»

«Non ci si può parlare. Si incazza, urla. Sbraita con chiunque. Cerca sempre di litigare. L'altro ieri è spar...»

Il tonfo metallico dei gettoni che cadevano nella vaschetta interruppe la conversazione. Avevo finito i soldi.

Sospirai, asciugandomi il sudore dalla fronte. Non avrei mai saputo cosa avesse combinato Alfredo.

Decisi che comunque non me ne importava niente.

Fuori dalla cabina, seduta sul marciapiede all'ombra di un albero, Marta aspettava che finissi di telefonare. Mi gridò di sbrigarmi.

Pensai che Alfredo non sarebbe mai riuscito a comportarsi in modo civile. Sarebbe sempre rimasto la bestia che era, e se lo meritava. Io no. Io potevo scegliere, sapevo anche essere carina. Essere diversa da lui mi piaceva parecchio.

Sarei dovuta rimanere una sola settimana, ma poi le settimane divennero due, e infine tre. La famiglia di Marta mi adorava, sembrava che non volessero mai lasciarmi andare via.

Telefonavo a mia madre un giorno sì e uno no, sempre dalla stessa cabina.

Mi disse che Alfredo qualche volta scendeva a casa nostra per sprecare un po' di tempo, ma per il resto non si faceva vedere.

Le chiesi di salutarmelo.

Disse che l'avrebbe fatto, ma aveva una voce strana. Non mi domandai perché, stavo troppo bene per preoccuparmi di lui.

Io pensavo a Marta. Non avrei voluto lasciarla. Mi piaceva fingere di essere un'altra persona ed ero anche convinta che, un giorno, avrei davvero potuto diventare come lei, avere tutti i sogni che aveva, condividere le stesse ambizioni, leggere i libri difficili che leggeva e sapere tutte le cose che si divertiva a raccontarmi. Erano cose diverse da quelle che ci dicevamo con Arianna. Marta mi parlava di posti lontani, di personaggi dei libri, di certe cose che aveva studiato al liceo e che non erano noiose come avevo creduto, erano affascinanti. Sembrava che raccontasse dei suoi amici quando invece parlava di storie successe centinaia di anni prima. Io le raccontavo della Fortezza, di Arianna e di Alfredo. Non c'erano tante cose da dire, non avevo tutti i suoi argomenti. Ma a lei non fregava niente. Era come stregata dal mio quartiere. Le sembrava romantico, voleva venirci con me. Voleva vedere da vicino i palazzi occupati, conoscere la gente che ci viveva. Io non ci trovavo niente di poetico nel degrado in cui abitavo, però non glielo dicevo. Ero felice che Marta ammirasse qualcosa che mi apparteneva, mi faceva sentire importante.

Pensavo davvero di poter cambiare, ma poi ogni tanto mi capitava sotto gli occhi la ferita che avevo sulla spalla e ricordandomi chi ero sentivo un nodo in gola. Io non ero come Marta. Non avrei mai potuto essere come lei, nemmeno in un milione di anni. Aveva fatto un bel lavoro, Alfredo. Aveva fatto in modo che io non potessi dimenticarmi che, come lui, certi istinti ce li avevo nel sangue.

Tutte le sere prima di cena io e Marta, già vestite per uscire, ci sedevamo sul balcone. Fumavamo e pianificavamo il giorno in cui ci saremmo riviste.

«Ma perché non vieni a vivere a Bologna? Ti farei conoscere tutte le mie amiche. E anche i miei amici.»

«E che vengo a fare a Bologna?»

«Ma che ne so. Bologna non è male. Vieni a fare l'università.»

«Seh, l'università. E secondo te mi fanno fare l'università anche se c'ho solo la terza media?»

«Allora chi se ne frega dell'università. Un modo lo troviamo. Vieni via dalla Fortezza col tuo amico, quello che ti ha fatto quel segno... Come si chiama?»

«Alfredo.»

«Ecco, vieni via con Alfredo.»

«Per carità, quello non puoi portarlo da nessuna parte, è un selvaggio.»

«A me piace.»

«Ma se non l'hai nemmeno mai visto!»

«Lo so, ma mi sembra di conoscerlo. È come ne parli.» Marta rivolse la faccia al cielo, soffiando piccoli cerchi di fumo. Mi dimenai a disagio su quella sedia di vimini che improvvisamente era diventata scomoda.

« Perché, scusa, come ne parlo? »

« Sembra che lo odi, invece non è vero. Dici sempre che non lo sopporti, ma si vede che gli vuoi bene. Uno che ti fa parlare così deve essere speciale per te. »

Ridacchiai, un po' istericamente. « Quello lì speciale? Guarda che sei completamente fuori strada. Alfredo è un coglione. »

Il suo sorriso nascosto tra i capelli castani mi disse che non sarei riuscita a fregarla.

« Te lo si legge in faccia, Bea. »

« Che cosa? »

« Che lo ami. »

« Ma che stronzata. »

« Ti brillano gli occhi anche quando ne parli male. Dovresti vedere che faccia che fai, dovresti proprio vederla. »

« Stai dicendo un mare di cazzate, Marta. »

« Perché non me lo fai conoscere? »

« Non pensarci proprio, non accadrà mai. »

« Allora vedi che ho ragione? Lo ami. »

Gettò il mozzicone oltre la ringhiera e rientrò in casa canticchiando, lasciandomi da sola con le guance in fiamme e la sigaretta a metà.

I giorni passarono veloci, la spiaggia lentamente iniziò a svuotarsi. La fine di agosto giunse rapida come uno sparo. Infilai in valigia le mie cose e salutai Marta e i suoi genitori e il mare. Dissi loro che sarei andata a trovarli presto e con i soldi che mi erano rimasti acquistai il biglietto per il viaggio di ritorno. C'era un treno che arrivava proprio alla stazione della mia città, da lì me la sarei cavata con un autobus, e poi sicuramente avrei incontrato qualcuno della Fortezza disposto a darmi uno strappo a casa. Non c'erano mezzi pubblici che portassero sulla collina dove vivevo, se non avevi la macchina dovevi fartela a piedi per almeno un chilometro prima di trovare una fermata di autobus. Speravo di non essere tanto sfortunata da non trovare nessuno, altrimenti avrei dovuto arrampicarmi fino alla Fortezza trascinando la valigia. Roba da ammazzarsi.

L'ultima sera, io e Marta comprammo da un ambulante due braccialetti di corda, di quelli col nome scritto sopra. Ce li scambiammo, io mi misi quello azzurro con scritto Marta e lei si lasciò legare al polso quello verde con scritto Beatrice. Ci eravamo promesse di riscambiarceli il giorno che ci saremmo riviste.

Il pomeriggio seguente, subito dopo pranzo, partii. Tornavo alla Fortezza.

20

Quando arrivai a casa era quasi sera. Alla stazione avevo preso un autobus che mi aveva portato proprio sotto la collina. Guardando dal basso i palazzi bianchi e silenziosi ebbi la sensazione di soffocare. Incontrai un tizio che abitava nel palazzo di Arianna, gli chiesi un passaggio, quello mi riconobbe e mi caricò in macchina. Mi lasciò davanti a casa, poi proseguì per la sua strada.

Attorno a me c'era il solito posto. Le strade buie e rigonfie di umidità, gli anfratti maleodoranti, le facce scorticate dalla vita difficile, dall'aria pesante che si respirava in quel posto. Non era come Marta se lo era immaginato. La Fortezza faceva schifo.

Desiderai andarmene di nuovo, tutto mi sembrava più brutto, ancora più squallido di prima.

Salii le scale, entrai in casa e abbracciai i miei. Mi ero aspettata che Alfredo fosse lì con loro ad attendermi e invece non c'era.

Lasciai la valigia all'ingresso e feci per uscire di nuovo.

Non l'avrei ammesso nemmeno a me stessa, ma morivo dalla voglia di rivedere il mio migliore amico. Non ero mai stata così tanto tempo lontana da lui.

« Dove vai? » Francesco mi richiamò dal corridoio.

«Su da Alfredo.»

«Alfredo non c'è.»

«Non sapeva che sarei tornata oggi? Dove diavolo è?»

Quell'espressione strana stonava sulla faccia di mio fratello. Incurvò le spalle, affondando le mani nelle tasche. «Credo sia all'anfiteatro», bofonchiò di malavoglia.

«Be', allora andrò a cercarlo lì.»

«Aspetta, ti accompagno.»

Non capivo perché volesse venire con me, ma lo lasciai fare.

Uscimmo di casa insieme. Il sole era tramontato da un pezzo e la Fortezza mormorava nel buio. Ogni tanto passava una macchina che puntualmente ci ricopriva di polvere. C'era una cappa di caldo soffocante che mi faceva sudare e anche respirare era difficile. Ma ero contenta, pensavo alla faccia che avrebbe fatto Alfredo vedendomi. Pensavo a come mi avrebbe abbracciato.

Arrivammo all'anfiteatro pochi minuti dopo. Lo chiamavano così per la sua forma circolare, ma non era un vero e proprio anfiteatro, solo le vecchie fondamenta di qualcosa che non era mai stato nemmeno iniziato. Era successo molto tempo prima, nel periodo della prima occupazione, e da allora era rimasto un enorme scheletro di ferro e cemento che si innalzava sbilenco dal suolo.

C'erano dei gradoni che scendevano fino al centro, dove c'era uno spiazzo ricoperto di scritte spray.

Da quando riuscivo a ricordare, tutti gli adolescenti della Fortezza si incontravano lì per ammazzare il tempo. Era una specie di ritrovo. C'erano anche alcuni ragazzi che giravano lì attorno per vendere. Lo capivi subito chi erano e cosa facevano perché stavano tutto il giorno lì, e se volevi qualcosa bastava guardarli un po' più a lungo o fargli un cenno e loro venivano da te. Con lo spaccio, all'anfiteatro facevi grandi affari. Non con me, però. Io avevo diciassette anni e ancora mi facevo solo le canne come un bambino di dodici.

Scavalcai i gradoni delle fondamenta.

Era buio, ma riconobbi Arianna da lontano. Era seduta in mezzo ai nostri amici, vedevo la brace della sua sigaretta illuminarsi quando tirava e la sua testa arruffata che sembrava una fiamma viva. Alfredo invece, per quanto mi sforzassi, non mi sembrava di vederlo. Mi incamminai saltando da un gradone all'altro per scendere nello spiazzo.

«Bea, aspetta un momento.» Francesco mi fermò. Sembrava stranito.

«Che devo aspettare?»

«No, niente. Vai. Io intanto faccio un giro per scroccare una sigaretta.»

Non feci in tempo a dirgli che le avevo io, che era già sparito. Un cretino, anche lui.

Cominciai a scendere e quando i miei amici mi videro gridarono il mio nome. Qualcuno applaudì, qualcuno, per scherzo, mi insultò ad alta voce.

Sorrisi andandogli incontro, e la prima ad abbracciarmi fu proprio Arianna. La Fortezza faceva schifo – pensai di nuovo – ma quello era il mio posto e quelli erano i miei amici. Alla fine non li avrei cambiati con niente al mondo.

« Oh, ma Alfredo dov'è finito? » domandai.

Avevo abbracciato e baciato tutti, ero riuscita anche a farmi due tiri di erba buona, e di lui nessuna traccia.

Grugniti imbarazzati. Risatine. Uno strano silenzio pieno di tensione.

Lo sguardo di Arianna era lo stesso di mio fratello. Pensai che stavano bene insieme, erano una coppia azzeccatissima. Avevano la stessa espressione imbecille.

« Alfredo sta laggiù. » Arianna mi indicò un punto in fondo, lì dove era più buio. C'erano delle persone in quell'oscurità, ne vedevo le sagome, ma non riuscivo a distinguere chi fossero.

« Che cazzo sta facendo là? »

« Non lo so. Vai a vedere. »

« Che deficiente. »

Urlai il suo nome mentre camminavo. All'improvviso mi sentivo nervosa.

Una di quelle sagome si staccò dal fondo e avanzò verso di me, con un inconfondibile rumore di zoccoli di legno, quelli che Alfredo metteva ad aprile e portava fino a ottobre. Mi bastava quel rumore per riconoscerlo.

Vidi il suo passo che era uguale al mio, l'avrei riconosciuto ovunque. Era come vedermi camminare allo specchio.

Stessa andatura, stesse mosse, uguali noi due, i gemelli.

Iniziai a correre con l'intento di saltargli addosso, farlo rotolare per terra e mordergli la prima parte di pelle che mi fosse capitata a tiro, come facevamo spesso per gioco.

Iniziai a correre, ma mi fermai quasi subito. Lui non correva. Veniva avanti lento, svogliato, ogni passo sembrava costargli fatica.

« Alfredo? »

« Ehhh. » La sua voce spazientita, annoiata.

« Ciao, eh. Se non venivo io a cercarti, tu col cazzo... »

Mi arrivò vicino senza parlare e si fermò davanti a me, le mani nelle tasche dei jeans.

Era strano, però, non sorrideva, non mi guardava nemmeno in faccia.

« Dai, non mi dire che sei ancora incazzato. »

Si grattò la testa con una smorfia quasi sofferente. Lo afferrai per un braccio, scrollandolo. Era rigido e teso.

« Oh, ma che cazzo ti prende, eh Alfredo? »

Dall'oscurità alle sue spalle una figura nera venne verso di noi. Era molto piccola ed esile. Sembrava quasi un bambino.

Alla luce mi resi conto che non lo era. Era una ragazza che avevo già visto in giro. Era bionda come lui, esile come lui, lunga la metà di lui. L'esatto opposto di me che ero alta, con la pelle più scura e i capelli neri.

Mi guardava, con un sorriso tutto denti. Ci misi un po' a capire.

Ci raggiunse e, con una naturalezza che non era mai stata mia, lo prese per mano.

Credo di aver fatto una faccia orrenda, perché quel suo stupido sorriso si spense immediatamente.

Alfredo tossicchiò imbarazzato. « Ecco, te ne volevo giusto parlare. »

Pensai che gli avrei spaccato la faccia. Pensai che l'avrei spaccata a lei. Pensai che avrei preso le loro teste e le avrei fatte sbattere l'una contro l'altra, come nei film di Bud Spencer. Pensai che mi sarei voltata e mi sarei messa a correre.

Non feci niente di tutto questo.

Mi misi a ridere. Gli diedi un pugno scherzoso sul petto, fingendo una complicità che non provavo.

Io avrei voluto sfondargli le costole.

E nemmeno sapevo perché.

Alfredo si rilassò un poco, accennò un sorriso.

« Be', vedo che avevi un'ottima ragione per non cercarmi! » La mia voce era a posto. Non tremava di rabbia. Era una bella voce, cordiale e allegra. Forse un po' stridula, ma di sicuro allegra. Sembravo contenta.

Guardai lei. Le sorrisi come il lupo fece a Cappuccetto Rosso quel giorno, nel bosco. Non si accorse che l'avrei volentieri sbranata. Mi ricambiò.

«Ciao», mi tese la mano, quella che non era occupata a cincischiarsi Alfredo. «Io ti conosco già, ti ho vista in giro. Comunque piacere, Paola.»

«Ciao, Paola, tanto piacere. Io sono Bea.»

«Lo so, vi chiamano tutti i gemelli.»

Mi sforzai di ridere. Forse credeva di essere simpatica. «Sì, già. Divertente, vero?»

Tornai a rivolgere la mia attenzione a lui che mi guardava di sottecchi per cogliere una debolezza che non avevo.

«Adesso vi lascio... vi lascio fare le vostre cose. Casomai quando sei libero vieni a prendere un caffè a casa mia. Ti racconto della mia vacanza. Appena la mia amica del mare mi spedisce le foto, te le faccio vedere.»

«Certo, Bea. Poi ti vengo a suonare.»

Rimanemmo a fissarci in silenzio. Quel sorriso ebete sulla mia faccia non voleva saperne di andarsene. Io che invitavo Alfredo a casa mia a prendere un caffè, come un conoscente qualunque. Come se per nove anni non avesse fatto il cazzo del comodo suo nell'andare e venire a piacimento.

Lui in casa mia ci aveva dormito, ci aveva mangiato, ci aveva pisciato. Mia madre gli aveva fatto il bagno, gli aveva tagliato i capelli. Avevo diviso il letto con lui, ci eravamo scambiati malanni e pidocchi.

E adesso, improvvisamente, sembravamo due sconosciuti e il senso di smarrimento era così forte da farmi vacillare.

Gli voltai le spalle, tornando da dove ero venuta,

ma fatto qualche metro, non riuscii a resistere alla tentazione di voltarmi. Loro erano ancora lì immobili, mano nella mano.

Nell'allontanarmi riuscii a sentire lei che parlava sottovoce.

« Hai visto? » sussurrò contenta. « Te l'avevo detto che non era gelosa. »

« No infatti », rispose Alfredo. « Mica gliene importa niente. »

Li ignorai, proseguii dritto verso i nostri amici. Non volevo fare una piazzata proprio lì davanti a tutti. Non volevo rovinarmi il ricordo recente della mia bellissima vacanza.

Il resto della comitiva era rimasto dov'era, seduto sui gradoni. Non appena mi avvicinai calò un silenzio imbarazzato.

Capii che lo sapevano e che nessuno aveva avuto il coraggio di dirmelo. Arianna, soprattutto, teneva la testa bassa e non mi guardava negli occhi.

« Come mai c'avete 'ste facce disperate? » li apostrofai, facendo finta di niente.

Avrei voluto ammazzarli tutti, ma ci sarebbe stato tempo per farlo.

Certo, sarebbe stato un bel colpo per me. Una vera sorpresa. Questo avevano pensato.

Dopo nove anni vissuti in simbiosi, i gemelli si erano divisi. Alfredo era stato il primo a sentire il bisogno di staccarsi, di recidere il cordone ombelicale che ci legava, e l'aveva fatto nel modo più vigliacco possibile, l'aveva fatto quando io non c'ero, mentre non potevo vedere. Sapevo che era una cosa naturale, ma non lo accettavo. Avevamo diciassette anni. Io non avevo mai avuto un ragazzo, e anche Alfredo non era mai stato con nessuna fino a quel momento. Mi stava bene così, ma era stupido illudersi che sarebbe durato per sempre.

Ero troppo orgogliosa per dimostrare quanto ci stavo male, ma sapevo che questo avrebbe cambiato tutto.

Cercavo di consolarmi dicendo a me stessa che se gli erano bastate tre settimane di lontananza per rimpiazzarmi con una qualunque, era evidente che non mi voleva bene, non me ne aveva mai voluto, che mandare a puttane un'amicizia come la nostra per la prima che gli passava sotto il naso voleva dire che Alfredo era uno stronzo inutile, una causa persa. Mi veniva voglia di salire a casa sua e prenderlo a calci, e non potevo. Non potevo mostrare quello che avevo dentro.

E questo mi faceva incazzare e mi toglieva il sonno, mi rendeva nevrotica. Non riuscivo a stare ferma nel letto.

Francesco si girava assonnato e mi prendeva a gomitate.

«Ma vuoi stare ferma?»

«Sì, scusa. Non ho sonno. Non sono più abituata ad andare a letto presto.»

«Allora vattene di là, non mi fai dormire.»

« Sì, magari mi guardo un po' di tv, e mi faccio una canna... Da quant'è che stanno insieme? »

« Ma chi? »

« Alfredo e quella. »

« Ah, ecco che cos'è che ti tiene sveglia. »

« Ma va', era per sapere. »

« Boh, saranno un paio di settimane. »

« Hanno scopato? »

« Che cazzo ne so, chiediglielo a lui. »

Piuttosto mi sarei fatta tagliare la lingua. Ma non lo dissi, mi limitai a pensarlo.

Accartocciai il lenzuolo ai piedi del letto e mi alzai. Volevo una canna e una birra. E la televisione accesa per non pensare a niente.

« Oh, Bea. »

« Che c'è? »

« Sei sicura che non ci stai un po' male? »

« Per che cosa? »

« Per Alfredo e la ragazza. »

« No, non ci sto male. Perché dovrei? »

« Che ne so... Però secondo me un po' male ci stai. »

« Chiudi la bocca e dormi, piantala con le cazzate. »

21

Ma sì che ci stavo male, cazzo.

Ci stavo da schifo.

Alfredo non c'era mai.

In compenso sentivo suo padre urlare con Andrea, il più piccolo dei tre fratelli. Quasi rimpiangevo quel giorno di due anni prima, quando il vecchio aveva cercato di accoltellare il suo secondogenito.

Non dico che avrei voluto vederlo morto, Alfredo, ma quasi.

Una sera che pioveva forte, telefonai a Marta. I miei genitori avevano trovato un lavoro notturno e Francesco era fuori chissà dove. Ero rimasta in casa, avevo cenato da sola e la cosa mi aveva messo una gran tristezza. Per tutto il giorno, poi, avevo sentito il fischio del vento tra le raffiche di pioggia e le urla scomposte del vecchio, che da un paio di giorni era più ubriaco e aggressivo del solito.

Desideravo sentire un altro suono, qualcosa che non avesse niente a che fare con la Fortezza.

Chiamai a Bologna.

Non lo potevo dire a nessuno, ma a lei sì. Lei mi avrebbe capito. Marta sapeva sempre che fare.

Mi mancava il suo accento un po' scivoloso,

quella zeta che si afflosciava e diventava quasi una esse.

In piedi davanti al mobile del telefono ascoltavo i suoi racconti sull'inizio della scuola, sul tipo che le piaceva. Speravo di riuscire a distrarmi, ma la mia testa rimaneva al pensiero fisso, l'unico che avevo da giorni, quello che mi aveva tolto la fame e il sonno.

« Te invece? Come te la passi? Hai trovato lavoro? »

« Io? No, niente lavoro. Però sto bene », mentii.

« E Alfredo? » rise. Le piaceva parlare di qualcuno che non conosceva come se fosse anche un suo amico.

« Si è messo con una. »

Dall'altra parte del filo ci fu silenzio. Forse l'avevo detto in tono un po' troppo brusco.

« Che effetto ti fa? »

« Boh, penso nessuno. »

« Dai, Bea, non prendermi in giro. »

Mi fa incazzare, Marta. Eccola, la verità. Sono furiosa. Se li vedo in giro per il quartiere vorrei farli a pezzi. Mi sforzo di non guardarli perché guardarli mi fa contorcere le budella. Stanno sempre lì a baciarsi, sempre a parlare fitto fitto, sottovoce. Non lo so che si dicono, ma ridono. Non ho mai visto Alfredo ridere come ride con quella là. Dovresti vederli. Se lei gli dà una spinta, lui non gliela restituisce, no, lui l'abbraccia. Lei gli tira i capelli e lui ride, se la bacia. Quando glieli tiravo io mi torceva il braccio finché non chiedevo scusa. Con me si incazzava, mi urlava contro. Con quella stronza con il muso da topo non urla mai. È felice, lo vedo che è felice. E odio che lo sia. Mi ha dimenticato, quasi non mi parla più. Mi saluta come se fossi una qualsiasi.

E quando sento il rumore dei suoi passi sulle scale e so che quei passi non si fermeranno davanti alla mia porta, mi sale un nervoso che mi fa venire voglia di vomitare. Dirai che è inevitabile, dirai che dobbiamo fare le nostre esperienze, dirai che la gente cresce e cambia, ma non me ne frega niente. Non doveva cambiare. Non è giusto.

«Sul serio Marta, è tutto a posto.»

«Non è tutto a posto. Ti trema la voce.»

«Impossibile. Sarà un'interferenza.»

«Sì, l'interferenza. Raccontalo a qualcun altro.»

«Ti ricordi quel discorso sul terrazzo, quando cercavi di convincermi a trasferirmi a Bologna? Quando abbiamo parlato di... di quella cosa lì, insomma?»

«Sì, mi ricordo. Quindi?»

«Quindi niente. C'avevi ragione te.»

«Cavolo, Bea. Mi dispiace.»

Suonarono alla porta di casa.

«Merda sono i miei, sono tornati prima. Se sanno che sto facendo un'interurbana mi uccidono. Devo salutarti.»

«Ti chiamo io domani appena torno da scuola, così ne parliamo.»

Mio padre non voleva che telefonassi, da noi il telefono serviva solo per le emergenze, e per gli auguri di Natale agli zii in Basilicata.

Anche perché i soldi per pagare la bolletta non ce li avevamo.

Scivolai sul pavimento consumato per correre ad aprire la porta. Sul pianerottolo, invece dei miei genitori, trovai Alfredo, fradicio di pioggia e con i capelli appiccicati alla testa. Sembrava appena scampato a un naufragio.

« Ciao. »

« Ciao, Bea. »

Non potevo sopportare quella sua espressione imbarazzata. Erano giorni che faceva così. Se ci incrociavamo metteva su quello sguardo contrito, da cane bastonato.

« Ti serve qualcosa? »

Con un gesto sconnesso indicò il soffitto. « Il vecchio è ubriaco. Si è barricato in casa e non mi fa entrare. »

« Non possono aprirti i tuoi fratelli? »

« C'è solo lui dentro. Posso dormire qui? »

Ragionai che era curioso che me lo chiedesse. Da che io ricordassi, non lo aveva mai fatto. Entrava e si prendeva un pezzo del mio letto.

Pensai di sbatterlo fuori, di urlargli di andarsene a dormire dalla sua nuova amica, o in alternativa di andare a morire ammazzato.

Invece mi feci da parte e lo lasciai passare. I suoi zoccoli lasciarono impronte fangose sul pavimento pulito.

« Dove sei stato? Sei fradicio. »

« In giro con Paola. »

« Già. Carina, eh? »

« Mi piace, sì. »

« Te la scopi? » Quella mi era proprio uscita. Non avevo fatto in tempo a fermarla.

« Certo. »

« Fico. Anch'io l'ho fatto, sai? »

Si girò a fissarmi, come folgorato.

« Con chi? » Avrei voluto ridere della sua faccia allibita. Era così comica che avrei voluto fargli una foto.

« Uno del mare. Puoi andare ad asciugarti? Mi stai allagando casa. »

Ciondolò verso il bagno. Mi sdraiai sul divano e accesi la tv.

Non era vero che l'avevo fatto. L'avevo detto solo per non sembrare da meno. Non volevo che pensasse di essere in vantaggio rispetto a me.

« Allora chi è questo tizio con cui l'hai fatto? » Si affacciò alla porta del soggiorno. Si era cambiato e adesso indossava una maglietta e dei calzoncini azzurri di mio fratello. Gli stava tutto un po' corto, era abbastanza ridicolo.

« Te l'ho detto, uno che ho conosciuto al mare. »

« Era bello? »

« Cosa, lui o il sesso? »

« Tutti e due. »

« Sì. È stato tutto molto bello. »

« Lo rivedi? »

« Penso di sì. Verrà a trovarmi il mese prossimo. »

« Ah. »

« Se vuoi puoi andare a dormire. »

« Tu non vieni? »

« No, guardo un po' di tv. »

« Buonanotte Bea. »

« 'Notte. »

Stappai una birra e me la finii da sola. Attraverso le pareti sottili sentivo la rete cigolare sotto il suo peso. Continuava a rigirarsi nel letto.

Aspettai che si addormentasse, e quando i rumori cessarono del tutto mi alzai dal divano per mettermi a letto.

Ma mi ero sbagliata. Alfredo era ancora sveglio.

« È finito il film? » Sdraiato di traverso sul materasso, teneva un braccio appoggiato sulla fronte.

Non mi venne nessuna buona idea per scappare da casa mia. Fuori sembrava ci fosse un fottutissimo diluvio universale. Non potevo far altro che stare lì dentro e dormire con lui.

« Sì. Dormi », dissi.

« No, dai, chiacchieriamo. »

« Non ho voglia di parlare, sono stanca. »

« Che cazzo hai questi giorni, eh, Bea? Sei strana. »

« Non ho niente. »

« Sì che ce l'hai. »

« Mi manca il mare. È tutto diverso da qui. È tutto migliore. Anche la gente è meglio. Vorrei tornarci. »

« Torni da quello? »

« Mica solo da lui. Torno dai miei amici. »

« Sono qui i tuoi amici. »

« Gli amici del mare mi piacciono di più. »

«Sei proprio una stronza.»

«Ecco, bravo. È meglio che non ti dica quello che sei te.»

Si tirò su a sedere di scatto. Ci guardammo negli occhi per un tempo infinito. Era tantissimo che non lo faceva, erano giorni che non incrociavo il suo sguardo, che non lo guardavo così bene in faccia. Gli occhi verdi spalancati. La mascella serrata, contratta. E sembrava che stesse trattenendo il respiro.

«Dillo. Avanti, dillo. Ti spacco la faccia.»

«Avresti anche il coraggio di farlo, animale che non sei altro.» Le sue minacce, invece di spaventarmi, mi facevano solo diventare più cattiva.

«Sei tu che me le togli dalle mani.»

«Ti ammazzerei, ma non ci voglio toccare dove tocca quella.»

«Ah, ecco qual è il problema! Sei gelosa. Non ti preoccupare, Beatrice. Dove tocca quella, a te non ti ci farei mai toccare. Con te non mi si drizza.»

Era successo in un attimo. La discussione aveva preso una piega storta, era andata in una direzione tutta sbagliata, un punto di non ritorno.

E io non ci vidi più. Gli saltai addosso, lo inchiodai al letto graffiandolo sul petto e sul collo. Gli morsi una spalla, così forte che uscì il sangue. Lo sentii che si spandeva sotto la lingua. Era amaro e sapeva di ferro, glielo risputai in faccia.

Lui mi sollevò di peso e con uno spintone mi spedì lontano, dall'altra parte della stanza.

Eravamo lì nel buio, separati da quel grosso letto

matrimoniale con gli occhi spalancati a guardarci, sudati e furiosi. Volevamo ammazzarci.

Io non avevo mai odiato nessuno come odiavo lui in quel momento.

E non avevo mai amato nessuno come sentivo di amare lui in quell'istante.

Ferma, con la gola piena di lacrime e lo stomaco chiuso.

Ferma, a guardarlo e a pregare che mi picchiasse, perché almeno si sarebbe fatto solo odiare.

Ferma, dentro quel silenzio ansimante, e volevo morderlo ancora, non come prima, non così. L'avrei morso piano. L'avrei baciato. Ci avrei fatto l'amore.

Inaspettatamente, Alfredo cominciò a ridere. Ma era una risata brutta, da pazzo. Si avvicinò, mi prese per un braccio, scostò la manica della maglietta per guardare l'ustione. Annuì. Quel sorriso sgraziato non voleva andarsene dalla sua faccia.

« È per questo, vero? Dovevi restituirmelo. Ti ho marchiato io, mi hai marchiato te. Ferro contro denti. Brava, Bea. Sei sempre la più brava. Sei sempre migliore di me. »

Non risposi. Se avessi aperto la bocca, probabilmente avrei solo urlato, o pianto, o l'avrei implorato.

Si tolse la maglietta che gli avevo ridotto a brandelli e me la scagliò addosso, con rabbia.

« Non capisci un cazzo. Guardi solo te stessa, non te ne frega niente degli altri. Basta che stai bene tu. Sei tu quella importante. Mi fai schifo, Beatrice. »

Tenevo la testa bassa, non volevo guardarlo. Ma lui mi afferrò per le guance e mi costrinse ad alzare la testa. Non lo volevo così vicino. Non in quel modo.

«Lo sai perché sto con quella? Lo sai perché? Te la sai dare una spiegazione? Eh, Bea? Perché è carina. Perché è dolce. Perché non ha il bisogno continuo di farmi la guerra. Tu ti vuoi prendere tutto e in cambio non dai niente. Sei una iena. Io con una iena non ci voglio stare.»

«Ma come ti permetti? Tu sei uguale a me! Fai le stesse cose e vieni qui a giudicare, a fare la morale!»

«Appunto. Siamo uguali. Tu non vuoi me, e perciò io non ti voglio. E basta. Sono stanco di te.»

Si voltò. Vidi la sua schiena bianca sparire lungo il corridoio.

Rimasi contro la parete, così incastrata dentro me stessa da non riuscire più a venirne fuori.

Aspetta. Aspetta, Alfredo. Non me ne frega niente se ci sei stato, con quella, torna qui e facciamo come se non fosse successo niente. Fingerò che mi stia bene. Fingerò di essere contenta che tu preferisca lei a me. Non dirò più niente, ma tu torna qua.

Sentii la porta d'ingresso sbattere.

Mi infilai un pugno in bocca per soffocare il rumore e urlai.

22

Dopo quella notte, Alfredo non mi parlava più.

Non stava più a casa sua, non tornava nemmeno a dormire. Io rimanevo tutto il giorno con l'orecchio teso nella speranza di sentire i suoi passi sulle scale, ma era una cosa che non succedeva da un po'. Semplicemente, non veniva più.

Lo vedevo qualche volta in giro, a giocare a pallone sugli spiazzi improvvisati come campi di calcio, insieme ai nostri amici. Lo incontravo al bar, o seduto su qualche panchina con la sua ragazza. Non mi guardava mai. Sembrava che nemmeno mi vedesse, come se fossi trasparente. Probabilmente, anche se gli avessi preso la testa per costringerlo, i suoi occhi sarebbero rimasti vuoti.

Se l'era legata al dito, talmente stretta che pur di non vedermi se n'era andato da casa.

E allora, visto che lui non c'era, a casa sua ci andavo io. Quando il vecchio non era particolarmente molesto, salivo a trovare Andrea e Massimiliano. Stavo spesso con loro, tanto che Massimiliano scherzando mi chiedeva se volessi prendere il posto di Alfredo, ché comunque loro ci avrebbero guadagnato. Io sbuffavo. Non volevo sentire il suo nome e non volevo sentir parlare di lui.

Non ci andavo per quello, mi piaceva stare con Massimiliano, anche se era così diverso da suo fratello. Aveva solo tre anni più di lui, ma mi sembrava molto più grande e maturo.

Lui mi capiva. Se stavo zitta sapeva a che cosa stavo pensando. Non c'era neanche bisogno di fare dei nomi, quando vedeva la mia faccia scurirsi mi si avvicinava, mi metteva un braccio intorno alle spalle e mi scuoteva un po'. Mi voleva bene, Massimiliano, forse più di quanto me ne voleva Alfredo. Anzi, sicuramente di più. Non ci voleva tanto.

« Bea, ma lascia perdere, ma chi te lo fa fare? » mi diceva, per tirarmi su.

« Che cosa? »

« Lascialo stare. Adesso c'avrà i cazzi suoi ma poi torna. Lo conosco, il pollo. »

Ma i giorni passavano e quello non tornava, e io a casa sua c'avevo fatto la muffa.

I miei mi chiedevano che fine avesse fatto, perché non si vedeva più.

E dopo un po' glielo dissi, che avevamo litigato.

« Come al solito. Sono anni che non fate altro », commentò mia madre. La sua ironia mi diede sui nervi.

Alla fine non sopportavo più nessuno. Uscivo di casa e me ne stavo tutto il giorno in giro. Andavo a piedi per la Fortezza, macinavo i chilometri, da sola.

Quando avevo il grano mi compravo da bere, ma molto più spesso ero completamente a secco.

Non avevo un lavoro, e pure a casa di soldi ce n'erano pochi. L'assegno di disoccupazione dei miei era una miseria. Arrotondavano con qualche lavoro di tanto in tanto, ma non sempre trovavi qualcuno disposto ad assumerti.

Non mi è mai mancato da mangiare, ma di certo non potevo permettermi granché.

Quindi ero senza soldi, senza lavoro, senza birra. Qualche volta anche senza sigarette.

Le giornate non finivano mai e io dovevo pure occupare il tempo, in qualche modo. Dovevo trovare qualcosa per cui valesse la pena di alzarsi la mattina.

Ma più di tutto, volevo farlo. Era un chiodo fisso, praticamente non pensavo ad altro.

Non volevo più essere vergine, non volevo che fosse Alfredo il più esperto dei due.

E poi ero l'ultima delle mie amiche. A diciassette anni le mie esperienze sessuali si limitavano a una pomiciata sotto il portico dell'oratorio.

Persino mia madre aveva cominciato prima di me, visto che mi aveva concepito a sedici anni.

Arianna, poi, si era levata il pensiero a tredici con uno molto più grande di lei.

Le altre tre amiche della cerchia che frequentavo erano già molto più avanti.

Cristina aveva un anno più di me ed era incinta di cinque mesi. Silvia era stata per un po' di tempo insieme a Enrico, poi si erano lasciati perché lui, si sapeva, andava con chiunque gli capitasse a tiro. Adesso stava uscendo con un altro ragazzo e ci raccontava le cose che facevano.

Poi c'era Michela, che era simpatica ma era anche un cesso abominevole e quindi nessuno se la scopava, anche se girava voce che Enrico avesse dato una botta pure a lei.

E poi, in ultimo, c'ero io.

Ma io non ero un cesso.

Almeno credevo.

Io avevo solo sprecato nove anni della mia vita appiccicata al culo di un deficiente, e mi ero rovinata la piazza.

Nessuno ci provava con me, tutti credevano che stessi insieme ad Alfredo. Ma io non ero la sua ragazza, e anche se lo dicevo in giro e ci tenevo a specificarlo, non cambiava niente. In tanti anni, nessuno mi aveva mai chiesto di uscire.

Forse ero davvero un cesso.

Pensai di chiedere ad Alfredo se ero brutta oppure no, ma poi mi ricordai che non mi parlava.

E mi ricordai anche che aveva detto che con me non gli si sarebbe drizzato.

Pensandoci, mi venne un attacco di nervi. Andai al bar, presi una birra a credito, dissi al barista che l'avrebbe pagata mio padre e poi me ne andai all'anfiteatro.

C'era un bel tramonto autunnale, oro rosso e arancio, era un piacere stare fuori casa.

Sullo spiazzo al centro i maschi avevano improvvisato una partita a pallone.

Mi accomodai da sola sui gradoni, volevo guardarli e pensare. Decidere con chi di loro l'avrei fatto.

Arianna diceva sempre che per noi ragazze era più facile, che non bisognava essere belle o ricche, o avere la macchina grande. Per noi bastava allargare le gambe e i maschi ci cascavano. Io le credevo quando diceva così, perciò pensavo che ne avrei scelto uno tra quelli che giocavano a pallone, poco sotto di me. Uno che l'avrebbe fatta semplice, uno che non mi avrebbe creato troppi problemi.

Con Enrico no. Non era brutto, ma si scopava anche i buchi nei muri. Era troppo facile con uno così.

Sandro era più basso di me, Maurizio era carino ma aveva un alito che ti stendeva, Valerio era il ragazzo di Cristina, Stefano il secco era talmente tonto che mi ci sarebbe voluta una vita per farglielo capire e il mio ex migliore amico non era nemmeno da prendere in considerazione.

Niente da fare, dovevo cercare qualcun altro. Magari dovevo seguire l'esempio delle mie amiche e, per la mia prima volta, farlo con uno più grande, uno che sicuramente ci sapeva fare.

Nella luce del tramonto i capelli di Alfredo avevano riflessi incendiati. Lo guardavo correre e sudare dietro al pallone e pensavo che non assomigliava per niente a suo fratello Massimiliano.

A parte i capelli. Di biondi così chiari in giro ce n'erano pochi.

Massimiliano aveva vent'anni e oltretutto era un bel ragazzo. E poi lo conoscevo da una vita, mi voleva bene e non era fidanzato con nessuna. Avrei solo dovuto convincerlo a farlo con me, non mi sembrava così difficile.

Se mi fossi scopata proprio lui, Alfredo mi avrebbe scorticata viva, ma l'idea aveva un fascino tutto suo.

Finii la birra e mi asciugai la bocca con il dorso della mano.

Sapevo che non ne avrei mai avuto il coraggio.

23

L'occasione si presentò comunque.

Ero una femmina, non avrei dovuto cercare troppo lontano. Aveva ragione Arianna, mi bastava essere disposta ad aprire le gambe, mi bastava che lui fosse carino, che mi piacesse un po'.

Che non mi facesse proprio schifo.

Io e Arianna eravamo andate a comprare l'erba a casa di uno che ci trattava bene.

Ce ne dava sempre un po' di più di quella che pagavamo, ma non era per quel motivo che andavamo a trovarlo. Arianna si era presa una cotta per lui.

Era un tizio come gli altri, piuttosto alto e magro. Sui venticinque, capelli corti e neri. Non era né bello né brutto, uno di quei tipi che se ti passano accanto neanche li guardi, o se li guardi te li dimentichi subito.

Era originario di Cosenza, ma viveva alla Fortezza da un paio d'anni e ormai nel quartiere lo conoscevano tutti. Lo chiamavano Karma. Non so quale fosse il suo vero nome. Arianna impazziva per lui, a me era abbastanza indifferente.

Casa sua era all'ultimo piano di un palazzo col portone d'ingresso sfondato.

L'androne era tappezzato di graffiti e nell'aria

c'era odore di piscio. Le plafoniere sul soffitto erano rotte perciò tutto l'ambiente era immerso in una penombra che non riusciva a nascondere lo schifo appiccicoso che c'era per terra. Sembrava che da decenni nessuno avesse mai lavato il pavimento, e forse era proprio così. Non mi piaceva quel posto, era anche peggio del palazzo dove vivevo io. Almeno lì nessuno pisciava sulle scale. A parte quelle volte che il padre di Alfredo se la faceva addosso sul pianerottolo.

Salimmo a piedi perché nell'ascensore fermo al piano terra c'era uno che dormiva, o che era morto, non si capiva bene.

Su al sesto piano Karma era sulla porta ad aspettarci. Forse ci aveva sentito salire le scale.

«Ciao, bellezze. Lo volete un caffè?» Era uno spacciatore atipico, a lui piaceva fare conversazione con i suoi clienti. Si accomodava in cucina, ti preparava il caffè e chiacchierava dei fatti suoi, o si faceva raccontare i tuoi, a seconda di come gli girava. Era come stare a casa di un amico tuo.

Alla fine ti dava quello che volevi, lo pagavi e te ne potevi andare.

Ci fece strada all'interno dell'appartamento. Faceva uno strano effetto quella casa, il contrasto tra l'interno e il resto del palazzo ti stordiva. Innanzitutto era pulita, con i pavimenti tirati a lucido e piena di oggetti che si vedeva che costavano un occhio della testa. Sembrava una di quelle case che si vedono nei film, con i vasi antichi e i quadri, il televisore grande e i tappeti persiani. Arianna sosteneva che in bagno avesse perfino una vasca idromassaggio. Io una vasca così non l'avevo mai vista, ne avevo solo sentito parlare.

Karma raccontava di avere un amico carissimo che gestiva un negozio di arredamenti dove andavano quelli famosi, e qualche volta quest'amico gli regalava l'invenduto, o glielo dava a prezzi stracciati, ma lo sapevamo tutti che in realtà svaligiava gli appartamenti di quelli con i soldi e si teneva le cose che gli piacevano.

Nessuno alla Fortezza avrebbe potuto permettersi in modo onesto un impianto stereo come quello che aveva lui in salone. Neanche a comprarlo super scontato.

Attraversammo il corridoio e ci accomodammo in cucina. Karma non era solo: con lui c'era un altro tizio, seduto al tavolo con una cassettina verde davanti. La cassettina era piena di soldi, e quello li contava meticolosamente, suddividendo le banconote in mazzetti. Erano tutti pezzi da centomila lire.

« Gli hanno appena dato lo stipendio », ridacchiò Karma.

Il ragazzo al tavolo alzò la faccia e io vidi che era uguale a quella di Karma. Sorrise. Ci guardò. Guardò me un po' di più. « Io lavoro in banca, bimbe », disse.

« Col passamontagna? » chiesi io.

La battuta gli piacque e si mise a ridere.

Anche Karma rise. « Ragazze, questo è mio fratello Cristiano. È venuto a trovarmi ieri da Cosenza. »

Qualcosa mi diceva che la sua non era una vera e propria visita di affetto fraterno. Ma che fossero parenti non c'era dubbio. Erano identici, anche se Cristiano aveva le spalle più larghe e uno sguardo da figlio di puttana che mi piaceva parecchio.

Karma continuò con le presentazioni. « Cristiano, queste sono due mie carissime amiche, ma non chiedermi come cazzo si chiamano che non me lo ricorderò mai. »

« Te come ti chiami? » mi chiese Cristiano.

« Beatrice. Siete gemelli, voi due? »

« Non si vede? »

« Eccome. »

Mi venne in mente che sarebbe stato divertente dire in giro che avevo scopato col gemello. Tutti avrebbero pensato ad Alfredo. Avrebbero chiacchierato per mesi sull'equivoco che avrei suscitato. Sì, era divertente. Era davvero divertente.

« Perché ridi? »

« Niente, pensavo a delle cose. »

« Quanti anni hai? »

« Diciassette, e tu? »

« Ventisei. Cazzo, sei proprio piccola. »

« È un problema? Guarda che sono una ragazza sveglia. » Percepii con la coda dell'occhio l'espressione allibita di Arianna. Si stava chiedendo cosa diavolo mi fosse preso, ma non potevo permettermi di fare la timida. Quel tizio lì era proprio quello giusto, non potevo lasciarmi sfuggire l'occasione. Lo guardai fisso. Volevo che capisse. Volevo che mi chiedesse di uscire.

Karma mi mise davanti la tazzina col caffè e mi chiese quanto zucchero volevo.

Dissi che io il caffè lo prendevo amaro.

Cristiano chinò la testa, ricominciando a contare i soldi. Mi resi conto che il momento era svanito e che l'interesse era sfumato. Forse ero davvero troppo piccola per lui, conclusi delusa.

Io e Arianna bevemmo il caffè, pagammo l'erba e ci alzammo per andarcene. Karma ci accompagnò alla porta e ci osservò scendere le scale con quel suo gran sorriso fisso.

« Certo che è un tipo strano, eh? » commentai sottovoce. A me Karma non piaceva affatto. Mi sembrava capace di ammazzarti da un momento all'altro. Suo fratello, nonostante si dedicasse a traffici più pericolosi, almeno mi sembrava sano di mente.

« Boh, a me non sembra strano. È simpatico. Ha una bella casa. »

« Io ho sempre un po' paura quando saliamo da lui. Mi rende nervosa. »

« Perché? »

« Ma che ne so. Metti che impazzisce e ci ammazza. Mi sembra uno in grado di farlo. O magari ci violenta. »

« Mica c'è bisogno di violentarmi, io gliela do di mia spontanea volontà. »

« Che troia che sei. »

Le diedi una spintarella, barcollò. Era chiaro che non diceva sul serio, e neanch'io.

Karma veniva da fuori, era da poco che stava alla Fortezza. Non poteva fare come voleva. Sapeva che sarebbe bastato un passo falso e avrebbero bruciato la casa con lui dentro.

« Beatrice? Ti chiami così, no? » La voce profonda di Cristiano, con quel forte accento calabrese, risuonò lungo tutta la tromba delle scale.

« Sì », dissi io, e sentii che anche la mia voce era distorta. « Sì, mi chiamo così. »

« Ci esci con me? »

« Vieni all'anfiteatro. »

« Quando? »

« Domani sera. »

24

Alle dieci e mezzo della sera dopo mi presentai all'anfiteatro. Mi ero messa la gonna senza le calze, pure se era ottobre e faceva freddo. Sarebbe stato molto più facile così, non avrei dovuto nemmeno levarmi le mutande.

Me le sarei scostate, in caso.

Seduti sui gradoni c'erano tutti quelli della mia comitiva. Stavano lì come al solito, a fare niente. Qualcuno tirava pallonate contro il muro, qualcun altro rollava canne su canne. C'era un odore d'erba che ti stravolgeva anche se non fumavi. Poco discosti dal gruppo c'erano anche Alfredo e Paola.

Adesso stavano insieme da un po', dovevano essere innamorati. La cosa mi dava la nausea.

Mi sedetti dalla parte opposta a loro, cercando di non guardarli mai, ma anche se li avessi guardati loro non se ne sarebbero accorti.

Erano troppo impegnati a cercare di ingoiarsi a vicenda.

« Che strazio dover assistere a questo schifo, ogni maledetto minuto di ogni maledetta giornata », dissi a bassa voce e solo Arianna mi sentì. Si limitò a ridacchiare, il compito dei commenti velenosi lo lasciava a me. Ero io che con Alfredo non ci parlavo da più di un mese, mica lei.

Era piuttosto buio dentro l'anfiteatro, ma io ci vedevo bene, e scorsi Cristiano arrivare.

Era alto, atletico, con le spalle larghe coperte da un chiodo di pelle nera. Teneva le mani nelle tasche dei jeans e camminava a gambe larghe, molleggiando. Pensai che avevo scelto bene, che era davvero un fico, che me lo avrebbero invidiato tutte e poi mi avrebbero chiesto i dettagli.

Rimasi ferma dov'ero finché non fu quasi sotto di me, poi saltai nello spiazzo per salutarlo.

Volevo che tutti lo vedessero bene. Volevo che tutti sapessero che stavo uscendo con uno.

Lo chiamai e lui si avvicinò e mi baciò sulle guance.

«Facciamo un giro?» gli proposi.

«Sei tu che conosci il posto, bambolina.»

«Allora ti porto io, andiamo.»

Mi mise un braccio sulle spalle e io lo strinsi alla vita. Mi allontanai con lui senza nemmeno salutare.

Sentivo gli occhi di Alfredo che mi bruciavano la schiena.

«Come mai hai detto subito di sì?»

«A che cosa?» dissi.

Avevamo fatto un giro per il quartiere e poi aveva comprato due birre al bar. Camminando, eravamo giunti nella parte più solitaria della Fortezza, poco distante dalla casa diroccata dove una volta ero andata con Alfredo.

Non ci andava mai nessuno perché non c'era niente, solo un prato con le panchine sbreccate, vecchi scheletri di altalene cadenti e una staccionata di legno ormai marcito.

Più giù, oltre la staccionata, c'era una scarpata straripante di cumuli di immondizia e poi la superstrada.

Dopo di quella, le luci della città brillavano come schegge di vetro.

Di giorno faceva schifo, vedevi le ciminiere del polo industriale e il fiume grigio e lurido con le baracche abbarbicate sulle sponde. Di notte, le brutture si dileguavano nell'oscurità e stare lì sembrava quasi piacevole.

« Mi chiedevo perché hai accettato di uscire con me. »

« Non dovevo? »

« Non lo so. Dove abito io le ragazze non escono con te se non ti conoscono. »

Alzai le spalle. « Conosco tuo fratello, mi basta. »

« Mio fratello è fuori di testa. »

« Stai cercando di dirmi che anche tu sei matto come un cavallo? »

Lui sorrise. Aveva un bel sorriso, che si intonava bene con quello sguardo da paraculo. « No, io sono normale. »

« Ma fai le rapine. »

« Questo lo pensi tu. »

«Tanto non me lo dirai mai.»

«No, infatti.»

Mi chiedevo quando si sarebbe deciso a fare qualcosa. Ero lì a guardare quelle stupide lucine in lontananza da ormai mezz'ora. Stavamo lì abbracciati a chiacchierare e ancora non mi aveva baciato.

Io avevo fretta, dovevo tornare giù all'anfiteatro e raccontarlo alle mie amiche.

Anche esagerando l'accaduto, se fosse stato necessario.

«Senti, perché non mi baci?»

Chissà se funzionava così. Se bisognava chiederle, le cose. Probabilmente sì, perché non disse niente e mi baciò. Baciava bene quel ragazzo, la sua bocca sapeva di birra e di fumo, mi piaceva quel sapore.

Spinsi la lingua più in fondo, lui mi appoggiò una mano sul ginocchio. Quando si accorse che non portavo le calze risalì lungo le cosce. Dominai l'impulso di stringere le gambe, di togliergli la mano, di non farmi toccare.

Adesso dovevo andare dritta al nocciolo della questione o avrei perso tutto il coraggio.

«Ti va di scopare?»

«Come corri, ragazzina!»

«Perché, non ti piaccio?»

«Anzi, mi piaci parecchio. Soprattutto perché sei così... diretta.»

«Allora, cosa stiamo aspettando?»

«Ma vuoi farlo qui?»

«Non ci vede nessuno, fidati.»

Non me ne fregava niente di quello che avrebbe pensato.

Era carino e tra le gambe aveva quello che mi serviva. Se non fosse stato lui, sarebbe stato qualcun altro.

Io volevo solo togliermi la curiosità, essere al pari degli altri, provare com'era.

E non fu granché.

Mi lasciai stendere su quel prato umido e allargai le gambe.

Chiusi gli occhi mentre mi si sdraiava addosso e pregai che non facesse troppo male e che lui non si accorgesse che ero vergine. Magari poteva creargli qualche problema. Avrebbe potuto rifiutarsi o fare qualcosa di altrettanto stupido. Ne avevo sentite di storie così.

Nell'entrare, trovò resistenza. Bestemmiai tra me e me.

Presi fiato, gli dissi che lì sotto ero un po' stretta di mio e che doveva spingere.

Lo fece, entrò tutto insieme prendendosi la mia verginità. Mi morsi l'interno delle guance per non piangere. Faceva malissimo.

Stavo lì a sentire l'umidità che mi entrava nella schiena, che mi bagnava i capelli.

Stavo lì, con la gonna alzata sulle cosce e le braccia incrociate sul petto. Lui mi prese le mani e se le portò sulle spalle, voleva che lo abbracciassi. Io non volevo farlo, non volevo nemmeno che mi toccasse, era già abbastanza difficile dover sopportare di averlo dentro di me. Cercai di distrarmi guardando il cielo, le altalene arrugginite, i palazzi che affondavano nel buio, ma riuscirci era quasi impossibile.

Le sue mani, le sue gambe. Le spinte che mi dava e che continuavano a fare male. Il suo alito caldo e acre che sapeva di birra e di fumo sulla mia faccia.

Dovevo pensare a qualcosa di bello, per riuscire a non piangere.

Chiusi gli occhi, respirai a fondo. Non ero in mezzo a quel prato spelacchiato, e sopra di me c'era qualcun altro. Forse un attore della televisione, un cantante bello e famoso che cantava struggenti canzoni d'amore, forse un calciatore che ci aveva fatto vincere i Mondiali. Forse, soltanto qualcuno che mi volesse un po' di bene.

C'era un gatto sul limitare del prato, senza curarsi di noi si leccava le zampe. Mi concentrai su di lui, finché non sparì oltre la siepe.

Adesso, non avevo più niente con cui distrarmi.

Per fortuna durò ancora poco, e quando si sfilò da me fu un sollievo. Mi faceva schifo, il sesso, non l'avrei fatto mai più. Ma come poteva Arianna amarlo così tanto?

Ci rialzammo a sedere, mi sistemai la gonna, accesi una sigaretta. Nei film facevano sempre così. Lui mi fece una carezza sulla testa, mi chiese se ero stata bene. Sforzai un sorriso, dissi di sì.

Mi coprì le spalle col suo chiodo di pelle nera. Voleva essere gentile e io volevo solo andare via.

Gli dissi che avevo un orario di rientro e che dovevo sbrigarmi a tornare a casa o mio padre mi avrebbe ammazzato. Non mi chiese se ci saremmo rivisti, e anche se l'avesse fatto gli avrei detto di no.

Ora che avevo avuto quello che volevo, tutto l'interesse nei suoi confronti era svanito, neanche i suoi occhi mi piacevano più così tanto.

Lo salutai appena, come si saluta un conoscente intravisto per strada. Ci lasciammo sulla piazza principale, e io mi misi a correre verso l'anfiteatro, anche se a ogni passo mi assaliva una fitta lì che mi strozzava il respiro.

Non avrei mai confessato a nessuno che mi aveva fatto schifo, che avevo desiderato che quella tortura finisse il prima possibile. Tanto interesse e tanto rumore per una cosa che faceva vomitare. Avevo sicuramente qualche problema, ero nata sbagliata, ma non mi interessava. Se ripensavo a quello che avevo appena fatto, mi venivano i brividi di disgusto.

Arrivai all'anfiteatro, mi arrampicai con un po' di difficoltà sul primo gradone e guardai dentro. Arianna mi vide, si alzò e prese a correre nella mia direzione.

Mi sforzai di sorriderle, era talmente ansiosa di sapere i dettagli che non poteva aspettare che arrivassi fino in fondo allo spiazzo.

Solo quando mi fu vicina mi accorsi che lei, nel venirmi incontro, non sorrideva.

« Bea! Oddio Bea, Alfredo ti sta cercando per tutta la Fortezza. È furioso, non siamo riusciti a fermarlo, vattene a casa prima che ti trovi! » C'era una consistente nota di preoccupazione nella sua voce. Anzi, a dirla tutta, sembrava isterica.

«Perché mi cerca? Che vuole?»

«Non lo so, c'ha una faccia che fa paura, non l'ho mai visto così... Ha solo detto che sarebbe venuto a prendervi a calci, Bea per favore torna subito a casa, se ti trova ti... »

Non fece in tempo a finire la frase che Alfredo apparve dai gradoni. La sua faccia era livida di rabbia, e peggiorò nel vedermi.

Quella situazione surreale era quasi ridicola. Mi voltai per dirlo ad Arianna, ma quella cagasotto si era già dileguata.

Allora niente, avrei dovuto aspettare da sola in mezzo allo spiazzo.

Aspettare che coprisse la distanza tra di noi e venisse a farmi la sfuriata, così avrei avuto finalmente una scusa per riempirlo di botte.

«Dove sei stata?» Era sudato e col fiatone, la faccia rossa e stravolta di fatica. Probabilmente si era girato tutto il quartiere correndo. Pensai che non mi dispiaceva nemmeno un po', che se lo meritava davvero.

«Sono cazzi miei dove sono stata.»

«Sei vestita da troia. Sei stata a battere?»

«Può darsi, sì. E allora?»

«Io ti ammazzo, Bea. Giuro che ti ammazzo. Te lo sei scopato?»

«Se ti racconto i particolari, poi ti ci fai una sega sopra?»

Si allontanò di qualche passo, respirò a fondo e

tornò ad avvicinarsi. Godevo nello sfidare il suo autocontrollo, volevo vedere dov'era il punto di rottura, non mi interessava quanto e in che modo la cosa lo facesse soffrire.

« Sei una vacca, fai schifo. Sei stata capace di farlo pure con quel ritardato di Karma. »

Sorrisi, felice. Finalmente potevo dirglielo.

« Ma quello non era Karma. Era il suo gemello. »

Vidi i suoi occhi diventare più grandi, occupargli tutta la faccia, e vidi anche le mani tremare. Aveva capito perché fra tanta gente avevo scelto proprio quello lì.

Perché aveva un gemello, esattamente come me.

Qualcosa di estremamente duro finì con violenza contro il mio zigomo, mi girò la faccia. Sentii un rumore rimbombarmi dentro, come di una bottiglia che veniva stappata, e subito il sangue cominciò a scendermi dal naso.

Non dissi niente, non fiatai. Non gli avrei dato nessuna soddisfazione. Mi girai lentamente a guardarlo. Non cercai nemmeno di fermare il sangue che scendeva, lasciai che continuasse a colarmi dal naso fin nella bocca e sul mento.

Ogni volta che ci incontravamo finiva così, a botte e sangue.

Non eravamo fatti per vivere nello stesso posto.

« Andiamo via, Bea, andiamo, ti porto a casa. » Adesso non c'era più niente nella sua voce, solo quel dolore sordo, quella muta rassegnazione, la pazienza di dover amare qualcuno che lo torturava.

Cercò un fazzoletto che non aveva nelle tasche dei jeans, poi si sfilò la felpa e l'appallottolò.

Faceva freddo e il suo corpo bianco si ricoprì immediatamente di pelle d'oca.

Mi porse quella felpa e io mi parai il viso con le mani, non volevo pulirmi con una cosa che mi aveva dato lui.

Mi allontanò i polsi dalla faccia con quell'espressione stanchissima, una tristezza troppo profonda perché io potessi capirla.

Mi appoggiò una mano sulla nuca e con l'altra mi schiacciò la felpa sul naso, come se volesse soffocarmi. Il mondo intorno sparì di colpo.

C'era lui che tremava di freddo, c'ero io con il naso e la bocca pieni di sangue che si andava asciugando, e quel cotone bianco che assorbiva tutto il male che gli avevo fatto e l'immobilità con cui accettavo di essere un mostro, un mostro con gli occhi spalancati e la testa tirata indietro, con le lacrime che scendevano sulle tempie per andare a nascondersi tra i capelli, un mostro che adesso piangeva come non aveva mai pianto in vita sua.

25

Quando smisi di sanguinare, Alfredo mi prese per un braccio e mi portò via. Si era rimesso addosso quella felpa sporca del mio sangue, e io avevo visto la macchia che aveva formato.

L'anfiteatro era pieno di gente. C'erano tutti, ma nessuno parlava. Tutti gli occhi erano puntati su di noi, me li sentivo addosso, e quel silenzio innaturale mi caricava d'angoscia. Camminavo con difficoltà. Oltre al dolore dello schiaffo c'era anche quello tra le gambe. Forse avevo perso sangue anche da lì, ma non mi fermai a controllare.

Uscimmo quasi di corsa dallo spiazzo e risalimmo i gradoni per imboccare strade più buie che ci avrebbero condotto a casa.

Alfredo camminava veloce, non parlava e non mi guardava. Io cercavo di non scoppiare a piangere di nuovo.

Era già abbastanza umiliante così.

Arrivai a casa che camminavo con le gambe larghe, sembravo una papera. Ero davvero ridicola.

« Dormo da te stanotte », mi disse mentre salivamo le scale. Non avevo nessuna voglia di stare con lui, ma avevo paura che mi picchiasse di nuovo, perciò non protestai.

Entrammo in casa, cercando di fare il meno rumore possibile, ma mio padre era sveglio.

« Francesco? »

« No, papà, sono Bea. C'è anche Alfredo. » Sperai che non gli venisse in mente di alzarsi.

Non volevo spiegargli perché io e Alfredo eravamo sporchi di sangue, e soprattutto non volevo sapesse a chi apparteneva.

Fortunatamente mio padre non aveva nessuna voglia di uscire dalle coperte.

« Fate piano, tua madre dorme », borbottò, rigirandosi. Le molle del letto cigolarono.

Francesco non era ancora ritornato. Probabilmente sarebbe rimasto a dormire fuori, e io avrei dovuto trascorrere la notte da sola con Alfredo.

Mi costrinse a entrare in bagno, chiuse la porta a chiave e fece scorrere l'acqua nel lavabo.

Si tolse la felpa e la gettò nel cesto dei panni sporchi.

« Ti ha trattata male? »

« Che cosa intendi dire? »

« Dico che non riesci nemmeno a camminare. Che ti ha fatto? »

« Come hai potuto picchiarmi davanti a tutti? Come hai potuto? »

« Farò di peggio a quell'amico tuo, se non mi dici subito se ti ha trattata male. »

« Nessuno può trattarmi male, lo sai. Nemmeno tu. Questa me la paghi, Alfredo. »

« Stai zitta, vieni qua. »

Prese un pezzo di carta igienica, lo bagnò sotto il getto dell'acqua e me lo passò sul viso. Lo lasciai fare, anche se avrei solo voluto sputargli in faccia per quello che mi aveva costretta a subire.

«Almeno ti piaceva?»

Avrei voluto dirgli sì. Che mi era piaciuto. Che era stato fantastico.

Mi accontentai di scuotere la testa, sconsolata.

Mi ha fatto solo male. È stato squallido, e me lo voglio dimenticare.

«E allora perché ci sei andata?»

«Non lo so. Volevo fare qualcosa di diverso.»

«Mi hai fatto prendere un colpo. Non ci potevo pensare a te con quello, metti che ti faceva qualcosa di strano...»

«Perché devi sempre cercare di proteggermi?»

«Perché te c'hai la strana tendenza a farti del male.»

«E a te che cazzo te ne frega? Non mi parli, neanche mi guardi. Stai sempre con quella lì. Pure se muoio, manco te ne accorgi.»

«Non essere stupida, Bea. Anche se le persone non sono come vorresti, non significa che non le ami più. Odio quando cerchi di farti del male da sola. Mi fai male pure a me.»

Non riuscii a trattenere le lacrime. Avevo resistito troppo, non ce la facevo più. Scoppiai a piangere di nuovo, sia per il dolore fisico che per quello che avevo dentro. Era come avere delle spine in gola.

Gli gettai le braccia al collo, singhiozzando. Schiacciai la faccia contro il suo petto. Non volevo che vedesse ancora le mie lacrime.

« Io non ce la faccio più, Alfredo! Non ce la faccio più! »

« Che vuol dire che non ce la fai più? Se non mi dici che c'hai, io non ti posso aiutare, Bea. Me lo devi dire, se no come ti aiuto io? »

« Io non ti ci posso vedere con quella, mi fa male! Non ce la faccio a pensare che la preferisci a me, la cosa mi fa impazzire! »

« Ma chi ti ha detto una stronzata del genere? Chi ti ha detto che la preferisco a te? »

Mi afferrò per i gomiti, mi allontanò da sé per costringermi a guardarlo in faccia.

« Chi ti ha detto che la preferisco a te? » ripeté. « Dimmi chi ti ha messo in testa questa cosa. »

« Si vede che è così, da quando stai con quella io non esisto più! »

« Cristosantissimo, usalo il cervello ogni tanto! Come mi hai trattato tu, eh? Come? Che cazzo dovevo fare io, stare lì a prendermi i tuoi calci in faccia? »

Chinai la testa, tirai su col naso. Nella gola sentii scendere il sapore del sangue. Non sapevo che dire.

Aveva ragione.

« Vieni qua, cretina, vieni qua. Sei una deficiente, ti dovrei ammazzare. Abbracciami. Mi sei mancata. »

Eravamo lì, in quel bagno corroso dal calcare e con il pavimento scorticato, e quel ragazzetto magro mi teneva stretta, baciandomi i capelli, la faccia, succhiando le mie lacrime. La sua pelle bruciava; la sentivo anche attraverso i vestiti.

«Alfredo, per favore, lasciala.»

Sospirò, mi abbracciò più forte e non ci pensò nemmeno un attimo.

«Va bene, Bea, la lascio. Lo faccio per te. Se ti fa stare così male, la lascio e torniamo a essere noi due come prima. Però ti prego, non piangere più, mi fai stare da schifo.»

Annuii, mi asciugai gli occhi con le maniche della maglietta. «Non piango più, te lo prometto.»

«Dai, andiamo a dormire.»

Avevo le mutande piene di sangue. Le allontanai con schifo, mi infilai il pigiama e tornai in camera.

Alfredo era già nel letto.

Mi sdraiai accanto a lui, lo abbracciai. Nel buio mi baciò le dita.

«Alfredo...»

«Eh, Bea.»

«Secondo te io sono carina?»

«Che discorso è?»

«È una domanda seria. Devo sapere se sono una ragazza carina o no.»

«Non ha senso. Tu sei bella.»

«Non sono magra, però.»

«Non sei nemmeno grassa.»

«Però una volta hai detto che con me non ti si sarebbe drizzato.»

«E tu hai detto che ti faceva schifo toccarmi.»

«Solo perché ti toccava pure quella.»

«E adesso?»

«E adesso ti tocco solo io.»

«Senti... Lo vedrai ancora quello lì?»

«Ma sei pazzo? Non ci penso nemmeno.»

«Bene, meglio così. L'avrei fatto a pezzi. Buonanotte, Bea.»

«'notte, Alfredo.»

26

Il giorno dopo, Alfredo tornò a casa con lo sguardo scuro e le spalle più incurvate del solito.

Lo sentii arrivare, perciò mi precipitai ad aprire la porta, appena in tempo per vederlo imboccare le scale.

Mi salutò con la mano e passò oltre, diretto a casa sua. Forse voleva stare da solo, ma non glielo permisi.

Lo seguii fin dentro casa.

C'era suo padre che russava forte sul divano, stringendo ancora una bottiglia vuota.

Lo guardai e mi accorsi che era invecchiato e che stava peggio del solito.

« Quanti anni ha tuo padre? » gli domandai. Alfredo non parlava mai della sua famiglia, gli faceva schifo.

E anche a me.

« Boh. Dovrebbe stare sui quarantacinque, credo. Ma potrebbe averne anche di più. O forse di meno. Non lo so. »

« E tua madre te la ricordi? » Lui non ne parlava mai, immagino che non gli piacesse ricordare la sua infanzia alle baracche sul fiume. Non mi aveva mai detto molto della sua vita prima che arrivasse alla Fortezza.

«No, per niente. Ero troppo piccolo quando è morta. Ma che sei venuta a fare qui? A parlare di mia madre?»

«Va bene, scusa. Volevo farti compagnia.»

Alfredo aprì il frigorifero. C'era dentro una bottiglia di Coca-Cola, forse Massimiliano aveva fatto da poco la spesa.

Mise la bottiglia al centro del tavolo, prese due bicchieri e li riempì. Svuotò il suo in un sorso solo, accese una sigaretta. Nell'altra stanza il vecchio si lamentò nel sonno e scorreggiò.

«L'ho lasciata, eh.»

«Chi?»

«Paola. Non fare la finta tonta.»

«Le hai detto che te l'ho chiesto io?»

«No, le ho detto che mi ero stufato. Non potevo metterti in mezzo, che figura ci facevo? Sembra che mi faccio comandare da una femmina.»

«E perché l'hai lasciata?»

«Bea, sei ubriaca? Ti ricordi di come stavi ieri sera?»

«Sì, ma... non hai pensato che poteva essere un capriccio, il mio?»

«Ti conosco troppo bene.»

Riempì di nuovo il bicchiere e se lo portò alle labbra. Lo abbracciai.

«Grazie.»

«Tanto non me ne fregava niente di quella.»

*

Ma io sapevo che non era vero. Ci stava male. Aveva gli occhi scuri e un'espressione un po' infelice.

Paola venne per un paio di giorni a cercarlo. Si attaccava al citofono, gridava il suo nome. Alfredo non si affacciava mai, non rispondeva. Si faceva negare da Massimiliano. Non la voleva vedere, diceva che quella gallina con il suo frignare isterico gli dava ai nervi, che si era veramente rotto le palle di lei, ma non era vero. Quando suonava il citofono, Alfredo si buttava sul letto, nascondeva la testa sotto il cuscino. Si sforzava di ignorarla.

Credo che fosse innamorato di quella ragazza, ma per me l'aveva lasciata. Si era privato di qualcosa per non farmi soffrire.

Mi dicevo che al posto suo l'avrei fatto anch'io, ma sapevo che non era vero. Io mi sarei messa a ridere, l'avrei preso in giro.

Io ero crudele, lui era solo spaventato.

Ma non mi importava, ero convinta che fosse in grado di sopportarlo. Era abbastanza forte da reggere al sacrificio. Presto gli sarebbe passata.

Perché Alfredo si era innamorato davvero di Paola. Ma io ero un pezzo di lui, e l'istinto di conservazione ha sempre la meglio sull'amore.

27

Poco tempo dopo, successe che Francesco scoprì quello che io avevo scelto di non dirgli e avvenne nel modo peggiore che potesse capitargli.

Lo scoprì da mio padre.

Era passato un anno e mezzo da quando avevo accompagnato Arianna dalla mammana. Da quel giorno non avevamo più visto quella donna. Non ne avevamo neanche sentito più parlare, ce l'eravamo quasi dimenticata. Fino a che una mattina si sparse la voce che era morta. L'avevano trovata bocconi, con la faccia nella terra. Ma non era morta per cause naturali, l'avevano ammazzata. La notizia dell'omicidio era rimbalzata per tutto il quartiere, dai balconi con i panni stesi ad asciugare ai pianerottoli sudici e poi in strada, fin sulle panchine e nei portoni. Nel giro di due ore lo sapevano tutti. Qualcuno particolarmente curioso si era spinto fino alla baracca della vecchia, per controllare con i suoi occhi, per andare a cercare informazioni, per impicciarsi un po'. Si era venuto a sapere che aveva praticato male un aborto, che la donna c'era rimasta secca per un'emorragia che le avevano provocato i ferri. E il marito della morta aveva aspettato un mese per far calmare le acque e poi era andato a casa della mammana e l'aveva giustiziata lì nell'orto, tra le erbe velenose, senza tante cerimonie.

Avevo sentito tutta la storia mentre ero in strada con mio padre. Lo stavo accompagnando a cercare lavoro, per vedere se anche a me riusciva di trovare qualcosa. Ci aveva fermato la madre della mia amica Silvia per raccontarci la notizia e io avevo rinunciato a scendere in città per correre da Arianna. Dovevo assolutamente dirglielo.

« Ehi, Ari, hai sentito che cosa è successo? » gridai entrando in casa sua. Arianna era ancora a letto.

« No, che cosa? »

« Hanno ammazzato la vecchia. La mammana. L'hanno ammazzata perché ha sbagliato a fare un aborto, capisci? La tizia che doveva abortire è morta e il marito ha fatto fuori la strega! »

« Se lo meritava », bofonchiò lei, stropicciandosi gli occhi. Poi, come folgorata, aggiunse: « Poteva capitare a me. Merda, un altro po' e ci rimanevo secca anch'io. L'ho scampata per un pelo. Hanno fatto bene ad ammazzarla. Meglio a lei che a noi ».

Mi strinsi nelle spalle. Arianna diceva così perché se l'era rischiata anche lei. A me non me ne fregava niente che la mammana fosse morta, però dire che se lo meritava mi sembrava troppo.

Le diedi appuntamento a più tardi e me ne tornai a casa.

Quando entrai mi accolse un'atmosfera tesa che da me non c'era mai stata. Mia madre spazzava per terra in silenzio, con movimenti meccanici. La sua bocca era una piega sottile nel viso accigliato. Mio padre era seduto al tavolo della cucina. Aveva davanti un caffè che non beveva e la guardava torvo. Pensai che avessero litigato, restai sorpresa. Non l'avevano mai fatto.

«Papà, non sei più sceso in città?» chiesi, per stemperare la tensione.

Mio padre non mi rispose, non mi guardò neanche. Continuò a fissare la schiena di mia madre.

«Elena, tu lo sapevi», disse.

«No, Vittò, te l'ho già detto. Non lo sapevo neanch'io. A quanto pare siamo gli unici fessi. Lo sa tutto il quartiere.»

«Che cos'è che non sapevate, eh?» tentai. Niente. Nessuna risposta. Mi ignoravano completamente.

«Che devo fare, Elena? Che faccio? Lo ammazzo. Lo devo ammazzare.»

«Ma ormai, che fai? È passato troppo tempo. A questo punto lascia perdere.»

Un colpo al tavolo rovesciò la tazzina di caffè. Il liquido nero si sparse ovunque, gocciolò sul pavimento. Non avevo mai visto mio padre tanto incazzato.

«Al paese mio a queste cose ci stai attento! Al paese mio quando fai il guaio poi rimedi, come ho rimediato io!» urlò.

«A quattordici anni che vuoi rimediare, eh, Vittorio? Come fai a rimediare? Qua non siamo a Potenza!»

Li vedevo rossi in volto, li sentivo gridare, ma ancora non capivo di cosa stessero parlando. Un rumore di passi nel corridoio attirò la nostra attenzione.

Mio padre si lanciò verso la porta della cucina, mia madre si mise in mezzo per non farlo passare.

« Levati te, che mo' lo gonfio! »

Sulla soglia comparve Alfredo, con un sopracciglio inarcato.

« Ah, sei tu », disse mia madre, come se nulla fosse successo. « Ho fatto il caffè, lo prendi? »

Fece sì con la testa, sedendosi al tavolo. Nessuno sembrava fare caso al pavimento sporco e appiccicoso. Era una gabbia di matti.

Proprio mentre mia madre versava il caffè per Alfredo, sentimmo Francesco rientrare. Questa volta nessuno fece in tempo a bloccare mio padre.

Fermò mio fratello nel corridoio, gli diede uno spintone e poi un calcio nel sedere. Lo mandò a finire in un angolo, si sfilò una ciabatta e prese a picchiarlo. Francesco si parava la testa con le mani e non capiva niente di quello che stava succedendo. Neanch'io, a dire la verità.

« Imbecille! » gridava mio padre. « Deficiente! Uomo di merda! »

« Lascialo stare, Vittorio! » strepitava mia madre, cercando di dividerli. « Non toccare mio figlio! »

Ma mio padre era come sordo. Continuava a picchiare mio fratello sulla testa e sulle braccia con la ciabatta di gomma.

Io e Alfredo, allibiti, assistevamo alla scena dalla porta della cucina.

«Che cazzo ho fatto adesso?» strillava Francesco. «Che cazzo ho fatto, porca puttana?»

«Che hai fatto? Che hai fatto? Quando metti incinta una te la sposi, hai capito? Te la sposi e vai a lavorare, no che la mandi a farsi scannare dai macellai!»

«Papà, papà, sei matto! Sei fuori, io non so che stai dicendo!»

Io invece sapevo di cosa parlava mio padre. Qualcuno gli aveva detto di Arianna. Qualcuno che sapeva che a metterla incinta era stato mio fratello. Mio fratello, che era a conoscenza dell'aborto ma che non si era mai posto il dubbio.

«Non sei stato capace di tenerti il cazzo nelle mutande!»

«Ah be', tale padre, tale figlio», commentò Alfredo, ironico. Per fortuna lo sentì solo mia madre. Si girò verso di noi, con la mano già aperta per tirargli lo schiaffo che si era pienamente meritato.

«Io lo sapevo!» urlai all'improvviso.

L'effetto fu istantaneo, le mie parole congelarono la scena.

Avevo gli occhi di tutti quanti appiccicati addosso.

«Che cosa stai dicendo, Beatrice?»

«Lo sapevo. Lo sapevo dall'inizio che era stato Francesco. Arianna me l'ha detto. L'ho accompagnata io dalla mammana, ma è stata lei a volerci andare. E comunque lui non lo sapeva.»

Lo dissi così, tutto d'un fiato. Temevo che se mi fossi fermata mi sarebbe mancato il coraggio. Mio padre lasciò perdere Francesco. Venne verso di me. Adesso prendo tutte le botte che non mi ha mai dato, pensai. Alfredo si parò davanti a me, e tra noi e mio padre si infilò anche mia madre.

« Fai una cosa, vai al bar e prenditi un caffè. Anzi no, prenditi una camomilla. Quando sei più calmo torni su », disse lei, piano, a mio padre. Lui uscì senza salutare nessuno.

Tirai il respiro. Me l'ero vista brutta, ma non come Francesco. Lui se l'era vista peggio. Si spolverò via lo sporco che la ciabatta di mio padre gli aveva lasciato addosso.

« Per fortuna era di gomma », commentò. « Altrimenti mi ammazzava. »

Mia madre entrò in cucina senza dire una parola. Alfredo la seguì e, per farsi perdonare della battuta di poco prima, si mise a pulire il tavolo e il pavimento macchiati di caffè. Io rimasi nel corridoio con mio fratello.

« È vero, Bea? Sono stato io? »

« Sì, Francè. Arianna non te lo voleva dire. E neanch'io. »

« E adesso che faccio? »

« Niente, che devi fare? È passato troppo tempo. »

« Troppo tempo un cazzo, quello mi ha menato come se fosse successo ieri. »

« Lo sai com'è fatto. È del Sud. C'ha la fissa dell'onore e di tutte quelle cazzate. »

« Vado da Arianna. »

«A fare che?»

«Boh, non lo so. Ci vado subito, però.»

Varcò la porta che mio padre aveva lasciato spalancata e lo vidi sparire lungo le scale.

Tornò molte ore dopo. Era stato da Arianna, avevano parlato. Nessuno dei due volle dirmi mai cosa si erano detti.

28

Passarono i mesi, l'autunno si trasformò in inverno. Il 1983 scivolò nel 1984 senza particolari clamori. Alla Fortezza solo il cambio delle stagioni scandiva il tempo. Non succedeva mai niente di importante. Ogni tanto moriva qualcuno, soprattutto tra i più giovani. Molti non arrivavano a trent'anni. Li ammazzavano le corse d'auto clandestine, gli inseguimenti con la polizia, l'eroina. Ci eravamo abituati. Almeno una volta al mese, don Antonio faceva suonare a morto le campane della Pagoda. Quel suono si spandeva come una nebbia per tutta la collina.

Lo prendevamo come un avvenimento naturale. Se avevi tra i sedici e i trent'anni e abitavi alla Fortezza, la tua probabilità di restarci secco era più alta della media nazionale. Lo sapevamo di correre un rischio per il semplice fatto di essere nati nel posto sbagliato, ma pensavamo che a noi non sarebbe mai successo nulla.

A diciotto anni pensavamo che saremmo vissuti per sempre.

E poi all'improvviso la Fortezza, che fino a quel momento era stata clemente, decise che anche per noi due c'era un prezzo da pagare.

Diventammo adulti.

Ma non come tutti gli adolescenti.

E non insieme, soprattutto.

Alfredo diventò grande dopo quello che accadde a suo padre. Io, invece, avrei dovuto aspettare ancora.

29

Era l'aprile del 1984.

Era un giorno come gli altri, un giorno come tutti quelli che passavano per la Fortezza.

Era un giorno di poco seguente al mio diciottesimo compleanno.

Adesso ero maggiorenne, avevo delle responsabilità. Questo voleva dire che adesso, se facevo qualcosa di sbagliato, avrebbero potuto arrestarmi.

Avevamo organizzato una festa, mia madre aveva preparato una torta.

C'erano tutti i miei amici e anche alcuni vicini di casa.

Mio padre aveva tirato fuori la sua macchina fotografica, quella che usava per le occasioni speciali, e mi aveva comprato un vestito bianco, senza maniche.

Ce l'ho ancora quel vestito, anche se non l'ho più indossato da quel giorno.

Ci aveva scattato una foto insieme.

Il flash ci aveva colto impreparati, davanti a quella torta con su scritto il mio nome, io con la bocca aperta e sorridente, immortalata nell'attimo in cui prendevo aria per spegnere le candeline, una bretella del vestito scesa lungo la spalla, un po' disordinata, forse ubriaca, e lui accanto a tenermi un braccio intorno alla vita, con quel suo sorriso storto e lo sguardo rivolto verso di me. Non ci eravamo accorti che ci stessero fotografando, e non sapevamo ancora quanto sarebbe stata importante quella foto.

Perché è l'unica immagine recente che ci è rimasta di Alfredo.

E quando è morto l'hanno ritagliata per metterla sulla lapide, dove adesso la sua faccia sorridente guarda per sempre verso il nulla, quel nulla dove prima c'ero io.

Era l'aprile del 1984.

Faceva già caldissimo, troppo, per essere solo primavera. In casa non si riusciva a rimanere. Eravamo usciti per prendere un po' d'aria. Stavamo a secco, ma a forza di frugarci nelle tasche e di chiedere cinquanta lire alla gente che passava, avevamo racimolato abbastanza per comprarci una birra, e ce l'eravamo scolata seduti sui gradoni dell'anfiteatro, insieme ai nostri amici.

All'improvviso, davanti a noi sfrecciarono delle macchine dei carabinieri e un'ambulanza a sirene accese.

L'anfiteatro si svuotò in un attimo, si imboscarono tutti. Rimanemmo soltanto noi, che a parte la birra, non avevamo niente.

Eppure era strano. Erano anni che le guardie non

entravano più alla Fortezza. Non le vedevamo dagli anni di piombo.

Giravano al largo, ci lasciavano fare come volevamo, ci lasciavano liberi di scannarci. Bastava che non uscissimo, perché fuori ci avrebbero massacrato. Era questo il patto non scritto.

Alfredo cominciò a sentirsi male. Non gli piacevano le sirene, gli mettevano ansia. Disse di avere una brutta sensazione, voleva tornare a casa e voleva che andassi con lui.

Lasciai che si lagnasse per un po' e poi lo accontentai.

Camminavamo al centro della strada senza preoccuparci delle macchine.

C'era gente che usciva dai portoni a gruppetti di due o tre e si incamminava nella nostra stessa direzione. Sembrava ci seguissero.

Alfredo, preso dal panico, si mise a correre e io non riuscii a fermarlo.

Forse se lo sentiva davvero.

Quando arrivai davanti al palazzo in cui abitavo sentii lo stomaco che si stringeva, facendosi piccolo piccolo.

Era successo qualcosa.

C'era tanta gente e altra ancora continuava ad arrivare. Si ammassavano, premevano contro qualcosa che non potevo vedere, si chiedevano l'un l'altro cosa era accaduto. A furia di spintoni arrivai in prima fila.

Un cordone di plastica a strisce bianche e rosse

recintava il cortile. E oltre il cordone c'era un'ambulanza, ferma al centro del cortile, proprio davanti al portone, con tutte le portiere spalancate.

Mi girai a cercare la testa bionda di Alfredo tra la folla, ma non c'era.

Mi avvicinai al cordone, chiesi a un carabiniere di farmi passare, dissi che io lì ci abitavo. Qualcuno dietro di me confermò che era vero, io vivevo lì.

Il carabiniere sollevò il nastro senza dire una parola e io sgattaiolai dentro.

Sulle scale c'era una quantità di persone, ancora uomini in divisa, e voci, tante voci. Gli echi rimbalzavano ovunque, non riuscivo a capire niente di quello che dicevano. Erano troppe. Mi sembrò di udire anche un pianto disperato da qualche parte, in alto.

Cominciai a salire, ma mi bloccarono in due.

«Lei dove crede di andare?»

«A casa mia.»

«Non si può, scenda e attenda, per favore.»

«Senti, un tuo collega di sotto mi ha fatto passare, io qui ci abito, devo sapere se è successo qualcosa, giù non ci torno, piuttosto mi faccio pigliare a calci.»

«Per favore, fatela passare, è mia figlia.» Mia madre era scesa fino a dove mi trovavo io. Aveva indosso una camicia sbottonata da cui si intravedeva il reggiseno e non faceva nulla per coprirsi.

La guardai in faccia e vidi che piangeva.

«Oddio, mamma, che è successo? Papà e Francesco dove sono?»

« Stanno di sopra. Se questi signori ti fanno passare, adesso tu entri e prometti di stare buona, va bene? »

I due carabinieri si spostarono ai lati, fingendo di non vederci. Sgusciai tra loro e abbracciai mia madre.

Lei schiacciò la bocca sui miei capelli. Singhiozzò forte.

« Massimiliano, Bea... Massimiliano ha ammazzato Pietro. »

Chi diavolo era Pietro? Non conoscevo nessuno con quel nome.

E poi capii.

Io non conoscevo nessuno con quel nome perché mi ero sempre rifiutata di pronunciarlo.

Lo avevo sempre chiamato il vecchio. Con disprezzo, con odio. Il vecchio.

Il padre di Alfredo.

Massimiliano aveva ammazzato suo padre.

Da sopra, una voce che non conoscevo gridò di fare spazio. Mi appiattii lungo la parete.

Mia madre cercò di coprirmi gli occhi, come faceva quando ero piccola e alla televisione trasmettevano scene che non voleva che vedessi.

Ma io non ero più una bambina.

Le scostai la mano.

Vidi Massimiliano passarmi davanti, con le manette ai polsi, e due agenti che lo tenevano ai lati. Camminava piegato, come se avesse mal di pancia.

E le sue braccia, Cristo santo, le sue braccia erano

lorde di sangue fino ai gomiti, mi sembrò quasi di vederlo gocciolare sulle scale.

Ci aveva sguazzato, in quel sangue. Ci si era fatto il bagno. Ci aveva giocato, con il sangue di suo padre.

« Mamma, ma come... » La mia voce si ruppe. Adesso singhiozzavo anch'io.

« Non lo so, non chiedermelo, non so niente. Credo che abbiano litigato, li ho sentiti urlare. Dio, è stato orribile... Vai su, vai da Alfredo, stagli dietro. Io vi raggiungo tra poco. »

Con le gambe che tremavano scavalcai la barriera immensa di quei primi gradini. Mia madre mi richiamò.

« Bea, qualunque cosa succeda, non entrare in quella casa, capito? Non andare dentro. Cerca di non farci andare nemmeno Alfredo, va bene? »

« Sì, mamma. Ci provo. »

Ma era troppo tardi.

C'erano ancora i carabinieri. Due di loro parlavano con mio padre che con un braccio si teneva vicino mio fratello, che stava attaccato alla sua maglietta come un bambino piccolo, e con l'altro braccio si stringeva Andrea al petto. Provai compassione per quel ragazzino che piangeva disperato per la morte di suo padre.

Ma Alfredo non c'era.

Alfredo era già dentro.

Mi voltai verso la porta aperta. C'erano degli uomini davanti, ma parlavano tra loro, non mi stavano guardando. Dimenticai all'istante le raccomandazioni di mia madre.

Presi la rincorsa.

Scivolai oltre la porta, mi rialzai, slittai lungo il corridoio chiamando il suo nome, sperando che non avesse ancora visto niente, sperando di arrivare in tempo.

E lui era in quella stanza piena di gente con i guanti e il camice bianco, gente che fotografava, gente che raccoglieva le cose sparse per terra come se stesse riordinando dopo una festa particolarmente selvaggia.

Alfredo stava lì in piedi con gli occhi spalancati. Credo che in quel momento stesse cercando di non morire anche lui.

Guardai le sue scarpe. Erano sporche di sangue.

C'era sangue dovunque, sulle pareti, sulla televisione.

E poi c'era il vecchio per terra, e il vecchio non aveva più la faccia e nemmeno il torace.

«Cristo santo, vieni via!»

Non so come riuscii a non vomitare. Forse per la faccia di Alfredo.

Era blu. Si era dimenticato di respirare.

Lo schiaffeggiai forte, tirandolo per un braccio.

Qualcuno strattonò me. Era un uomo, era alto e portava dei vestiti normali. Non l'avevo mai visto prima.

«Chi cazzo sei?» gli urlai.

«Maresciallo dei carabinieri, uscite immediatamente o vi sbatto dentro a tutti e due!»

«Vaffanculo, hai capito? Vaffanculo! Questa è casa mia! Sono la sua gemella, è anche casa mia!»

A un cenno di quell'uomo due agenti si fecero avanti. Mi presero per le braccia.

Altri due afferrarono Alfredo, che si lasciò trascinare, non oppose nessuna resistenza.

Io continuai a urlare.

Urlai ancora più forte quando portarono su il sacco nero per il cadavere.

Non sapevo perché, ma dovevo continuare a farlo, o mi sarei vomitata anche l'anima.

La colpa è del degrado.

Lo dissero al telegiornale della sera.

Degrado. Ecco come ci descrivevano da fuori. Ecco quello che eravamo per loro.

Un ragazzo di ventun anni aveva ammazzato il padre con trentaquattro coltellate. L'aveva colpito in faccia e al petto, e anche dopo che era morto aveva continuato ad accanirsi sul cadavere. La giornalista disse che l'omicidio era stato commesso per futili motivi. Era successo alla Fortezza, in quel posto alla periferia ovest della città, la collina dove nessuno andava mai, il ghetto delle bestie.

Ero all'ospedale da ore, insieme alla mia famiglia. Il pomeriggio si era fatto sera e la sera era diventata notte fonda.

Seduta in una saletta scrostata del pronto soccorso, aspettavo che Alfredo si riprendesse.

Da quando l'avevo trovato nella stanza dove c'era il cadavere di suo padre, non aveva più parlato.

I medici lo avevano caricato sull'ambulanza che avevo visto nel cortile.

Ci avevano caricato lui e Andrea, perché era evidente che al vecchio non serviva nessuna ambulanza. Gli infermieri gli avevano dato una dose di sedativo adatta a stendere un cavallo. Andrea aveva perso conoscenza, Alfredo invece era rimasto sveglio. Assente, immobile, incapace di parlare e con gli occhi spalancati, ma sveglio, e avevano dovuto fargli un'altra siringa di roba prima che riuscisse a dormire.

Nella sala d'aspetto del pronto soccorso io guardavo il telegiornale, e a un certo punto la faccia di Massimiliano era apparsa alle spalle della giornalista.

Su quello schermo non sembrava nemmeno lui, sembrava suo fratello Alfredo.

Pensai al modo feroce in cui aveva ammazzato il padre, a che cosa l'aveva spinto a farlo. Pensai al macello che c'era in quella stanza. Pensai che forse aveva usato lo stesso coltello con cui il vecchio aveva cercato di uccidere Alfredo, anni prima.

Piangevo in silenzio.

Non per il vecchio. Nemmeno per Alfredo.

Io piangevo per Massimiliano.

30

Vent'anni.

Era quanto gli avevano dato di carcere. Se li sarebbe fatti tutti e senza sconti. Funziona così quando non hai i soldi per pagarti un buon avvocato.

A casa mia avevamo accolto la notizia senza dire niente.

Mio padre e Renato, il nostro vicino di casa, avevano imbiancato la camera dove era successo, coperto il sangue secco con una mano di pittura fresca.

Ma ci voleva ben altro che una mano di vernice per cancellarlo dalle nostre menti.

La notte dormivamo in quel letto matrimoniale che raramente era stato solo mio e di mio fratello. Andrea non era tornato alla Fortezza con noi. La notte dell'ospedale erano arrivati due assistenti sociali mandati dal comune. L'avevano portato in un istituto in attesa di darlo in adozione a qualche famiglia e a niente erano servite le proteste dei miei genitori.

Alfredo mi abbracciava. Certe volte piangeva.

Stavo lì con lui addosso, e il suo pianto silenzioso mi scendeva sul collo, sulle spalle, mi seccava il sangue.

Lo sapevo che era difficile, ma pensavo che io gli sarei bastata.

Io, che ci sarei stata sempre.

Io, che non lo avrei lasciato mai.

Io, che ho mantenuto la promessa, perché alla fine è stato lui a lasciare me.

Stavolta Alfredo non si limitò a frignare come ogni volta che gli capitava qualcosa di brutto.

Si chiuse in se stesso, diventò distante. Certe volte, nemmeno io riuscivo a raggiungerlo.

Non fu la morte del vecchio a rovinarlo. Almeno, non fu l'unica causa.

Io credo che quell'omicidio fu soltanto il fattore scatenante, l'ultimo anello di una catena di eventi che aveva distrutto tutto quello che era, anno dopo anno. Non aveva una personalità. Non aveva carattere. Si appoggiava agli altri, si lasciava trascinare, aveva paura. Io lo sapevo com'era, spesso me ne approfittavo anche. Ma non volevo fargli del male.

Io amavo Alfredo.

Anche se ho fatto la mia parte nell'ammazzarlo, io Alfredo l'amavo davvero.

E credo che questa sia una punizione sufficiente.

31

Non me ne accorsi subito.

Anzi, fosse stato per me, non me ne sarei accorta affatto.

Erano passati mesi dall'omicidio e già l'estate scolorava dentro l'autunno.

Da qualche settimana, quando non stava con me, Alfredo aveva preso l'abitudine di uscire con un tizio strano che aveva conosciuto al bar.

Lo chiamavano Cresta, era un vecchio punk rimasto fermo agli anni Settanta. Doveva avere quarant'anni suonati, o forse trenta portati molto male.

Uscivano dalla Fortezza.

Andavano in giro per la città e, per la prima volta in vita mia, Alfredo non mi chiedeva di accompagnarlo. Anzi, un paio di volte che cercai di unirmi a loro mi disse di no, senza darmi nemmeno una spiegazione.

Mi incazzavo, ma era completamente sordo alle mie lamentele.

Tornava a notte inoltrata e si chiudeva a casa sua con Cresta.

Non sono mai stata una persona discreta, e comunque ritenevo che Alfredo fosse una cosa mia.

Perciò, quando li sentivo tornare, mi vestivo in

fretta, uscivo da casa e suonavo alla sua porta finché non veniva ad aprirmi.

Ero capace di stare lì per ore a prendermi senza fiatare gli insulti di Cresta che mi chiamava « acida scassacoglioni ». Lo ignoravo completamente, per me valeva meno di zero. Non so come facesse Alfredo a sopportarlo, io lo disprezzavo. Era uno di quelli che vogliono sempre avere ragione, uno di quei professori mancati che sembra sappiano tutto e invece non sanno niente. A me faceva schifo, lui invece ci passava un sacco di tempo. Non capivo perché gli piacesse quel vecchio idiota che si divertiva ad andare in giro con un ragazzino di diciotto anni, ma alla fine stavano sempre insieme, Cresta ormai era il nuovo coinquilino di Alfredo. Sapevo che se ci fosse stato Massimiliano non l'avrebbe mai permesso, e quando ci pensavo mi si riempivano gli occhi di lacrime. L'avevano portato in carcere a Torino, era lontanissimo da noi. Alfredo adesso viveva da solo, e per compagno si era scelto quell'impedito di Cresta.

E io volevo sapere cosa facesse senza di me.

Mi ero accorta di quanto fosse diverso. Era nervoso, aggressivo.

Spesso scattava senza motivo, gridava, se la prendeva con chiunque. Urlava anche con me.

Oppure si addormentava all'improvviso. Capitava che lo trovassi a dormire con la testa ciondoloni e la bocca aperta, e se lo svegliavo non riusciva a parlare. Mi diceva che era colpa dell'erba, che lo stordiva.

Altre volte era quello di sempre, e sembrava quasi possibile dimenticare quei suoi momenti strani, quel suo pallore mortale che aumentava di giorno in giorno, quelle pupille contratte all'inverosimile, le sue crisi di prurito. Si grattava continuamente, soprattutto le gambe, usando qualsiasi cosa avesse a portata di mano, tanto che aveva gli stinchi ridotti a due masse scorticate e sanguinolente. Non riusciva a far rimarginare i tagli, perché continuava a tormentarsi la pelle.

Io pensavo che stesse male. Pensavo che gli si stesse fottendo il cervello. E un giorno lo dissi a mia madre.

Lei non fece una piega. Mi fece sedere al tavolo della cucina e si sedette di fronte a me. Lo faceva ogni volta che dovevamo affrontare un discorso importante.

«Mamma, secondo te che c'ha?»

Lei arricciò naso, scuotendo la testa.

«Spero che non sia quello che penso.»

«Che pensi?»

«Da quanto tempo non vedi le braccia di Alfredo?»

«Ma che ne so, chi ci fa caso...»

«Porta sempre le maniche lunghe, hai notato?»

«E allora? Lo faceva anche prima, per le botte del vecchio. Gli sarà rimasta l'abitudine.»

«Controllagli le braccia. Da me non si fa toccare. Da te forse sì. Controllagli le braccia.»

«Mamma... Alfredo si buca?»

«Speriamo di no, Bea. Speriamo di no.»

Era difficile controllarlo. Alfredo non si faceva più toccare, ma spesso cercavo di fregarlo giocando.

Lo buttavo sul letto, era facile perché non si reggeva in piedi. Gli facevo il solletico, rideva, cercava di scaraventarmi via. Provavo a tirargli su le maniche della maglietta, con la scusa di morderlo sulle braccia.

Solo che non si faceva mordere.

Mi prendeva la faccia tra le mani, ridiventava serio. I suoi occhi erano normali, le pupille della grandezza giusta.

«Io non ci posso stare senza di te», mi diceva. Quando faceva così mi si stringeva la gola, e lasciavo perdere.

Poi si addormentava abbracciato a me, e mi passava la voglia di scoprire se sulle braccia portava i segni dell'ago.

Mentre scivolavo nel sonno anch'io, mi dicevo che non era possibile. Che mia madre si stava sbagliando, che Alfredo era quello di sempre, stava solo passando un periodo un po' strano. Mi dicevo che era colpa di Cresta, era lui a renderlo nervoso. Alfredo non era un drogato. Non ce l'aveva la stoffa del tossico.

Poi, una sera trovai il coraggio.

Si era addormentato con la faccia sul tavolo.

Non lo so da quanto tempo stesse in quella posizione, lo avevo trovato così, a sbavare sul legno, da solo in quella casa.

Si dimenticava sempre di chiudere la porta.

Non lo svegliai, feci piano. Trattenendo il respiro arrotolai la manica un centimetro per volta, fino al gomito, lì nell'incavo dove la carne è più tenera e le vene più facili da raggiungere.

Ma mi bastò molto meno.

Il suo braccio bianco era una costellazione di lividi di tutti i colori e croste minuscole. Se le faceva dovunque.

C'era un foro violaceo che aveva appena smesso di sanguinare.

Io lo sentivo, me lo ero sentito dal primo momento. Da quando Cresta gliel'aveva data la prima volta.

Anche se non l'avevo voluto ammettere, me l'ero sentito dentro, il primo buco, neanche me lo fossi fatto io, ma le gambe mi tremavano lo stesso.

Appoggiandomi alle pareti per non cadere, feci il giro della casa. Forse mi ero sbagliata. Magari erano punture di insetti, un'allergia, qualunque cosa ma non quello.

Ti prego, fa' che non sia quello.

In bagno non c'era niente. In camera sua invece trovai la spada abbandonata sul pavimento dietro il comodino, in mezzo a nugoli di polvere.

Un limone raggrinzito, un cucchiaio ossidato dalla fiamma.

Bestemmiando, raccolsi la siringa. L'avrei ammazzato con quell'ago, ma non si meritava nemmeno di crepare.

Tornai al tavolo della cucina, srotolai di nuovo la manica su quel braccio devastato.

Lui era pallido, respirava piano.

Avrei potuto chiamare mia madre, stare lì a guardarla mentre lo prendeva a calci, ma era una questione mia.

Appoggiai la siringa sul tavolo e mi fermai a guardare Alfredo. Le braccia abbandonate lungo i fianchi. La guancia contro il legno, la bocca aperta. Un filo di saliva che si andava seccando. Scostai una sedia e senza fare rumore mi sedetti di fronte a lui. Incrociai le braccia sul petto. Aspettai che si svegliasse.

« Che cazzo ci fai qui? » biascicò a un tratto. Ci vollero tutte le mie forze per non saltargli addosso e buttarlo giù dal quinto piano.

« Che cos'è 'sta roba? » Con un colpo feci rotolare la siringa verso la sua faccia inespressiva.

« Cazzo ne so io, sarà di Cresta. »

« Ti fai pure te, eh, Alfredo? »

« Oh, ma sei fuori? Mica sono un tossico, io. »

« Togliti la maglietta. »

«Ma che porco d...»

«Togliti la maglietta!»

«Mi sfondi i timpani, vai a strillare a casa tua.»

Fece per rimettersi a dormire. Mi alzai di scatto rovesciando la sedia, lo afferrai per i capelli, gli schiacciai la testa contro il tavolo.

«Chi te la dà?»

«Bea, ma che cazzo vuoi? Ma lasciami in pace e levati dal cazzo una volta tanto!»

Vincendo la sua patetica resistenza gli torsi il braccio. Piagnucolava, come una ragazzina.

«Questi che sono?» Gli mostrai i suoi stessi buchi.

«Ma... Boh, sarò cascato.»

«Caschi sulle spade, te?»

«Oh, ma che vuoi? L'avrò fatto mezza volta.»

«Mezza volta?»

«Sì, mezza volta.»

«Contati i buchi.»

«Che cosa?»

«I buchi. Ho detto contati i buchi, stronzo.»

Non so se mi facesse più rabbia o più schifo. Mi prese sul serio, ci provò, ma non riusciva a contare, si perdeva, biascicava, arrivava a cinque e ricominciava. Si stancò presto.

Mi spostò con una spinta e si srotolò di nuovo la manica sul braccio.

«Hai rotto i coglioni, eh. Vattene a casa tua.»

Zitta, raccolsi la siringa con cui si era fatto poco prima e me la misi in tasca.

Scesi al piano di sotto, tornai a casa, lo dissi ai miei.

Quella stessa notte, mio padre aspettò Cresta nascosto nell'oscurità del pianerottolo. Era grosso, mio padre.

Lo prese di peso e lo buttò giù dalle scale, lo scaraventò con tanta di quella forza che quello si fece quattro piani rotolando, senza riuscire a fermarsi.

Gli andai dietro, scesi fino a dove si trovava. Cresta era riverso nell'androne, si lamentava e piangeva. Il suo viso era una maschera di sangue, sporcizia e moccio. Il suo braccio sinistro era piegato in modo innaturale.

Mi chinai per osservarlo meglio, era ridotto parecchio male.

Mi rialzai e gli assestai un calcio nelle costole, con tutta la forza di cui ero capace. Poi me ne andai senza voltarmi.

Cresta rimase tutta la notte a urlare nell'androne del palazzo, ma nessuno uscì di casa per aiutarlo.

La mattina dopo, per le scale c'era solo il suo sangue.

Non tornò mai più.

32

Cresta era sparito, e Alfredo non aveva più nessuno che gli passasse la roba.

Provò a cercarlo per un paio di giorni, ma quello non si trovava. Non gli dissi mai che probabilmente il suo spacciatore era in qualche ospedale a farsi ingessare quello che mio padre gli aveva rotto.

Mi dispiaceva che fosse sopravvissuto, avevo sperato che morisse. La notte del pestaggio, risalendo le scale verso casa avevo incrociato mio padre sul pianerottolo del terzo piano. Stava venendo a cercarmi.

« È al piano terra. Che fai, lo lasci lì? » gli avevo chiesto.

« Che faccio, gli chiamo pure l'ambulanza? »

« Non è morto. »

« Bea, non dobbiamo ammazzarlo, deve solo capire che deve girare al largo. »

« Se lo ammazziamo, capirà meglio. »

« Tu non ci stai con la testa. Sali a casa, altrimenti ti tiro due schiaffi che vedi. »

Ero risalita, sbuffando. Nessuno voleva mai fare come dicevo io.

*

Da quando Cresta non c'era più, Alfredo non connetteva.

Era insofferente, svogliato, aveva cerchi scuri sotto gli occhi. Passava giorni interi a letto, fissando le macchie umide sul soffitto. Era capace di stare così per ore, senza nemmeno sbattere le palpebre. In quei momenti volevo immaginarlo morto.

Pretendeva che stessi con lui nel letto a fissare il nulla tutto il giorno. Se mi stufavo e me ne andavo in giro con Arianna, poi mi accusava di averlo abbandonato.

Diceva di essere stanco, si lamentava di avere dolori alle ossa. Non ce la faceva a uscire di casa, stava tutto il giorno piegato su se stesso e si lagnava ininterrottamente.

« Ho preso freddo », piagnucolava. « I cambi di temperatura mi ammazzano. »

L'unica cosa che voleva mangiare erano i dolci. Si sfondava di gelato, non facevo in tempo a portarglielo che già l'aveva finito. Non voleva nient'altro, e io giravo la città per trovare qualcuno che ne vendesse ancora, ma a novembre era quasi impossibile trovarlo. Cercavo di spiegargli che non poteva mangiare tutto quel gelato, ma da quell'orecchio non ci sentiva. Era capace di finirsi una vaschetta in dieci minuti.

Poi si contorceva dai dolori e lo vomitava.

Vomitare era un'altra delle cose che faceva spesso, da quando aveva smesso di bucarsi.

Sembrava ce l'avesse a getto continuo. Scattava come un centometrista verso il bagno e si piegava sul water, scosso dai conati. Qualche volta non faceva in tempo ad arrivarci e lo buttava fuori dove capitava. E io, stronza, invece di lasciarlo a cavarsela da solo, ero lì a tenergli quei capelli che aveva più lunghi dei miei per evitare che si sporcasse e gli correvo dietro per pulire i casini che faceva. Raccoglievo il suo vomito con lo straccio e ripulivo il pavimento, mentre lui tornava a sdraiarsi da qualche parte, sfinito. Ormai l'avevo visto talmente tante volte il contenuto del suo stomaco che non ci facevo neanche più caso.

Però migliorava.

A forza di stargli dietro qualche risultato si vedeva.

La prima settimana era stata la peggiore. Alfredo non riusciva a muoversi, ma voleva uscire di casa a cercare la polvere. Un paio di volte mi aveva pregato di andare a comprargliela, perché non ce la faceva. Gli faceva male tutto, credeva di morire. Mi chiedeva di prendergliene uno schizzo, uno solo e poi avrebbe smesso. Quando faceva così non ci vedevo più e dovevo controllarmi per non prenderlo a calci.

Allora fingevo di non ascoltarlo, mi mettevo a cucinare o gli ordinavo di farsi una doccia. Aveva perso pure la voglia di lavarsi, e spesso mi toccava infilarlo a forza nella vasca da bagno.

Però poi, a furia di insistere, la situazione era andata migliorando.

Erano spariti i buchi, non si addormentava più in piedi.

La faccia era sempre bianca, ma di un bianco normale. Riusciva a tenere gli occhi aperti e aveva anche ricominciato a mangiare. Non con la voracità di prima, ma quasi.

Ero convinta che gli fosse passata, e non era stato neanche troppo difficile.

Si era fatto per quasi sette mesi senza che io lo scoprissi, ma era riuscito a smettere subito, l'avevamo ripreso in tempo. Gli era andata bene, certi si erano bucati per anni e non ne erano più venuti fuori.

Lui no, a smettere c'era riuscito al primo tentativo.

« È vero che non ti fai più? » gli chiedevo io, nel buio del suo letto. Avevo preso l'abitudine di dormire a casa sua, in quella casa dove da solo non voleva dormire.

Da quando non c'era più Cresta, gli sembrava strano stare dove era stato ammazzato il padre, diceva di sentirlo tossire nel cuore della notte, cercava di spaventarmi. Ma io non gli davo nessuna soddisfazione, il vecchio non mi aveva fatto paura da vivo e non mi avrebbe spaventato nemmeno da morto.

Io mi preoccupavo di altre cose.

Dell'eroina, per esempio.

« Guarda che mica ero un tossico, sai. »

« Insomma... »

« Oh, mi sarò fatto un paio di schizzi e sempre per stare in compagnia, per fare una cosa diversa ogni tanto. Non ci stavo sotto, ho pure lasciato perdere... Ti sembro uno che ci sta sotto? »

« No, boh... Adesso no. Adesso sei te. Prima un po' sì. T'addormentavi sul tavolo... »

« Ma quello perché ero stanco, mica perché ero fatto. »

La cosa più ridicola di tutte è che riusciva quasi a farmi credere che dicesse sul serio. E io voglio convincermi che lui ci credeva in quello che diceva. Preferisco pensare che fosse un illuso. Ho il diritto di ricordamelo com'era, un ragazzino ingenuo e un po' stupido.

Voglio continuare a credere che non mi abbia preso per il culo.

Ci sono persone che si fanno per una vita e restano in bilico per anni, tra astinenze e ricadute.

Alcuni di quelli che conosco hanno l'età dei miei genitori, si bucano praticamente dalla preistoria e sono ancora vivi. In che modo non lo so, sembra che debbano morire da un momento all'altro, ma poi son sempre lì, si ripigliano ogni volta.

Ci sono quelli che smettono, ci sono quelli che

l'eroina se la fumano, quelli che la tirano. Quelli che se la schizzano.

Ci sono quelli che in overdose non ci vanno mai, neanche se gliene dai un camion, nemmeno se gliela tagli con il detersivo. Si fanno, stanno male, vomitano. Ma poi gli passa.

E ci sono quelli che invece in overdose ci vanno una volta sì e l'altra pure. Non lo so perché, sarà un problema di fisico, sarà che non gli regge la pompa e collassano.

Alfredo era uno di questi.

Mica ce l'aveva il fisico, lui.

33

Dopo la crisi d'astinenza, Alfredo stava meglio. Io e mia madre avevamo deciso di tenerlo chiuso in casa per un'altra settimana, per essere sicure che gli fosse passata, che non gli venisse la voglia di farsi ancora, ma io ormai ero abbastanza tranquilla. Era tornato quello di sempre e adesso, invece di lamentarsi dei dolori, si lamentava della noia. Mi diceva che stare in casa ad ammuffire lo ammazzava più dell'astinenza, della rota.

Alla fine, visto che non sopportavo più le sue lagne, convinsi mia madre a farlo uscire. In fondo non poteva essere così stupido da cascarci di nuovo, anche se da lui c'era da aspettarsi di tutto. Promisi che l'avrei sorvegliato, che gli sarei stata sempre addosso, e i primi giorni in effetti andarono bene.

Non dimostrava alcun interesse per l'ero. Era ritornato Alfredo, così come l'avevo conosciuto, come era sempre stato.

Si comportava così bene che alla fine decisi che poteva anche cavarsela da solo, perciò lo lasciai stare.

Adesso potevo anche ricominciare a farmi un po' gli affari miei, mentre lui se ne stava in giro per la Fortezza a giocare a calcio con i nostri amici.

Tutti sapevano che cosa aveva passato, ma come

al solito facevano finta di niente. Nessuno gli chiese mai nulla. Eravamo fatti così, tendevamo a nascondere le cose difficili, ci sforzavamo di non vederle, finché non ci capitavano sotto agli occhi, finché non diventavano così grosse e cattive da prenderci a calci in faccia. Solo a quel punto decidevamo di affrontarle, e spesso era già troppo tardi.

Era un modo come un altro di difenderci.

Alfredo era guarito, perciò io potevo pensare alla mia vita. Per la prima volta, trovai un lavoro. Mi avevano assunto in un supermercato. Non era un lavoro difficile. Mi davano degli scatoloni e io dovevo sistemare le cose che contenevano sugli scaffali che mi dicevano loro.

Non mi trovavo male, le cassiere erano simpatiche e il direttore del supermercato era gentile. La paga, poi, era buona. Ne davo la metà a mia madre e metà la tenevo per me. Quei soldi mi bastavano e mi avanzavano, in fondo non avevo grandi spese. Mi servivano per le sigarette e per la birra.

Con il primo stipendio comprai dei regali per tutti. Una maglietta verde per Alfredo e una blu per mio fratello, un cerchietto azzurro per Arianna e infine un disco di Lucio Battisti per mio padre e mia madre, che anche se non avevamo il mangiadischi potevamo farcelo prestare dal vicino di casa.

Per me comprai un piumino rosso, di quelli che

andavano di moda in quegli anni. Mi costò quasi metà della mesata.

Lavoravo dal lunedì al sabato, ma solo di mattina. Qualche volta, all'ora di pranzo Arianna veniva a prendermi e si portava dietro pure Alfredo.

Ero contenta quando li vedevo là fuori ad aspettarmi, voleva dire che non dovevo farmi il viaggio fino a casa da sola e soprattutto che Alfredo non era in giro a combinare chissà che.

Da quando lavoravo, passava la mattina da solo. Dormiva fino a tardi, poi scendeva a casa mia o andava da Arianna a fare colazione. Si annoiava quando non c'ero. Qualche volta andava in giro per il quartiere con gli altri ragazzi. Mi raccontava che usciva con Enrico, con Stefano, si buttavano su qualche panchina ad aspettare che il tempo gli passasse addosso.

Quando mi diceva così, io gli credevo.

Non pensavo che potesse mentirmi, non lo reputavo capace. Lo credevo troppo stupido per riuscire a inventarsi una bugia, perciò mi bevevo tranquilla tutte le cazzate che ogni giorno mi presentava.

Perché non c'era nessun Enrico e nessuno Stefano con cui andava a giocare a calcio. Ma quando lo scoprii era già troppo tardi.

Alfredo non usciva con i nostri amici.

Alfredo andava a cercare la polvere.

34

I segnali c'erano tutti, eppure io non li vidi. Non volli vederli. Alfredo era tornato nervoso, irritabile. Si incazzava per qualunque cosa, un momento voleva che non gli stessi addosso e il momento dopo mi pregava di chiamare al lavoro e di darmi malata perché aveva paura di stare da solo.

Io non gli davo peso, pensavo che era matto, che l'eroina che si era schizzato in passato gli aveva lasciato un buco nel cervello, un buco da cui uscivano tutte le stronzate che diceva.

Quando faceva così non lo sopportavo.

Mi tratteneva a forza, si parava davanti alla porta di casa, mi implorava di non uscire, diceva che aveva sognato il vecchio e che quello era morto e senza faccia, che non voleva rimanere da solo. Se gli dicevo di non fare il coglione si metteva a urlare, mi insultava.

Non lo stavo a sentire, uscivo lo stesso. Lavorare era più importante delle sue lagne.

Quando tornavo, infatti, Alfredo stava bene, forse solo un po' insonnolito. Mi convinsi che non aveva un reale bisogno, che si era solo impuntato, come suo solito. Non tollerava l'idea che io potessi fare qualcosa che lui non faceva. Qualcosa che lo escludeva dalla mia vita. Ma era una cosa normale, una cosa che vivevamo tutti i giorni da anni. Ero abituata al suo senso di possesso. La sua condizione in quei giorni non mi insospettiva.

C'erano altre cose che non mi tornavano. Una tensione nell'aria, che respiravo ogni volta che mi incontravo con Arianna. Era strana, strana come quando era rimasta incinta. Sperai che non fosse successo di nuovo.

Era sempre nervosa e accigliata. Le domandai se pure lei si fosse data al Brown come aveva fatto Alfredo. Mi mandò affanculo.

Per settimane mi chiesi che cosa avesse. Nessuno sapeva spiegarmelo. Lei continuava a dire che non c'era niente, che andava tutto bene, ma io la conoscevo e, anche se non voleva dirmelo, sapevo che aveva qualcosa.

Ci arrivai da sola, una mattina.

Era il mio giorno libero. Alle nove Alfredo era uscito per andare ad aiutare Enrico a fare non so che cosa.

Io ero scesa a casa mia con l'idea di farmi preparare la colazione da mia madre e poi di rimettermi a dormire nel letto con Francesco, ché da quando stavo al piano di sopra non riuscivo a chiudere occhio.

A parte il materasso duro come una pietra, Alfredo la notte pareva un indemoniato. Da qualche tempo si muoveva in continuazione, parlava nel sonno, mi riempiva di calci.

Tornare a stare nel mio letto era come una vacanza, perciò dopo aver mangiato entrai in camera mia e mi sdraiai vicino a mio fratello.

Francesco dormiva profondamente, con un braccio sotto il cuscino e la bocca aperta. Mi infilai piano sotto le coperte, per non svegliarlo.

Qualcosa tra le lenzuola mi punse una coscia.

Nel mio letto c'era un cerchietto azzurro.

Ci volle poco a fare due più due.

Mi alzai, mi rivestii e uscii di casa correndo.

A casa sua Arianna non c'era. Sua nonna mi disse che potevo trovarla all'anfiteatro. Ci andai, scavalcai i gradoni, mi precipitai giù. Arianna era al centro dello spiazzo, seduta per terra con le nostre amiche. Sembrava tranquilla. Non mi vide mentre le arrivavo alle spalle. Le tirai il cerchietto sulla schiena e quello rimbalzò sul lastricato con un rumore morbido.

« Che cazzo fai, eh, Bea? » Si girò smarrita.

« Stronza e puttana! Perché non me l'hai detto? Sono la tua migliore amica. Dovevi dirmelo. »

Guardò il cerchietto buttato in terra in mezzo allo spiazzo.

« Dove l'hai trovato? »

« Nel letto di mio fratello! Nel mio letto, cazzo! Ti scopi Francesco e non mi dici niente! »

« Non è come dici. »

«Ah, no? E com'è allora?»

Ci squadrammo in silenzio, io in piedi, lei ancora seduta per terra. Silvia e Michela ci guardavano preoccupate.

«Io e Francesco stiamo insieme.»

Silenzio. Il silenzio era l'unica cosa che rimbombava nella mia testa. Mi sembrava dovesse non finire mai.

Mio fratello. Il mio fratellino. Non aveva neanche sedici anni e stava con lei, che di anni ne aveva diciannove. Mio fratello stava con quella lì. Si era messo con quella faccia bianca e lentigginosa, con le sopracciglia rosse e gli occhi scuri, si era messo con quella bocca larga, con quei capelli crespi, brutti, che non avevano mai conosciuto il pettine in vita loro.

Stava insieme a quella faccia di cazzo.

E quella faccia di cazzo era la mia migliore amica.

«Da quanto?»

«Poco, non tanto. Qualche mese.»

«Perché non me l'hai detto?»

«Guardati, guarda come reagisci. Uno deve sempre trovare il modo giusto di dirti le cose, altrimenti diventi una bestia. Sei peggio di Alfredo.»

«Lascia perdere Alfredo, che c'entra adesso?»

«Era solo per dire che siete uguali. Parli sempre male di lui e invece, poi, certe volte mi sembra di parlare con la stessa persona.»

«Io non voglio che tu stia con mio fratello.»

«Bea, qui non si tratta di quello che vuoi te. Non

me ne frega niente di quello che vuoi te. Io a Francesco gli voglio bene. Non mi puoi comandare come fai col gemello, mettitelo in testa e datti pace.»

«Io non voglio comandare nessuno!»

«Ma se ci hai appena provato! Comunque guarda, parli del diavolo e spuntano le corna.»

Mi voltai verso i gradoni. La testa bionda di Alfredo scintillava sotto il sole.

Stava con un ragazzo più grande, uno che conoscevo di vista. Parlavano fitto mentre camminavano, e quello gli teneva una mano appoggiata sulla spalla. Nonostante l'atteggiamento non sembravano amici.

Si fermarono a metà della discesa. Il ragazzo grande lo abbracciò, poi gli diede una pacca sulla schiena e se ne andò risalendo i gradoni, senza salutarlo.

Alfredo rimase lì. Anche da lontano, distinguevo il suo sorriso scemo e un po' confuso. Si girò verso il punto in cui eravamo noi. Mi vide, e il sorriso gli morì sulla faccia.

Anche in quel momento, così chiaro sotto tutto quel sole, non volli capire.

Qualche giorno dopo, Arianna venne a prendermi al lavoro. La vidi che mi aspettava da sola seduta su una panchina dall'altra parte della strada. Mi si chiuse lo stomaco.

Dalla mattina in cui avevo trovato il cerchietto non ci eravamo più parlate. Ci stavo male per questa cosa. Francesco invece era quello di sempre, sembrava che non sapesse nulla e probabilmente era proprio così. Arianna non gli aveva detto della litigata. Passai l'ultima ora di lavoro in agitazione, smaniando per uscire, e quando poi uscii fuori e vidi lei che mi aspettava infagottata nel suo cappotto nero desiderai rientrare in negozio.

Non avevo voglia di parlarci.

Si alzò, attraversò la strada senza guardare e mi raggiunse.

«Ciao, Bea.»

«Ciao, Ari.»

Mi vennero in mente un sacco di cose da dirle. Volevo insultarla, volevo abbracciarla e riempirla di schiaffi. Prenderla a calci fino alla Fortezza e anche chiederle scusa. Dirle che era una puttana e poi dirle che però io non lo pensavo, che per me era Arianna, sempre e solo Arianna, con i capelli a cespuglio e tutte le cose che ci portavamo dietro da anni, quelle che avevamo condiviso, quelle che ci eravamo prestate e mai più restituite, quelle che ci eravamo tirate.

Volevo dirle che mi faceva schifo, e dirle che era normale, che a crescere tutti insieme o diventi una famiglia o ti fidanzi, e forse chiederle di perdonarmi per come l'avevo trattata, o forse spaccarle la faccia.

Rimasi in silenzio, senza neanche avere il coraggio di guardarla negli occhi.

«Mi dici che problema c'è?»

«Non lo so, Ari. Non lo capisco neanch'io.»

«Sei gelosa di me? Di tuo fratello? Perché la prendi così male?»

«È una cosa seria? Tra di voi, intendo.»

Si strinse nelle spalle, scosse la testa. Sembrava si stesse sforzando di parlare.

«Che ti devo dire, Bea. Per me lo è.»

«Ti sei innamorata?»

«Sì. Lo ero anche prima.»

«E lui?»

«Lui pure. Nel senso che so che mi vuole bene. Mi dispiace se non l'accetti, speravo potessi essere contenta.»

«Quindi, in pratica sei mia cognata.»

«Più o meno. Ti dà fastidio?»

«Mi ci abituerò.»

La presi sottobraccio, le baciai la guancia gelida.

«Andiamo a casa. Va bene così», le dissi.

Col tempo, sicuramente ci avrei fatto il callo.

35

Che Alfredo aveva ricominciato a farsi me ne accorsi un giorno per via di una spazzola per capelli sporca di sangue. Non potevo ignorarla.

Gli chiesi il perché di quel sangue.

Ghignò, mi disse che aveva le pulci e quindi si grattava.

Lo picchiai, gli sputai in faccia.

Disse che uno schizzo piccolo ogni tanto non aveva mai ammazzato nessuno.

Che lui poteva smettere quando voleva.

«Ti faccio fare un paio di giri della stanza a calci in culo, vediamo se ti piace questo flash!»

«Oh, ma guarda che razza di rompicoglioni che sei!»

«Chi te la vende?» Mi rendevo conto che non potevo chiedere a mio padre di gettare dalle scale ogni spacciatore della Fortezza, ma volevo sapere lo stesso da chi la comprava.

«Tu non preoccuparti. Mi faccio dare la roba buona, mica la merda. La so riconoscere la merda, io. Questa qui non ti fa niente, ti sale la botta e poi stai come prima. Non c'hai nemmeno il down. Come quando scopi, e poi stai contento tutto il giorno, lo so che non hai presente la sensazione visto che non scopi, però è una cosa simile. »

« Ma poi, dove cazzo li troverai i soldi per farti che sei un morto di fame, ancora non me lo spiego. »

« E pensi sempre ai soldi, i soldi mica sono tutto nella vita. »

Dalla tasca dei jeans tirò fuori un incarto argentato.

Il limone, l'acqua. La spada. Il suo sorriso tranquillo, il cucchiaino e l'accendino azzurro. La nausea che mi saliva.

« Bea, sei una scema. Ti faccio vedere che non succede niente. »

« Non penserai mica di farti adesso? »

« Così ti tranquillizzi, vedi che non succede niente e la smetti di rompermi le palle. »

« Senti, no. Fai un po' come cazzo ti pare, ma non lo voglio vedere, me ne vado. »

Invece restai.

Le faceva bene le cose, Alfredo. Aveva metodo.

L'acqua, il limone, la polvere. Aspettare che cominci a bollire, ma è roba di poco, ci metterà nemmeno dieci secondi, diventerà una roba marrone, a vederla fa anche un po' schifo, sembra acqua sporca, o sciroppo per la tosse.

Risucchiarla con l'ago, quell'ago piccolo piccolo, quella spada sottile come lui.

Due colpetti con l'indice per essere sicuri che non ci sia aria dentro.

Abbassa la testa, i capelli gli coprono la faccia, sono lunghi, ricci, li porta sparati in tutte le direzioni.

Sono chiarissimi.

Mi concentro sui suoi capelli per non vedere come si cerca la vena, per non vedere la carne che un po' si gonfia quando l'ago entra.

Cerco di non guardare, ma guardo lo stesso.

Il sangue nella siringa. L'ho visto spesso il suo sangue, la maggior parte delle volte sono stata io a farglielo uscire.

È scuro, denso. Si tratta di un attimo, lentamente torna dentro, nella vena, insieme al resto.

Non vorrei, ma trattengo il respiro.

Gli tremano le labbra. Si lascia andare contro lo schienale della sedia, tira indietro la testa. Non si sfila nemmeno la spada.

« Oddio che botta. »

Si mette le mani nei capelli, spalanca gli occhi. Sono verdi, tutti verdi. La pupilla non c'è più.

« Mi sta stappando il cervello. »

Poi rimane in silenzio. Sento il suo respiro, perché io sto ancora trattenendo il fiato, ma è strano il suo respiro, sembra che stia singhiozzando, sembra che faccia fatica, trenta secondi, un minuto, è troppo.

Si muove male, a scatti, ha le gambe rigide, tiene la testa indietro e trema.

Io non lo so, non mi sono mai bucata, ma secondo me non è normale, anche perché ha le labbra blu, sta diventando bluastro anche in faccia e singhiozza, e Cristo santo sta soffocando, questo mi è andato in overdose e adesso mi crepa qui.

Lo rovesciai dalla sedia su cui stava, lo sdraiai a terra, gli infilai le mani in bocca. Mi sembrava si stesse ingoiando la lingua.

Mi morse, un riflesso involontario dato dalle convulsioni, ma riuscii a tirargli fuori la lingua, se la stava ingoiando davvero.

Lo rigirai su un fianco e corsi giù, a casa mia, dove c'era il telefono.

Non sapevo quanto gli restasse.

« Mamma, levati di mezzo! » Afferrai la cornetta e chiamai l'ambulanza di corsa, con le dita tremanti.

« Bea, chi chiami? »

« Alfredo, mamma, Alfredo è in overdose, sta soffocando, aiutalo, ma'. »

Con la coda dell'occhio la vidi uscire correndo. Dall'altra parte del filo qualcuno mi aveva risposto. Mi concentrai per rispondere alle domande della donna al telefono, non volevo che mi prendesse il panico. Voleva sapere di che emergenza si trattasse, mi chiese l'indirizzo. Cercai di essere il più chiara possibile, anche con la voce che tremava. Dovevano fare in fretta, le dissi. Dovevano correre.

Quando tornai di sopra, Alfredo aveva ripreso a respirare piano, ma aveva gli occhi rovesciati, non si riprendeva più.

Le sirene dell'ambulanza si fermarono nel cortile del mio palazzo. Quando sentii le voci per le scale, corsi sul pianerottolo e gridai di sbrigarsi.

C'erano quattro persone che venivano su con delle grosse borse.

« Dov'è? » mi chiesero.

« Qui dentro, non respira, diventa blu, fate qualcosa! »

Rientrai in casa dietro di loro. Nel soggiorno devastato, nella stessa stanza dove era morto il vecchio, c'era mia madre, inginocchiata a terra accanto a quel corpo immobile che stava rapidamente cambiando colore.

Il medico, un tizio col camice bianco, svuotò la borsa sul pavimento, gli tastò la gola e la faccia, scosse la testa.

« Facciamo veloce », disse piano. « Altrimenti questo non ci arriva. »

In piedi sopra di lui, vidi la fiala e la siringa che stava preparando.

La conficcò nel petto di Alfredo e spinse lo stantuffo, fino alla fine.

Il corpo magro di Alfredo si tese tutto, come un arco. L'aria entrò nei polmoni e ne uscì subito, con uno sbuffo. Si afflosciò di nuovo a terra come un sacco vuoto.

« Non ce la fa », mormorò qualcuno alle mie spalle. Lo disse sottovoce, ma io sentii lo stesso.

Il medico guardò mia madre, e io guardai Alfredo. La sua faccia non aveva espressione. Era vuota, sembrava fatta di gesso.

«Signora, lei è parente del ragazzo?»

«Sono la mamma», disse lei.

«Venga con noi.»

A un cenno del medico gli infermieri presero Alfredo, lo caricarono su una barella e se lo portarono via di corsa. Troppo di corsa.

Fecero salire mia madre con lui.

Scesi in cortile e li guardai mentre se ne andavano. Le ruote dell'ambulanza lasciarono una scia di polvere lungo la strada.

Pensai che non ce l'avrebbe fatta.

Pensai che avrei voluto morire al posto suo, solo per non dover aspettare.

Aspettai per ore.

E mi sembrò di impazzire.

Poi, squillò il telefono.

«Beatrice?»

Riconobbi la voce di mia madre.

«Mamma, se è morto non me lo dire. Non me lo dire perché ci rimango secca pure io.»

«Tranquilla, Bea, stai tranquilla. L'hanno ripreso. Ci è mancato un pelo, ma l'hanno ripreso.»

«Sul serio? Non mi stai dicendo una cazzata per consolarmi?»

«No, calmati. È vivo.»

«Quando lo posso vedere?»

«Penso che tra poco dovrebbero lasciarmi entrare. Tuo padre c'è?»

Mi misi a piangere, sfogando la tensione di quelle tre ore di attesa snervante.

« Mamma, ma che cazzo vuoi che me ne freghi di papà? Che ne so dove sta! »

« Va bene, non fa niente, non ti agitare. Lasciagli un biglietto, prendi l'autobus e vieni qua. »

Non me lo feci ripetere due volte, corsi via come se avessi il diavolo attaccato al culo.

Correndo giù per la strada che dalla Fortezza conduceva al resto della città, mi scoppiava la testa di pensieri.

Me ne ricordo solo uno.

Per fortuna che è vivo, almeno posso ammazzarlo con le mie mani.

36

I dottori dell'ospedale erano stati chiari.

Li avevo capiti perfino io. Li aveva capiti pure Alfredo, che aveva a malapena la quinta elementare.

La prossima volta che vai in overdose, e fidati che ci vai, ci rimani secco.

Non era mica difficile. Se avesse continuato così, non sarebbe arrivato a compiere diciannove anni.

Un po' si era messo paura.

Immobile nel letto dell'ospedale mi disse piano che non lo avrebbe fatto più. Che non voleva morire per una cazzata. Non voleva essere un tossico, voleva smettere.

E per farlo, gli servivano due cose: psicologi e metadone.

Il medico del pronto soccorso ci diede l'indirizzo di un posto dove si curavano i tossicodipendenti.

Un SERT.

I medici dissero a me e mia mamma che era l'ideale. Che se il ragazzo avesse seguito le indicazioni dei dottori ne sarebbe uscito. Ci dissero che non era troppo tardi, ma che dovevamo stargli dietro in continuazione, perché anche se adesso sembrava animato dalle migliori intenzioni, tra qualche tempo ci avrebbe riprovato.

Non mi fermai neanche a pensarci, la mattina dopo andai al lavoro e dissi che quello era il mio ultimo giorno.

Mi dispiaceva, ma era una scelta obbligata. O smettevo di lavorare o Alfredo si sarebbe ammazzato da solo. Non bastavano i miei genitori a tenerlo sotto controllo, non era la stessa cosa.

Ci volevo io.

Telefonai al SERT tre giorni dopo, mentre lui, seduto accanto a me, si cincischiava nervosamente i capelli. Mi aveva pregato di chiamare al posto suo, perché diceva di vergognarsi. Non gli piaceva parlare al telefono con gente che non conosceva.

I medici del SERT furono gentili. Ci diedero appuntamento un martedì mattina per stabilire di che tipo di terapia avesse bisogno.

L'avrei accompagnato io, non mi piaceva l'idea di lasciarlo solo, avevo paura che potesse farsi di nuovo.

Quel martedì c'era il sole, ma faceva un freddo cane. Eravamo nel pieno dell'inverno, e dove abitiamo noi il freddo è di quelli umidi, ti fotte, ti entra nelle ossa, te le fa diventare molli come gelatina.

Avevamo passato un settimana d'inferno, con Alfredo che si contorceva dai dolori e vomitava ogni volta che cercava di alzarsi dal letto.

Si lamentava della schiena e della nausea, non riusciva a muoversi, si riempiva di aspirina e fumava una sigaretta dopo l'altra, si faceva fuori tre pacchetti al giorno. Qualche volta si addormentava col mozzicone ancora acceso tra le dita. Bisognava starci attenti e toglierglielo prima che mandasse a fuoco la casa.

Quella mattina, poi, era più lagnoso del solito, metteva a dura prova la mia pazienza. Seduta sotto una pensilina alla fermata del bus, cercavo di non ascoltarlo, di guardare il viavai di persone che andavano a lavorare. I più ci ignoravano, ma qualcuno ci guardava. Io forse potevo anche apparire normale, ma Alfredo, con quella faccia bianca, le occhiaie nere e il vizio di addormentarsi mentre parlava, si vedeva da lontano che era un tossico.

Sull'autobus ci sistemammo nell'ultima fila, nel posto più caldo, proprio sopra al motore. Nessuno si mise vicino a noi. Nonostante tutti i posti a sedere fossero occupati, quei due sedili accanto a noi rimasero liberi per tutta la durata della corsa. La gente ci guardava di nascosto e si teneva a distanza. Mi sembrava di portare in giro un appestato.

« Bea? »

« Eh, Alfredo, che c'è? »

« Secondo te che cosa mi fanno in questo posto? »

« E io che ne so? Faccio il medico, io? »

« Mi visitano? »

« Boh, penso di sì. »

« E poi? »

«Ma che cazzo ne so, ma vuoi stare zitto?»

«Oh, che palle, con te non si può parlare. Sei un'acida di merda.»

Alfredo voltò la faccia verso il finestrino, guardando fuori.

Calò il silenzio. Trenta secondi di inestimabile, preziosissimo silenzio.

«Bea...»

«Oddio, ma che c'hai stamattina?»

«Mi fanno le analisi del sangue?»

«Sicuramente. Devono vedere quanta merda ti circola in corpo.»

«Che palle.»

«Non mi dire che hai paura dell'ago. Ti sei bucato praticamente dappertutto e adesso ti fai il problema delle analisi del sangue.»

«Sai che c'è? Se me lo fanno gli altri mi dà fastidio. Non lo sopporto. Non mi sono mai fatto fare da nessuno, sempre da solo.»

«Ecco, bravo, allora vai lì e gli dici che sei un esperto e che ci pensi da te.»

Ovviamente non gli permisero nemmeno di toccarlo, l'ago.

Quando arrivammo ci tennero un'ora in una saletta d'attesa che sapeva di disinfettante. Quell'odore così forte mi rivoltava lo stomaco. Cercai di distrarmi leggendo una rivista che parlava di taglio e cucito, ma non ci riuscii. Non me ne fregava un cazzo del taglio e del cucito, volevo solo che Alfredo smettesse di essere un tossico, così saremmo potuti tornare a casa.

Nella stanza dove aspettavamo c'erano altre persone, e io ero l'unica a essere normale. Alfredo parlava con quelli come lui. Si dicevano l'un l'altro che volevano smettere, che questa era la volta buona, che non avevano paura della rota. Cercavano di convincersi che loro potevano uscirne quando gli pareva.

Mi facevano pena, e rabbia.

Quando finalmente ci chiamarono, ci portarono in un corridoio verde, pieno di porte. C'era altra gente in quel corridoio. Alcuni erano dottori, li riconoscevi dal camice bianco e dalla faccia normale. Altri erano come Alfredo. Altri ancora, pochi a dire la verità, erano come me. Persone che accompagnavano i parenti a disintossicarsi. Li distinguevi dalle facce stanche e segnate. Si sedevano su quelle sedie scomode, appoggiavano la testa al muro e aspettavano.

Pensai che forse anch'io ero così e che se non lo ero ancora lo sarei diventata. Un giorno mi sarei stufata. Un giorno mi sarebbe passata la voglia di prenderlo a calci per raddrizzarlo. Un giorno non me ne sarebbe fregato più niente, mi sarei rassegnata, e chiudendo gli occhi come facevano quelle persone che aspettavano, l'avrei lasciato andare.

Speravo che non succedesse.

Ogni tanto qualche medico usciva dalle stanze

e chiamava i pazienti a voce alta, invitandoli a entrare.

Quando venne il turno di Alfredo, io rimasi fuori.

La porta in cui era entrato restò socchiusa. Intravidi dallo spiraglio una camera bianca e piena di luce, un lettino e macchinari e strumenti che non avevo mai visto. Un medico aiutò Alfredo a spogliarsi, lo visitò, gli guardò le pupille con una piccola torcia e gli misurò la pressione. Poi gli fece il prelievo di sangue.

Quando il dottore finì di rivoltarlo, lo mandarono dalla psicologa. Lo vidi uscire, passarmi davanti ed entrare in un'altra stanza. Mi sorrise, alzò il pollice. Sembrava andare tutto bene.

Rimanemmo dentro il SERT all'incirca tre ore.

Mentre lo aspettavo vidi un sacco di persone andare e venire. Mi resi conto che Alfredo non era l'unico, che certe cose non le facevamo solo alla Fortezza e che c'erano tipi ridotti peggio di lui. Non si reggevano nemmeno in piedi, li portavano a spalla.

C'era una stanza vicino a dove ero seduta io. La gente entrava e poi usciva con un bicchierino di plastica che svuotava con un sorso.

Metadone.

Glielo davano per smettere.

Lo diedero anche ad Alfredo.

Quando uscimmo dal SERT stava meglio. Il suo viso aveva ripreso un po' di colore, il naso non gli colava più. Smise di lamentarsi del dolore alla schiena.

Tornò a casa contento.

Il metadone era una figata, non ti dava la botta, ma ti faceva stare bene, faceva sparire i dolori, e non si pagava nemmeno. E in mancanza della polvere era sicuramente meglio di niente.

Non lo disse, ma io Alfredo lo conoscevo bene, meglio di chiunque altro. Non lo disse, ma so che lo pensò.

E mi faceva paura.

Ogni martedì e ogni sabato andavamo in quel posto, il posto dei tossici. Pensavo che gli fosse andata bene, c'era gente che doveva andarci tutti i giorni.

Lo accompagnavo sempre io. Qualche volta mia madre si offriva di portarlo al posto mio. La lasciavo venire con noi, ma io c'ero sempre. Alfredo poteva provare a fregare mia madre, ma sapeva che con me non ci sarebbe riuscito, perciò se ne stava buono buono e sopportava con pazienza le mie decisioni e i suoi dolori. Voleva mostrarmi come era diventato bravo, voleva la mia approvazione a tutti i costi. Desiderava convincermi che era tornato quello di sempre.

Adesso eravamo più uniti di quanto non fossimo mai stati, ma dentro, in qualche posto che non potevamo raggiungere, ci eravamo persi, dissolti, disgregati. La crepa che per anni aveva segnato il nostro rapporto si era fatta più profonda, aveva scavato un solco larghissimo. Eravamo insieme e allo stesso tempo eravamo lontani, come su due pianeti diversi.

Io vedevo Alfredo svanire, farsi piccolo, perdere nitidezza.

E non mi fidavo più di lui.

37

Ero quella che lo portava a prendere il metadone, ero quella che lo riaccompagnava a casa. Ero quella che gli faceva da mangiare, che gli teneva la testa mentre vomitava, quella che, se si contorceva dai dolori dell'astinenza quando l'effetto del metano finiva, lo teneva fermo con tutta la forza di cui era capace, quella che la forza se l'era fatta venire perché non c'era altra soluzione.

Anche mia madre gli stava dietro, ma non nel modo in cui gli stavo dietro io. Era una faccenda tra me e lui, la sua dipendenza era un problema nostro e lei mi lasciava fare. Lo sapeva che Alfredo dava retta solo a Beatrice.

Qualche volta.

Il metadone glielo scalavano ogni due settimane.

I medici dicevano che stava reagendo nel modo giusto, perciò gliene davano sempre di meno.

Il martedì e il mercoledì stava bene, sembrava normale. Usciva dal SERT che voleva farsi un giro, non voleva tornare a casa. Andavamo a prenderci un gelato, ne aveva sempre voglia, anche se era febbraio e trovarlo era ancora un'impresa. Ci giravamo la città, passeggiavamo per le strade e guardavamo le vetrine, prendevamo per il culo i passanti. Stavamo bene, ci divertivamo. Il martedì e il mercoledì, io mi ricordavo di com'era prima.

Mi ricordavo perché avevo passato gli ultimi dodici anni della mia vita solo con lui.

Il giovedì peggiorava di botto.

Cominciava che non voleva alzarsi dal letto. Se ne stava lì a braccia spalancate fino all'una. Io mi svegliavo presto, non lo perdevo mai d'occhio, non mi piaceva il suo sguardo assente.

Al massimo potevo scendere un po' a casa mia, ma non mi allontanavo mai. E se mi allontanavo lo chiudevo dentro.

Perché quando arrivava il giovedì io lo sapevo che cosa pensava Alfredo. Voleva farsi uno schizzo.

Nel primo pomeriggio cominciava a respirare con fatica, come se avesse l'asma. Gli facevano male le ossa e lo stomaco, non sapeva da che parte piegarsi. Gli antidolorifici che gli davo facevano effetto per un'ora o due e poi i dolori ricominciavano.

La sera arrivavano anche i sudori. Sudava come se fuori ci fossero quaranta gradi, la sua pelle diventava lucida e scivolosa, e non riusciva ad alzarsi dal letto.

C'erano delle volte in cui a sentirlo urlare mi chiudevo in bagno con le mani sulle orecchie e scoppiavo a piangere.

Me li sarei presi volentieri io i suoi dolori per non vederlo più così. Io ero più forte, io potevo reggerli.

Il venerdì era l'inferno.

Troppe volte pensai che l'avrei ammazzato, così avrebbe smesso di soffrire, e poi mi sarei suicidata anch'io, che non ce la facevo più.

Nemmeno le botte gli facevano effetto, e non so dove trovasse la forza per alzarsi e per cercare di sfuggirmi. Voleva uscire di casa, voleva andare a comprarsi una dose. E quando si rendeva conto che ero io a impedirglielo andava su tutte le furie.

Una volta tirò su un tale casino da svegliare tutto il palazzo.

Era notte, stava malissimo. Fingevo di dormire accanto a lui che si agitava. Il suo respiro affaticato mi teneva sveglia, le lenzuola erano zuppe del suo sudore.

Barcollando si alzò. Nella poca luce che entrava dal corridoio scorsi la sua figura magra piegata in due. Non ce la faceva, eppure si trascinava avanti.

«Alfredo, dove vai?»

«Sto male, Bea. Mi sento malissimo.»

«Rimettiti a letto. Ti prendo un'aspirina.»

«Ci piscio sull'aspirina, non mi fa un cazzo.»

«Ti toglie i dolori, per un po'.»

«Fanculo, io esco.»

«Ma dove vai, non ti reggi nemmeno in piedi, ma non vedi come sei ridotto?»

«Vado all'anfiteatro. Ci vado pure in ginocchio, ma quant'è vero Iddio ci vado.»

«Non esiste. Tu non esci. Io non ti ci mando a cercare la roba.»

«Ma cazzo, lo vedi come sto? Lo vedi?» Si lasciò

cadere a terra, con la schiena appoggiata al muro. Era il ritratto della disperazione.

Rimasi in silenzio, accucciata nel letto che dividevamo, aspettando che si riprendesse. Dopo un po' alzò la testa.

« Io vado. »

Forse i dolori si erano un po' attenuati. Forse era la necessità fisica a dargli l'energia. Fatto sta che si sollevò dal pavimento e iniziò a camminare dritto e spedito.

Troppo spedito.

Gli corsi dietro, lo superai, mi misi tra lui e la porta.

Io lo sapevo bene che correvo un rischio. Un tossico in quello stato sarebbe in grado di ammazzare anche sua madre per avere uno schizzo.

Ma io non ero sua madre.

Sua madre era morta.

Lui non mi avrebbe toccato.

« Levati dai coglioni. » I suoi occhi erano assenti. Me li teneva puntati in faccia, ma non mi vedeva. Non mi vedeva affatto.

« Sei ritardato, per caso? Non hai capito il concetto? Tu non esci. »

« Bea, levati. »

« Se no che fai? »

« Per favore, non mi costringere a farti del male, tu non capisci. »

« No, non capisco. Non capisco come tu possa accettare la vita di merda che fai. Non riesci a sopportare neanche un po' di dolore. La gente si rovina l'esistenza per te e tu te ne freghi, non fai nient'altro che lamentarti. Stai sempre a piangerti addosso, sempre lì a dire che non ce la fai, quando poi in realtà non ci provi nemmeno. Sono anni che ti lagni delle stesse cose, sei un fallito, un tossico di merda, non vali un cazzo.»

Non gliene fregava niente delle mie offese. Potevo insultarlo fino a diventare rauca, potevo insultarlo cantando, farci i gargarismi con gli insulti, ma lui non li sentiva nemmeno. Mi studiava cercando un modo per farmi sloggiare dalla porta.

«Va bene, va bene. Ho capito, Bea. Hai ragione. Non ci vado all'anfiteatro, mi hai convinto. Scendo solo qui sotto a prendere un po' d'aria, qui dentro fa troppo caldo. Non mi allontano, te lo prometto.»

«Sì, certo. Tu non ti allontani, e io sono nata ieri.»

«Levati dalla porta, brutta troia!»

Mi sfondò i timpani, non pensavo che fosse capace di urlare così forte.

Ma io sapevo fare di meglio.

«Se non mi tolgo che fai? Mi ammazzi? Mi ammazzi, eh, Alfredo? Mi riduci come tuo padre?»

Allargai le braccia. Che prendesse pure un coltello e cercasse di farmi fuori.

«Dai, imbecille. Ammazzami. Vediamo se c'hai le palle. Fallo o ti ammazzo io a te.»

Tremavo.

Lui stava fermo davanti a me e mi guardava, la sua faccia faceva paura. Non credo che abbia preso in considerazione l'idea nemmeno per un attimo, anche in quelle condizioni non mi avrebbe mai toccato. Ma era comunque spaventoso.

Si girò. Sferrò un pugno al muro, fece tremare tutto. Tirai il respiro.

« Sei una stronza! Puttana succhiacazzi, tu mi vuoi morto! Vaffanculo, Bea, vaffanculo! »

Odiava il fatto di non riuscire a picchiarmi. Si sfogò urlando. Mi bevevo le sue offese come fossero miele.

Qualcuno da fuori cominciò a prendere a calci la porta. Mi spostai, tolsi il chiavistello. Ci avevano sentito.

Non so chi ci fosse dietro, forse quattro o cinque persone. Ma vidi entrare soltanto mio padre.

Prese Alfredo per il collo, come fosse uno straccio, una bambola di plastica. Lo trascinò per i capelli fino al letto, ce lo buttò sopra.

Il ceffone fu talmente forte che fece l'eco nella stanza.

Non gli disse niente, non gridò nemmeno. Con un tono di voce del tutto normale gli ordinò di non fare il coglione, di rimettersi a dormire.

Poi si girò e lo schiaffo lo tirò anche a me. Ci andò più leggero, ma fu comunque una bella sveglia.

« La prossima volta, mettiglielo in mano il coltello, così stai sicura che ti fa a pezzi. »

Alfredo si rialzò a sedere sul letto, tossendo.

«Non l'avrei toccata. Non le avrei fatto niente. Piuttosto che fare qualcosa a lei mi faccio ammazzare.»

Non dissi niente. Mi bruciava la guancia.

Quando se ne furono andati tutti, tornai a sedere accanto a lui, su quel letto ribaltato.

Si spostò, non voleva starmi vicino.

«Tu lo sai che non ti avrei toccata.»

«Lo so. Lo so che non mi avresti fatto niente.»

Lo abbracciai, appoggiai la testa sulla sua spalla. Si mise a piangere.

C'ero io quella notte con lui, e solo io gli ero rimasta. Era orribile quello che ci stava capitando. Avremmo dovuto essere felici. Avremmo dovuto viverci la vita. E invece ce ne stavamo lì abbracciati a cercare di non morire.

E mi sembrava grande, Alfredo. Mi sembrava grande e invece era solo un ragazzino di diciannove anni che non ce la faceva più.

E anch'io, avevo pochi mesi più di lui e mi sentivo vecchia e vuota, come se avessi già vissuto tutto. Come se la vita fosse tutta lì e mi avesse già spolpato.

«Non piangere, dai. Tra poche ore andiamo al SERT, ti fai un litro di metadone e andrà tutto a posto, i dolori spariranno.»

«Sai quanto cazzo me ne frega adesso del metano, della roba, sai quanto cazzo me ne frega dei dolori.»

«E allora perché piangi?»

«Non lo so. Non lo so perché piango. Non volevo essere così. Merda, io non volevo davvero.»

«L'ero è una medicina solo se hai il coraggio di morirci. E tu questo coraggio non ce l'hai.»

«No, non ce l'ho. Meglio così. Non ti ho fatto niente, prima. Avrei potuto ammazzarti, e non ti ho fatto niente. Mi sa che ti amo, Bea.»

Non me l'aveva detto mai.

38

Dopo quella sera, per diverso tempo le cose migliorarono. Continuarono a migliorare per mesi. Alfredo si disintossicò del tutto. Diminuì sempre di più il metadone, fino a smettere. All'inizio fu dura, ma non si lamentò mai. Vedevo che stava male, ma resisteva. Era lui stesso a pregarmi di chiuderlo a chiave dentro casa quando i sintomi della rota si facevano insopportabili. Diceva che lo stava facendo per me. Che di se stesso non gliene fregava niente, ma di me sì, ed era l'unica cosa che lo spingesse a non farsi.

Riprese qualche chilo, ricominciò a mangiare e a dormire con i suoi ritmi normali.

Passò l'inverno, l'estate arrivò e se ne andò lentamente senza grandi novità. A novembre, Alfredo compì vent'anni e come regalo di compleanno gli restituii le chiavi di casa sua.

Adesso non avevo più paura che mi scappasse per andare a farsi, anche se si sfondava di canne. Di quello ero contenta, ci sfondavamo insieme, e se non aveva soldi l'erba gliela regalavo io. Gliene avrei regalato un camion, solo per il fatto che era riuscito a smettere di bucarsi, che aveva capito che non era roba per lui.

Ad Alfredo, l'ero lo ammazzava.

Io ero tornata alla mia vita normale. Stavo a casa mia, dormivo nel mio letto. Era bello non doverlo sorvegliare continuamente, adesso non ero più il suo carceriere.

Di quella notte non ne parlavamo mai, l'avevamo dimenticata. Come tutte le cose brutte che ci accadevano, tendevamo ad annegarne il ricordo, a seppellirlo sotto uno strato spesso di quotidianità.

E pensavo che fosse finita, che la parentesi fosse stata chiusa.

Mi illudevo così.

Non lo so, forse era l'ambiente che ci aveva prodotti. Forse ce l'avevamo nel sangue. Forse era la gente che frequentavamo, la noia, la mancanza di obiettivi. La consapevolezza di non poter essere mai niente di diverso, la presa di coscienza che saremmo stati così per tutta la vita. Fuori si susseguivano gli anni e il mondo cambiava. Dentro noi rimanevamo fermi.

Non ce l'avevamo un motivo per vivere, non sapevamo darcelo. Lo facevamo e basta.

Alfredo non era meglio degli altri, ma io mi fidavo. Facevo male, perché mi prese per il culo ancora una volta. Ci prese per il culo tutti. Prese per il culo anche se stesso e tutti i suoi bei discorsi da ex tossico.

Ricominciò.

Era inutile che tentasse di smettere, da quasi due anni l'eroina era il suo chiodo fisso. Aveva trovato il senso della sua vita e, anche se era un motivo del cazzo, non pensava a niente altro. Non aveva mai smesso di pensarci.

Aspettava solo il momento buono per ritornare a farlo.

39

Mi mancavano dei soldi.

Me n'ero accorta una mattina scendendo al mercato con Arianna. Tra i banchi avevo visto un cappotto che mi piaceva. Era nero con dei ricami azzurri.

Mi piaceva davvero, lo volevo a tutti i costi, ma non avevo con me abbastanza soldi per comprarlo. Anche a farmeli prestare da Arianna non arrivavo alla cifra necessaria e il tizio del banco non voleva saperne di farmi lo sconto.

Così gli chiesi di mettermelo da parte, ché tempo un'ora sarei tornata con il grano.

Avevo ancora qualche risparmio accumulato mentre lavoravo. Era passato un anno da quando mi ero licenziata per stare appresso ad Alfredo, ma viste le poche spese che affrontavo, i soldi dell'ultimo stipendio non erano ancora stati toccati. Non tutti, almeno.

Li tenevo dentro una vecchia scatola di cioccolatini, nell'armadio della mia stanza. Tutti sapevano che erano lì, ma i miei genitori, anche se a volte ne avevamo avuto bisogno, non li avevano mai voluti. Quelli erano soldi miei, solo miei, anche se io glieli avrei dati volentieri.

Col tempo le cose erano migliorate. Mio padre aveva trovato lavoro e aveva fatto assumere pure mio fratello. Facevano gli imbianchini per una ditta di ristrutturazioni. Non li pagavano male, e adesso a casa c'erano due stipendi, perciò potevo anche permettermi un capriccio. Non mi serviva mica quel cappotto, visto che avevo ancora il piumino rosso comprato l'anno prima, ma comunque lo volevo.

Sarei stata l'unica tra le mie amiche ad avere due giacche anziché una.

Entrai a casa, andai in camera mia a recuperare la scatola nell'armadio e la portai in cucina, dove intanto mia madre stava facendo il caffè per Arianna.

Aprii la scatola.

Il mazzetto di banconote che stava all'interno mi sembrò molto più piccolo di come lo ricordavo. Le contai per quattro volte, e per quattro volte i conti non tornarono.

Mi mancavano quarantamila lire.

E quarantamila lire erano davvero una cifra enorme per me.

Alzai gli occhi su mia madre. «Mi mancano un sacco di soldi», dissi.

«Controlla bene. Magari li hai spesi e non te lo ricordi.»

«Voi non li avete toccati?»

«Ma ti pare che vado a togliere i soldi a mia figlia, ma per chi mi hai preso?»

«Francesco?»

«Nemmeno. Bea, nessuno ha preso i tuoi soldi, avrai fatto male i conti.»

«Cazzo, mamma, mi ricorderei di aver speso quarantamila lire se lo avessi fatto. L'ultima volta che ho controllato c'erano tutti!»

Mia madre aprì la credenza, tirò fuori tre tazzine e versò il caffè. Chiese ad Arianna quanto zucchero voleva e lei rispose che ne voleva due cucchiaini.

Mi chiesi come faceva a bere il caffè così dolce. Io lo preferivo amaro, ed ero l'unica. Alfredo addirittura oltre allo zucchero ci aggiungeva anche il latte.

Alfredo.

Mi venne in mente così, come se fosse stata la cosa più naturale del mondo.

«È stato Alfredo, ma'», dissi.

«A prendere i soldi? Ma sei pazza?»

«Sono sicura che è stato lui.»

«E che ci deve fare?»

«Secondo te, che cosa ci deve fare?»

«Ha smesso, Bea. Non si buca più.»

«Quelli come lui non smettono mai. Fanno solo finta.»

Fuori dalla finestra chiusa il cielo stava diventando scuro. Guardai quelle nuvole che promettevano pioggia e pensai che non avevo voglia di ricominciare tutto.

Che volevo vivermi la mia vita e avere vent'anni perché i vent'anni non tornano più. Non potevo sprecarli dietro un deficiente.

Pensai di lasciar perdere, di non indagare. L'avrei ignorato, avrei fatto finta di niente.

Pensai che era la sua vita, poteva farci quello che gli pareva, e pensai pure che forse mi stavo sbagliando, forse quei soldi non li aveva presi lui, forse avevo davvero fatto male i conti.

Mi aggrappai a quella speranza, anche se sapevo che presto sarebbe stata delusa.

Perché ero fatta così. E non potevo lasciar stare, non potevo far finta di non vedere. Ci avevo già provato e non ci ero riuscita.

Quando si trattava di Alfredo, sembrava che la verità dovesse venire a cercarmi per forza, a mostrarmi cose che ancora non avevo visto, lati nascosti che rimettevano in discussione il legame più complesso che avevo.

Lui mi faceva sentire impotente.

Ed era la sensazione più brutta del mondo.

Non gliene parlai, non lo accusai come facevo di solito. Feci finta di niente mentre i giorni passavano. E ogni ora, ogni istante che trascorrevo con lui, sulla sua faccia e sul suo corpo tornavano ad affiorare quei piccoli particolari a cui nessuno avrebbe fatto caso, ma che io conoscevo bene.

Il pallore. Le labbra screpolate. Le palpebre pesanti, le pupille strette. Le botte di sonno improvviso. Mi sembrava di vivere in uno di quei sogni in cui tutto si ripete all'infinito.

Alfredo aveva smesso di nuovo di mangiare, con la scusa del mal di stomaco.

Non ne voleva sapere di inghiottire nulla, restava a digiuno dei giorni interi. Era talmente fuori di testa che non si accorgeva nemmeno di come lo osservavo. Gli importava solo di dormire. Più di una volta, seduta sulla sponda del suo letto, guardandolo russare, presi in seria considerazione l'idea di soffocarlo con un cuscino.

In quei momenti mi sembrava che se non l'avessi ucciso io, lui prima o poi avrebbe ucciso me, e non potevo permetterglielo.

Io valevo più di lui.

Una sera a cena glielo dissi.

Mia madre aveva appena scolato gli spaghetti. Aspettavamo tutti seduti intorno al tavolo, con gli occhi puntati sul televisore appena comprato. Adesso di apparecchi ne avevamo due, come la gente ricca, e nessuno doveva più litigare per decidere che programma vedere.

Era un televisore nuovissimo. Mio padre l'aveva sistemato sulla credenza in cucina. C'entrava a malapena, sembrava che dovesse cadere da un momento all'altro, ma da quella posizione riuscivamo a vederlo tutti, anche Alfredo, che con gli occhi assenti non sembrava affatto interessato al telegiornale che stavano trasmettendo.

Mia madre riempì i piatti, li passò a tutti noi. Attaccammo a mangiare. Solo Alfredo teneva la testa bassa e rigirava gli spaghetti con la punta della forchetta, annoiato.

« Non ci giocare », lo rimproverai, come fosse un bambino piccolo. « Mangiali. »

« Non ho fame », disse.

Mi venne un nervoso che gli avrei rovesciato la cena addosso. Non lo feci. A voce alta, rivolta a tutti, dissi: « Mi mancano quarantamila lire dalla scatola dei risparmi. Qualcuno di voi sa che fine hanno fatto? »

« Bea, piantala. » Il tono di mia madre era straordinariamente acido. Se me l'avesse detto in modo diverso, forse l'avrei ascoltata. Ma fu proprio il modo in cui cercò di zittirmi a caricarmi. Sembrava non volesse vedere. Sembrava che volesse difendere Alfredo a tutti i costi.

E Alfredo non meritava di essere difeso.

« Ti servono dei soldi? » chiese mio padre. Si stava già alzando per andare a prendere il portafogli. Il nuovo lavoro lo rendeva generoso.

« Non mi servono, non ci faccio niente. Voglio solo sapere che fine hanno fatto i miei. »

Mi voltai a guardare Alfredo, che, seduto accanto a me, continuava a rigirare la forchetta negli spaghetti che si andavano raffreddando.

« Tu non ne sai niente, vero? » lo apostrofai.

Alzò la testa. La sua faccia aveva un colorito verdognolo.

« No », disse solo.

« Secondo me lo sai. »

« Stai dicendo che te li ho rubati? »

« No. Ma forse sai dove sono finiti. »

« Beatrice, che c'hai stasera, sei nervosa? » mi chiese mio padre. Ma io non ero nervosa. Io volevo far vedere che avevo ragione. E non mi importava niente dei soldi, lui poteva anche prenderseli tutti. Poteva prendersi tutto quello che avevo, era sempre stato così. Quello che era mio era anche suo. Ma non accettavo che dovesse ammazzarsi con i miei risparmi.

« Vittò, lasciala perdere », disse Alfredo ridendo. « C'avrà le sue cose. »

Mi alzai, rovesciando la sedia. La mia famiglia mi guardava come se fossi pazza.

« Tu hai ricominciato a farti! Pensi che non me ne accorga? » urlai.

« Beatrice, rimettiti a sedere o stavolta le prendi », mi minacciò mia madre. Non la ascoltai.

« Fammi vedere le braccia, forza! Fammele vedere! »

Pensavo che avrebbe rifiutato, dimostrando così che avevo ragione. Invece Alfredo non fece una piega. Si alzò e si tolse la maglietta. Tese le braccia verso di me.

Erano bianche. Bianchissime, con le vene in trasparenza. Magre, come le aveva sempre avute. E integre. A parte le cicatrici scure, eredità delle botte del vecchio, la sua pelle era intatta. Non un livido, non una crosta. Non c'era possibilità di sbagliarsi, perché Alfredo non era uno da lavoro pulito. Si massacrava con gli aghi nel tentativo di centrarsi le vene.

«E adesso, che c'hai da dire?»

Niente. Non potevo dire niente.

Presi la sedia che avevo scaraventato in terra e la rimisi al suo posto. Uscii veloce dalla cucina, dal corridoio, da casa mia.

Salii su, nell'appartamento al piano di sopra. Lì, da sola, nessuno mi avrebbe dato della pazza.

Alfredo rientrò un paio d'ore dopo. Mi ero addormentata, ma a sentire il rumore della porta che si apriva scattai in piedi.

La sua figura bianca e sottile comparve sulla soglia.

«Hai finito di dare spettacolo?» La sua voce era normale. Non si impastava. La lingua non scivolava sulle sillabe, le collocava tutte al loro posto. Era lucido.

E voleva concedersi pure il lusso di farmi la predica.

«Sei pulito?»

«Sono pulito da mesi, Bea. Sei fuori di testa, vedi cose che non esistono. Tutta quella scena, quel numero da pazza. Non ti ho rivoltato la faccia solo perché c'erano i tuoi, ma è l'ultima volta. La devi piantare di asfissiarmi, non puoi mica starmi addosso così. Mica per niente, eh? Ti stai solo rovinando il fegato.»

Lo osservai muoversi per la stanza male illuminata, ripiegare i vestiti che aveva lasciato in giro. Non mi guardava negli occhi. La voce usciva sicura e il tono era quello di un perfetto stronzo supponente. Ma gli occhi, i suoi occhi rimanevano bassi. Puntati al pavimento.

Alfredo pensava di fottermi, ma se non c'era riuscito mai in tanti anni, non ci sarebbe riuscito nemmeno stavolta.

Sforzai una specie di sorriso colpevole. Mi venne benissimo. Me lo sentii tirare in faccia, aprirmi la pelle.

« Hai ragione », gli dissi. « Facciamo che non è successo niente. »

Alfredo sbuffò. Mise su il muso lungo, così, tanto per fingere di essere offeso.

Mi resi conto che odiavo la sua espressione da martire. Era meglio quando si incazzava. Persino la faccia da tossico era meglio. Ma quello sguardo da santo non lo potevo proprio sopportare. Mi faceva venire voglia di togliermi le scarpe e tirargliele addosso.

« Non mi credi. Non ti fidi di me. »

« Non è una novità. Non mi sono mai fidata di te. »

« Tu sei la mia famiglia, Bea. Io non ho nessuno, ho solo te. Mi frega solo di questo. E io di te mi fido. »

« Ma io mica sono una tossica. »

« Me lo rinfaccerai per sempre, vero? »

« Penso di sì. »

« Cristo, che stronza che sei. »

« Lascia perdere, Alfredo. Tanto lo sai come sono fatta. »

Mi venne vicino, mi abbracciò.

Tanto mi avrebbe perdonato. Mi perdonava sempre.

Ero io che non potevo perdonare lui.

40

Non ero una deficiente. Alfredo aveva ripreso a farsi, mi sembrava chiaro come la luce del giorno.

Ce l'avevamo tutti sotto gli occhi. La sua faccia ogni giorno più smorta parlava da sola, ma nessuno voleva credermi. Se non c'erano i buchi e non c'erano le spade, allora per loro voleva dire che era pulito.

L'unica che mi ascoltava era Arianna.

Lei mi dava ragione, ma non perché fosse la mia migliore amica. Alfredo era cambiato di nuovo, lo vedeva. Non si era ripulito. Ci stava pigliando per il culo, ed era convinto di riuscirci.

Non era diventato di colpo un bravo ragazzo, mi aveva pure fregato i soldi per andare a comprarsi l'ero, ormai ne ero sicura. Si era solo fatto più furbo e adesso controllava meglio le reazioni che la polvere gli dava, ed evitava situazioni che potessero metterlo in condizione di essere scoperto.

Per questo non lasciava tracce, né in casa né sulla sua pelle.

I miei genitori dicevano che ero paranoica. Che avevo avuto un trauma e che adesso vedevo drogati dappertutto. Dicevano che Alfredo stava bene, sembrava che lo dicessero apposta per farmi incazzare.

Eppure volevo crederlo. Volevo crederlo disperatamente, ma non ci riuscivo.

Così una mattina lo seguii.

Gli dissi che sarei andata a trovare Cristina, che aveva avuto un altro bambino da pochi giorni.

Uscii presto da casa e andai a nascondermi nel sottoscala, quel posto buio che ci faceva paura da bambini, lo stesso posto dove anni dopo ci eravamo stravolti con le prime canne.

Mi sembravano trascorsi millenni e anche quella nicchia nascosta aveva perso il suo fascino. Adesso non era più un posto oscuro e segreto, non poteva più proteggerci. Era tornato quello che era: uno spazio sudicio col soffitto basso, talmente stretto che non si riusciva a starci in piedi, e una puzza di piscio da rivoltarti lo stomaco.

Pazienza, avrei soffocato quell'odore fumando una sigaretta dopo l'altra e alla fine mi ci sarei abituata. Non avevo altro posto in cui aspettare.

Alfredo uscì dal palazzo un'ora dopo. Sentii i suoi passi farsi sempre più vicini. Mi spiaccicai contro il muro, ma anche così ci stavo tanto stretta in quella nicchia che se si fosse voltato mi avrebbe visto.

Uscì tranquillo dal portone, con le mani nelle tasche. Sembrava rilassato e di buon umore. Con un po' di fortuna non mi avrebbe visto mentre lo seguivo.

Gli lasciai un po' di vantaggio, poi filai fuori dal sottoscala e mi affacciai al portone.

Alfredo era quasi in fondo alla strada. Con le

gambe lunghe che si ritrovava mi sarebbe toccato correre per stargli appresso.

Camminavo rasentando i muri, mi nascondevo tra le poche macchine parcheggiate a lato della strada quando avevo la sensazione che stesse per voltarsi. Ma lui non si voltò mai. Camminava dritto, spedito, con la sciarpa che gli aveva regalato mia madre stretta intorno al collo e una giacca appartenuta a Massimiliano. Gli cascava male, era troppo larga.

Il cielo sopra di noi minacciava altra pioggia, l'umidità si tagliava col coltello, ma Alfredo camminava contento nel freddo grigio della Fortezza, con la sua giacca logora che non teneva caldo per niente.

Mi sembrava si stesse dirigendo verso il palazzo in cui abitava Enrico. Sperai di vederlo entrare in quel portone. Enrico era uno stronzo arrogante e non mi piaceva granché, ma almeno non era un tossico e questo voleva dire che mi ero sbagliata sul conto di Alfredo.

Ero quasi sicura che sarebbe entrato. Ci arrivò praticamente dentro.

Ora entra, pensai.

Invece non entrò. Costeggiò l'ingresso, girò l'angolo e sparì dalla mia vista. Mi misi a correre per raggiungerlo.

Stava andando alla casa diroccata.

Erano anni che non ci passavo nemmeno davanti, ma tutto era rimasto uguale. I muri sgretolati, le travi del tetto nude e le finestre rotte, il cartello del comune con la data di nascita di Alfredo ormai cancellata, vecchio di vent'anni, abbandonato e soffocato dai rovi.

Il giardino con le sue erbacce e una panchina di legno ormai marcio. Una grossa pietra oblunga mangiata dalle intemperie che un tempo doveva essere stato qualcos'altro, forse una specie di tavolo.

Accovacciata tra le piante che avevano ricoperto tutto, lo vidi avvicinarsi proprio alla pietra. Fece forza, ne sollevò un angolo. C'era qualcosa sotto. Una cavità. Una busta marrone, di quelle che si usano per il pane.

Che cosa poteva esserci là dentro? Mi tremavano le gambe. Avevo la lingua secca, come quella di un cadavere.

Alfredo non si guardò nemmeno intorno. Si accucciò per terra, vicino alla panchina. Si tolse la sciarpa.

Dalla busta marrone tirò fuori uno specchio. Era uno di quegli specchietti piccoli, di quelli che usano le ragazze per truccarsi quando sono fuori casa. Era di finta tartaruga, con un fiore di smalto rosso sul retro. Lo conoscevo quello specchio. Era mio.

Adesso vado là e qualunque cosa stia facendo lo fermo, pensai. Ma non mi mossi.

Rimasi lì, inginocchiata tra le piante, con i sassi conficcati nelle rotule, come se fosse una punizione.

Come a volermi torturare guardando di nuovo la scena, guardando tutte le mie speranze disintegrarsi e le cose di cui avevo avuto paura diventare reali, farsi forti, farmi a pezzi.

Incastrò lo specchio su un pezzo di legno marcio, in maniera da tenerlo fermo. Tirò fuori le altre cose.

Alfredo non era mai stato bravo in niente, tranne che in quello. Si muoveva con gesti precisi, metteva su un'espressione seria e concentrata. Sembrava un dottore, un dottore vero. Anche seduto in mezzo alla terra, con quella giacca lisa sui gomiti e i jeans strappati alle ginocchia.

Anche mentre si scostava i capelli dal collo, mentre si tastava la gola in cerca della vena più nascosta, e il mio specchio rifletteva l'iniezione, e quel fiore smaltato aveva lo stesso colore della mia giacca e del suo sangue dentro la siringa.

Chiusi gli occhi.

Il rosso mi rimase dietro le palpebre.

Quando mi alzai, nella mia testa erano passati cent'anni.

Alfredo stava lì immobile, con il capo reclinato all'indietro, sulla panchina.

Mi sentì arrivare, ma non si girò. Non ne aveva la forza.

«Mi dispiace, Bea», disse solo. Parlava lento, ma le sue parole venivano fuori perfettamente comprensibili.

«Ti dispiace di cosa?»

«Di essere come sono.»

«Sapevi che ti stavo seguendo, vero?»

«Sì.»

«E perché non mi hai fermato?»

«Non ce l'avevo un altro modo per dirtelo.»

Non replicai niente. Mi misi accanto a lui, nella sua stessa posizione. Nei miei occhi adesso non c'era più il rosso e neanche la faccia di Alfredo. Adesso era tutto cielo grigio.

« Sei arrabbiata? »

« No. Non sono arrabbiata. Sono solo tanto stanca. »

Ed era vero. Non ero arrabbiata. Non sentivo niente. Solo un mal di stomaco lancinante, un dolore continuo che sembrava dovesse mangiarmi da dentro.

« Ti ricordi quella volta, tanti anni fa, quando siamo stati qui? Era inverno, come adesso, ma c'era tutta quella nebbia che non si vedeva a un palmo. »

« Sì, mi ricordo. E tu non volevi entrare nella casa e sei tornata indietro. Avevi paura dei topi. »

« Già, che paura stupida. Che ti fa un topo? Non ti fa niente. C'è di peggio al mondo... Sai cosa vorrei adesso? Che ci fosse di nuovo tutta quella nebbia. »

« Perché la nebbia? »

« Boh. Per non vederti se per caso te ne vai. »

« Ma io non me ne vado, Bea. Io sto qui con te. Sto così bene qui con te. »

« In qualche modo, te ne sei già andato da un pezzo. »

Il corpo di Alfredo era freddo, quasi quanto il mio. Il suo petto sotto la mia guancia si sollevava piano. Si gelava, molto più di prima.

Il cielo si aprì, ci riversò addosso una pioggia amara. In un attimo ci ritrovammo bagnati e congelati in mezzo al fango.

Alfredo rimase immobile, non cambiò posizione. Lasciò che l'acqua gli scorresse sulla faccia, tra i capelli, sulla ferita ancora aperta. Mi abbracciò più forte. Restammo così.

Lo sapevamo che il freddo ci veniva da dentro.

Neanche la polvere ti scalda, quando ti perdi.

41

C'era una cosa che volevo fare. Mi girava in testa da tempo, ci pensavo sempre più spesso. Da quando Alfredo mi era sfuggito di mano, le cose stavano rapidamente peggiorando.

Mia madre si era rassegnata al fatto che Alfredo fosse un tossico. Una sera la sentii mentre parlava di lui, seduta al tavolo della cucina con mio padre.

Disse che non c'era rimedio. Che dovevamo tenercelo così com'era e sperare nella sorte. Se era fortunato, disse mia madre, tra astinenze e ricadute avrebbe potuto tirare avanti quattro o cinque anni ancora.

Da come parlavano capii che nessuno dei due pensava che Alfredo sarebbe sopravvissuto.

Io invece ci credevo. Sapevo di poterlo tirare fuori, dovevo soltanto scoprire da dove cominciare, qual era la strada giusta. C'era un modo, doveva esserci per forza. La gente ne usciva, non tutti ci restavano secchi.

Decisi che Alfredo non sarebbe stato uno di quelli. Non l'avrei lasciato crepare, anche solo per dimostrare che avevo ragione io.

Mi serviva solo qualcuno che mi indicasse la via.

Così un giorno ne parlai con mia madre. Non fu proprio come chiederle il permesso, ma quasi.

Lei mi disse che se pensavo che fosse utile, mi avrebbe lasciato andare.

Mi diede dei soldi, anche se avevo ancora qualcosa da parte.

Uscii di casa la mattina dopo, poco prima dell'alba.

Andai alla stazione, presi il treno per Torino.

Andavo a chiedere aiuto per Alfredo.

Andavo a parlare con Massimiliano.

Avevo ottenuto il permesso di vederlo, mi ero informata sull'indirizzo del carcere, sugli orari e sui giorni di visita, perciò quando arrivai a Torino sapevo esattamente dove andare. Erano anni che non uscivo dalla mia città, ma non avevo paura: era una cosa che dovevo fare per forza.

Scesi dal treno che erano già le tredici. Saltai il pranzo, presi un autobus che dalla stazione mi avrebbe portato in periferia e lì ne aspettai un altro ancora.

Arrivai alla casa circondariale pochi minuti prima dell'orario di visita, e li trascorsi fumando nervosamente e guardando in alto le finestre delle celle, sperando di scorgere la testa bionda di Massimiliano.

Dopo, mi lasciarono entrare. Un uomo mi prese

i documenti, scrisse il mio nome su un grosso registro. Mi chiese se ero un familiare del detenuto e poi mi affidò a una donna.

Questa mi accompagnò in una saletta, mi disse di togliermi le scarpe e le calze, poi si mise a perquisirmi.

Non mi era mai capitato che qualcuno mi toccasse in quel modo. Era una sensazione orribile, ma restai ferma senza lamentarmi, con i piedi nudi che si andavano congelando, aspettando che la donna finisse di rovistare nei miei vestiti alla ricerca di qualcosa di sospetto.

Inutile dirle che non avevo niente con me, pessime notizie a parte.

Alla fine, una volta accertatasi che ero pulita, mi accompagnò in una saletta piccola con le pareti dipinte di azzurro chiaro e senza finestre.

Era il parlatorio del carcere.

Mi ero aspettata uno scenario diverso, uno stanzone affollato, con i vetri protettivi e i telefoni per parlare da una parte all'altra, proprio come nei film, e invece sembrava la sala dell'oratorio, e non c'erano telefoni speciali, ma solo delle panche addossate al muro e qualche sedia di plastica.

E c'erano due porte. La prima, quella da cui ero entrata, era una porta normale, di quelle leggere che si usano nelle case. L'altra era molto più grossa e più pesante, probabilmente blindata, e la sorvegliavano due uomini in divisa.

Rimasi a fissare quella porta per molto tempo e, quando si aprì, non ero preparata a ciò che vidi.

C'era un uomo davanti a me che mi guardava come si guarderebbe un fantasma, ma io non lo conoscevo.

Portava un maglione di lana spessa e i pantaloni informi di una tuta scolorita. Dei guanti neri e un berretto dello stesso colore. Era alto e, a giudicare da come gli stavano i vestiti, doveva essere anche molto magro.

Aveva la faccia scavata, la bocca sottile e la barba di qualche giorno. Poteva avere l'età di mio padre, forse qualche anno di più.

Fermo in mezzo alla stanza mi fissava senza dire una parola.

« Be', che cavolo ti guardi? » lo apostrofai, cercando di assumere un atteggiamento minaccioso.

Quello sorrise, evidenziando le rughe profonde.

« Ma che fai, non mi riconosci? »

La voce. La voce era quella. L'avevo sentita per anni, l'avrei riconosciuta ovunque, ma quel vecchio non poteva essere lui.

Non potevo crederci.

« Massimiliano? Sei te? »

« No, sono tua nonna. Che dici, mi saluti adesso? »

Mi lanciai addosso a lui, facendolo barcollare, gli gettai le braccia al collo.

Non sapevo se ridere o piangere. Restammo lì, abbracciati in mezzo alla sala.

Massimiliano mi baciava i capelli, gli occhi, la bocca, il naso. Sembrava felice e disperato.

« Che bello vederti, Bea, che bello. Come mai sei qui? »

« Volevo incontrarti. Avevo dei risparmi, ci ho comprato il biglietto del treno. »

Gli sfilai il cappello dalla testa. Al posto dei ricci biondi c'era un taglio corto, a spazzola.

« Che fine hanno fatto i tuoi capelli? »

« Li ho tagliati. È più ordinato e poi qui dentro... è meglio non portare i capelli lunghi. »

« Ci stai bene », mentii. « Dovresti portarli sempre così. Come stai? Come ti trovi? Dimmi la verità, le cazzate non le sai dire e ti scopro subito, lo sai. »

« Sto bene. Mangio, dormo, lavoro. Leggo dei libri, lo sai? Me li porta il prete. Ho scoperto che mi piace leggere, mi piacciono le storie d'avventura. Ho anche degli amici, qui dentro. È gente come me. Sinceramente, Bea, pensavo che non mi sarei abituato mai, e invece anche alla galera ci si abitua. »

« Vedrai che ti daranno uno sconto della pena. Tornerai a casa prima per... come si chiama quella cosa? La buona condotta? Ecco, sì, ti faranno uscire per la buona condotta. »

Sorrise, un sorriso di compassione. Lo sapevo io e lo sapeva pure lui, che gli anni che gli avevano dato se li sarebbe fatti tutti.

« Certo, magari sì. Magari torno prima. Come va a casa? Non mi hai detto niente. »

« Stiamo bene, stiamo tutti bene. »

« E Alfredo e Andrea? Che fanno? Come stanno? »

Eccola, la domanda che avevo tanto temuto.

Gli occhi verdi di Massimiliano erano pieni di speranza. Adesso dovevo trovare la forza di dirgli che non era vero.

Che niente andava bene. Che Andrea non lo vedevamo da anni. Dovevo trovare il coraggio di dirgli che Alfredo stava più di là che di qua, che ci era finito sotto con l'eroina, che era un tossico e non sapevamo come riprenderlo. Dovevo dirgli che mi serviva il suo aiuto per tirarlo fuori dalla merda.

Ingoiai il groppo che minacciava di soffocarmi.

Non potevo farlo. Non potevo fargli questo.

« Va tutto bene, Massi. Davvero. Andrea è stato adottato da altre persone. Sta bene, viene a trovarci tutte le settimane. È una bella famiglia, sono pieni di soldi. Gli fanno fare il liceo. »

« Che liceo? »

« Il classico. Fa il classico. È bravo, prende tutti voti alti. Quello sicuramente diventa dottore. »

« E Alfredo? »

« Alfredo lavora. Fa l'imbianchino con mio padre e Francesco. Stanno tutto il giorno in giro, però guadagnano bene. È contento, gli piace. Voleva venire a trovarti insieme a me, ma non gli hanno dato il giorno libero. Di questo periodo c'è molto lavoro. »

Sorrisi, cercai di fare una faccia convincente. Una

faccia che gli facesse credere a tutte le balle che avevo detto.

A Massimiliano non serviva altro dolore, non potevo scaricargli addosso anche il mio.

« Bene, sono contento. Lo vedi che a qualcosa è servito, quello che ho fatto... »

« Che intendi dire? Di che parli? »

« Niente, lascia stare, non è importante. »

Ma io avevo capito.

« L'hai fatto per loro. Lo hai fatto per difenderli. È così? »

Gli presi le mani, gliele strinsi forte. Erano le stesse mani che avevano ucciso il vecchio. Le avevo viste sfilarmi davanti, ricoperte di sangue. E adesso erano lì. Tra le mie.

« Tu lo sai, Beatrice. Tu lo sai. Non ce la facevo più. Non ce l'ho fatta, non ho saputo fermarmi. Sono entrato in casa e c'era mio padre che c'aveva questo coltello, lo puntava contro Andrea. Ho sopportato per anni. Ho sopportato la morte di mia madre, le botte, la fame, la paura. Ma lì non ce l'ho fatta. Gli ho strappato il coltello di mano e l'ho ammazzato, Bea. Ho ucciso mio padre. E sogno quella scena tutte le notti. La sognerò per tutta la vita. Me lo merito. »

Non c'era niente da dire. Lo abbracciai. Baciai quella faccia rovinata e piena di dolore, invecchiata prematuramente. Non sapevo che cosa farne di tutta la sofferenza che vedevo, non riuscivo nemmeno più a ingoiarla. Non potevo farci niente.

Una guardia venne ad avvisarci che l'orario di visita era terminato. Mi invitò ad andarmene.

Dissi a Massimiliano che sarei tornata presto e mi voltai per uscire.

« Beatrice... » La sua voce soffocata mi raggiunse mentre stavo per aprire la porta.

« Sì? »

« Stai attenta ad Alfredo. Andrea è forte, se la cava. Alfredo no. Se non gli stai dietro si perde. Non ce la fa da solo. Stagli dietro, tu sei brava, ce la fai. »

« Ma certo. Non lo lascio, non ti preoccupare. Ci penso io a lui. »

Ma non sapevo se ci sarei riuscita davvero.

42

Ero esausta, finita, svuotata. Alfredo non voleva essere aiutato e per la prima volta in vita mia non potevo fare niente. Mi ero incazzata, avevo urlato, l'avevo picchiato e gli avevo sputato addosso. Poi avevo cercato di comprenderlo, mi ero sforzata di prenderlo con le buone, l'avevo pregato e blandito, ma niente. Alfredo era un pezzo di ghiaccio, non sentiva ragioni. Aveva capito come funzionava, sapeva che comunque non potevo andarmene, che sarei rimasta lì con lui per sempre.

Per questo minimizzava tutto. Rifiutò il metadone. Disse che lui poteva farcela da solo, che non aveva bisogno di quei cerusici del cazzo. Che non era un drogato, non lo era mai stato, non dipendeva dall'eroina. Si illudeva di poter smettere quando voleva.

Non potevo fargli cambiare idea. Dal canto suo, quel poco di Alfredo che era rimasto dentro di lui mi prometteva che ci sarebbe stato attento. Che non avrebbe esagerato.

Diceva che voleva stare con me, che ero l'unica cosa che veramente contasse nella sua vita. Non poteva mica rischiare di morire. Non poteva lasciarmi sola.

Io, invece, qualche volta ci pensavo. Sapevo che sarebbe stato meglio senza di lui, senza quella zavorra che mi trascinavo da quasi tredici anni. Pensavo alla mia vita, quella vita che avevo buttato per qualcosa che non esisteva più, per qualcosa che forse non era mai esistito. Ero ancora in tempo per riprendermi, per andarmene.

Volevo che Alfredo sparisse, volevo alzarmi una mattina e trovare il letto vuoto e improvvisamente non ricordarmi di lui. Come se non fosse mai esistito. Sarebbe stato tutto più facile.

Non volevo accorgermi che Alfredo non c'era più già da molto, moltissimo tempo.

Gli faceva male quella roba. Penso che fosse allergico o qualcosa del genere. Di tossici ne avevo visti tanti, ci ero praticamente cresciuta in mezzo. Non ce n'era stato uno di quelli che avevano avuto vent'anni all'inizio degli anni Ottanta che non avesse provato la polvere almeno una volta. Alcuni si erano disintossicati, altri erano morti, altri ancora continuavano a bucarsi, ma nessuno di quelli che conoscevo era ridotto a pezzi come Alfredo.

Spesso non si reggeva in piedi, sembrava che le sue ossa stessero iniziando a sfaldarsi.

Cominciarono a cadergli i denti. Una mattina sputò un premolare sul tavolo. Disse che gli dondolava da un po', che aveva preso una botta cadendo e che il dente gli si era rotto.

Adesso nel suo sorriso c'era un buco nero.

Perfino la sua pelle aveva un aspetto diverso. Si riempiva di bolle a cadenza regolare, gli comparivano degli sfoghi sul petto e sulle gambe. Lui se ne fregava e continuava a grattarsi fino a sanguinare. Ero io quella che faceva la spola tra casa e la farmacia per trovargli dei medicinali che alleviassero il prurito che gli provocava l'eroina.

Non potevo vederlo così. Peggiorava di giorno in giorno.

Pensai di andarmene. Di non dire niente a nessuno, andare alla stazione e prendere il primo treno. Scappare senza lasciare traccia, abbandonare tutto e tutti. Non avrei detto a nessuno dove sarei andata, nemmeno a mia madre. Non mi avrebbero mai più ritrovato.

Ci pensavo talmente tanto e tutti i giorni che, alla fine, nella mia testa diventò quasi reale.

Dovevo solo trovare il coraggio di farlo.

Erano i primi di aprile. Pochi giorni dopo sarebbe stato il mio compleanno.

Volevo festeggiare i miei ventun anni fuori dalla Fortezza, fuori da quella gabbia che si faceva ogni giorno più stretta e soffocante.

Fuori, non importava dove. Mi bastava che fosse lontano da Alfredo.

La farmacia dove andavo a comprare le pomate che usava Alfredo per placare il prurito da eroina si trovava in centro e per arrivarci mi ci voleva un viaggio di circa due ore. Avevo provato a cercare gli stessi medicinali non lontano dalla Fortezza, ma sembrava che non li avesse nessuno, perciò una volta a settimana dovevo imbarcarmi in una traversata che tra andata e ritorno mi portava via quasi mezza giornata. Arianna mi aveva accompagnato una volta, e le era bastata, si era stufata subito. Diceva che era davvero troppo lontano.

Così ci andavo sempre da sola. Farmi accompagnare da Alfredo, che in fondo era il diretto interessato, era fuori discussione. Il più delle volte si addormentava in piedi e comunque mi vergognavo a portarlo in giro. Mi imbarazzava farmi vedere con lui, dover camminare accanto a quella faccia bianca con gli occhi cerchiati di nero, quella faccia che strillava al mondo che era un tossico, che ci stava sotto e non riusciva più a uscirne.

La farmacista ormai mi conosceva. Quando mi vedeva entrare mi preparava quello che mi serviva senza che avessi bisogno di chiederle nulla. Impacchettava le pomate e le fiale di Narcan, l'aspirina e gli antinfiammatori. Ci aggiungeva pure un paio di siringhe di quelle sottili che usano i tossici, me le dava gratis. Non ebbi mai il coraggio di dirle di non metterle.

Andavo sempre di fretta, lì dentro. Pagavo e uscivo senza salutare, non mi piacevano gli occhi con cui quella donna dietro il bancone mi guardava quando mi porgeva il pacchetto chiuso nella busta spessa. Sembrava che sapesse tutto.

Le facevo pena, e io non volevo la compassione di nessuno.

Quando uscivo da lì stavo sempre male. Mi sentivo umiliata. Mi vergognavo, sentivo tutti gli occhi puntati addosso. I clienti che venivano fuori dopo di me mi osservavano cercando di indovinare se la drogata ero io, o se mi era capitata la sfiga di aver a che fare con qualcuno che si bucava.

Ogni volta che uscivo di lì, sentivo forte il desiderio di andarmene per sempre.

Poco distante dalla farmacia c'era un'agenzia di viaggi. Si trovava proprio davanti alla fermata dove aspettavo l'autobus per tornare a casa. Nell'attesa, mi scioglievo a guardare i cartelloni in vetrina. C'erano famiglie felici, villaggi vacanze, spiagge con l'acqua azzurra e le palme, destinazioni che potevi raggiungere solo con l'aereo, posti che non avrei mai potuto permettermi, nemmeno in cento anni. Non ero neanche sicura che quelli come me li facessero salire sull'aereo.

Sul treno sì, però. Sul treno ci potevo salire.

Fu lì che mi venne l'idea.

Ero in città, in una mattina d'aprile che si andava riscaldando piano. Ero da sola, non mi conosceva nessuno, potevo fare come volevo e la stazione era a poche fermate di distanza e, per puro caso, l'autobus che mi ci avrebbe portato stava arrivando dall'altra parte della strada.

Attraversai e salii sul bus appena in tempo per sentire le porte che si chiudevano con un sibilo.

Non sapevo cosa avrei fatto.

La stazione era piena di gente. I viaggiatori si riconoscevano subito, anche se non avevano valigie. Camminavano veloci, si fermavano a comprare i giornali o a bere un caffè al bar sotto il portico. Era un bar sporco e vecchio che mi ricordava quello della Fortezza.

Io non li volevo più vedere dei bar così, volevo andare in un posto che avesse dei bar con i tavolini bianchi e il bancone lucido e i bicchieri puliti.

In effetti, anche solo i bicchieri puliti sarebbero bastati.

Di fronte al portico c'erano i binari della stazione e i cartelloni che cambiavano continuamente aspetto, segnalando date, orari, ritardi e nomi di città che non avevo mai visto.

Potevo andare a Bologna a trovare Marta, oppure potevo tornare a Torino, da Massimiliano. Sarebbe stato felice di rivedermi.

C'era un treno che sarebbe partito di lì a dieci minuti per Torino. Guardai nel mio portafogli quelle tremila lire che mi erano rimaste. Non mi bastavano neanche per arrivare alla fermata successiva, figurarsi a Torino, ma potevo nascondermi nel cesso del treno e farmi il viaggio lì dentro.

Sapevo di gente che l'aveva fatto e potevo farlo anch'io. Potevo arrivare a Torino, trovare un lavoro e una casa, vivere lì e dimenticarmi di tutto, e andare a trovare Massimiliano tutti i giorni, e dire anche a lui di dimenticarsi di quel posto di merda che ci aveva visto crescere, che ci si era annidato dentro come una malattia e che alla fine ci aveva rovinati.

Mi sarei fatta un'altra vita, potevo farlo.

Potevo fare tutto.

Salii sul treno.

Scelsi il cesso meno fetido che riuscii a trovare e mi ci chiusi dentro. Nonostante fosse il meno sporco di tutti, era comunque un bugigattolo puzzolente, stretto come una bara, col pavimento viscido e il finestrino rotto che si chiudeva solo a metà.

Mi appoggiai contro la porta chiusa, ché di sedermi su quel water schifoso proprio non ne avevo voglia.

Rimasi lì a fissare la parete biancastra, cercando di convincermi che stavo facendo una cosa giusta, una cosa che andava fatta. Era la prima volta che facevo qualcosa solo per me, senza dover pensare per forza a quel peso enorme che mi trascinavo appresso.

Era la mia vita, dovevo viverla come volevo io, e non riuscivo più a essere l'appendice di qualcun altro. Volevo essere Bea, non Bea e Alfredo. Soltanto Bea.

Poi lo sguardo mi cadde sulla busta della farmacia che avevo appoggiato nel minuscolo lavandino accanto al cesso, quella busta per cui avevo fatto i chilometri, quella busta che dovevo portare a casa.

C'erano le pomate per farlo smettere di grattarsi,

le siringhe pulite, l'aspirina per il dolore ai denti e alle gambe.

C'era il Narcan.

Senza quello Alfredo rischiava di morire ogni volta che si faceva. Se per caso andava in overdose, una fiala di quella roba gli contrastava l'effetto dell'eroina nel corpo, in pratica lo riportava in vita.

Senza il Narcan al momento giusto, sarebbe morto per collasso cardiorespiratorio.

E quel cazzo di farmaco adesso ce l'avevo io.

E me lo stavo portando a Torino, e chissà Alfredo dov'era e a fare cosa, mentre io scappavo per non vederlo mai più.

Mentre io, portandomi via quelle fiale, gli toglievo la possibilità di sopravvivere.

Fuori dal finestrino, il capotreno fischiò la partenza.

Mi fiondai fuori da quel cesso lurido, rotolai sul predellino, mi ritrovai in ginocchio sulla banchina un attimo prima che le porte del treno si chiudessero.

Qualcuno mi chiese se mi ero fatta male.

Mentre le mie speranze di fuggire si allontanavano piano uscendo dalla stazione, risposi che stavo bene.

Che avevo solo sbagliato treno, ma non importava.

Tanto era da ventun anni che sbagliavo tutto.

43

Quando rientrai alla Fortezza, era sera. Per tornare dalla stazione ci avevo impiegato quasi tre ore, a causa degli autobus che non passavano mai, e giunta alla collina non avevo incontrato nessuno a cui poter chiedere un passaggio, così mi ero fatta quel chilometro di salita a piedi, nel buio che si andava avvicinando.

In qualche modo, pensai di essermelo meritato.

A casa, mia madre mi chiese dove ero stata. Le dissi che avevo incontrato una vecchia amica e mi ero fermata in un bar con lei.

Non sembrò insospettirsi, anche se sapeva bene che fuori dal quartiere non avevo amici e non conoscevo nessuno.

Mi disse invece che Alfredo nel pomeriggio si era sentito male, che aveva vomitato e che adesso stava meglio, ma che non voleva cenare. Mi chiese di convincerlo a mangiare qualcosa.

A casa sua, Alfredo dormiva tranquillo.

La luce fioca di una vecchia lampada rimasta accesa nel corridoio proiettava nuove forme sulla sua faccia, ne delineava i contorni, marcava le zone d'ombra, e il suo viso sembrava ancora più magro, ancora più scavato e sofferente.

I capelli chiari scomposti sul cuscino, le labbra già sottili ritirate sui denti, la pelle tesa sugli zigomi. Quelle occhiaie viola, nette come lividi.

Aveva solo vent'anni, ma in quel momento ne dimostrava molti di più.

Lo toccai piano su una spalla per svegliarlo.

« Bea... Sei tu? Ma dove sei stata? È quasi notte. »

« Come stai? Ti fanno male le gambe? Ti ho comprato gli antinfiammatori, se adesso mangi dopo puoi prendertene uno. Mia madre ha fatto la pasta, te ne ho portato su un piatto, perché non ti alzi? »

« Tra poco mi alzo. Vieni qui. » Mi tese le braccia come un bambino e io mi ci sdraiai dentro, mi attaccai a quel corpo spigoloso.

« Ci hai messo un sacco a tornare. Dove sei stata? »

« Ho fatto una passeggiata in città. Ti ho preso il Narcan, te lo devi portare sempre appresso, ricordati. »

« Bea... Hai conosciuto qualcuno? »

« In che senso? »

« Nel senso... Oggi sei uscita con qualcuno? »

« Io ti dico del Narcan e tu mi chiedi se esco con qualcuno, ma mi ascolti quando parlo, o no? Guarda che è importante, quella roba ti salva la pelle. »

« Lo so che è importante, ho capito. Adesso però rispondimi. Hai il ragazzo? »

« No, Alfredo. Non ce l'ho il ragazzo. C'ho già da stare dietro a te, non mi posso permettere distrazioni. »

Sorrise contento.

«Lo sai, Bea, io pure ho solo te. Non ce l'ho un'altra ragazza.»

«Eh, ma dai? Chi ti si piglia a te?»

«Sei sempre la solita deficiente.»

Si girò dall'altra parte, offeso. Ne approfittai per alzarmi.

«Dai che la cena ci si raffredda.»

Mangiammo in silenzio, con la testa bassa, senza neanche guardarci. Mi venne da pensare che era una scena molto triste.

Alfredo cincischiava la pasta, si sforzava di mandare giù il boccone per farmi contenta, ma si vedeva che non aveva fame.

«Oggi stavo per andarmene.» Glielo dissi così. La mia voce uscì piatta e incolore.

Non alzò neanche la testa.

«E dove volevi andare?»

«Non lo so. So solo che sono arrivata alla stazione e sono salita sul primo treno. Sarei partita, lo giuro.»

«E perché non l'hai fatto?»

Perché ti amo, avrei voluto dirgli.

Ma non abbastanza da lasciarti andare.

E poi guardati, guarda come sei ridotto. Non camperesti un giorno senza di me. E non c'entra niente l'ero, i denti che ti cascano e il fatto che non ti reggi in piedi. Se me ne vado io, tu muori, ma non per i buchi. Muori perché ti si stacca un pezzo, ti si strappa via una parte di vita e senza quella parte, dopo di te, crepo pure io.

C'è gente che lo fa, avrei voluto dirgli, c'è gente che lo fa.

Ma io, io non ti amo abbastanza da ammazzarmi.

Invece no, non gli dissi niente.

Guardai fuori dalla finestra, il buio assoluto della strada sotto di noi, le luci affioranti delle case degli altri.

« Dovevo portarti il Narcan. »

44

Credevo di potermi abituare. In fondo, mi ero abituata a tutto quello che era venuto prima. Come tutto il resto ci avrei fatto l'occhio, e alla fine mi sarebbe sembrato normale.

Quella volta invece fu diverso. Non riuscivo ad accettare che la situazione mi era sfuggita di mano, che gli eventi ci avevano travolto e trascinato giù.

E scivolavamo verso il fondo a velocità folle.

Che non c'era più niente da salvare lo capii troppo tardi. Fino a quel momento mi ero intestardita a pensare che ce l'avremmo fatta, che avremmo superato anche questo scoglio.

Invece, contro quello scoglio ci stavamo schiantando, ma al rallentatore.

Ogni giorno, se ne andava un pezzo.

C'erano i lividi sulle braccia e sul collo. C'erano il down, le crisi di panico, la rota.

C'erano il sudore, e i tremori, le occhiaie profonde e la bocca secca con le gengive scure e sanguinanti.

C'era che non riusciva quasi più a camminare, che non pesava niente, che gli uscivano le ossa dappertutto e la sua faccia si era asciugata, mummificata, con la pelle tesa e trasparente.

C'era che ormai trovava la forza di andare fuori solo per comprare la polvere.

E ogni volta che usciva di casa mi aspettavo che non tornasse più.

Mi dissero che non potevamo aiutarlo. Che dovevamo lasciarlo fare, che era irrecuperabile, un caso disperato.

Mi dissero che sarebbe durato ancora poco.

Lo so solo io quello che avevo dentro.

Sai che ti stai perdendo i pezzi per strada, che qualcosa si è rotto e non puoi più riaggiustarlo.

Sai che ti sta scivolando via dalle mani e non riesci a trattenerlo e vorresti che tutto tornasse come prima, e se proprio non si può fare, allora vorresti accontentarti, saresti disposta a tenertelo pure così com'è, te lo faresti andare bene lo stesso.

Non potevo neanche voltarmi dall'altra parte e fingere di non vedere. Anche a volerlo ignorare mi si ripresentava continuamente davanti.

Vedevo quel declino che mi avevano annunciato anni prima e non potevo fare niente, lui non voleva essere aiutato.

Alfredo si era scelto la sua strada, io dovevo scegliermi la mia.

E la mia era quella di stargli dietro.

Senza dire più niente, senza lamentarmi. Lo lasciai andare anche se lasciarlo andare significava ammazzarlo, e il male che mi faceva era peggio di qualsiasi crisi d'astinenza.

Lui aveva la sua direzione, io la mia.

L'ho seguita quella strada, l'ho seguita fino all'ultimo.

Fino al giorno in cui è morto.

Dopo, non ho avuto più niente da seguire.

45

22 giugno 1987

I gemelli. Ci chiamavano così.

Ero in bagno.

Ero in bagno in piedi davanti alla vasca, a quella vasca scorticata dal calcare.

Ero in bagno, ma non in quello di casa mia, e c'era Alfredo ai miei piedi.

Stava seduto con la schiena appoggiata al muro, le gambe distese, la bocca aperta.

La siringa pendeva sbilenca dal suo braccio, un macabro sfottò.

Dicevano che eravamo gemelli, e forse lo siamo stati davvero.

Non adesso.

Io ero in piedi, io ero bianca.

Alfredo era per terra, Alfredo era blu.

Io ero viva.

Lui no.

Ho cercato di dimenticarlo subito. Ho cercato di far finta che non ci fosse, ma la sua faccia è rimasta dietro ai miei occhi, come quell'ustione antica, un altro dei suoi stupidi scherzi, l'ennesima affermazione del suo dominio su di me.

E ho sentito il pavimento gelido e sporco sotto le mie gambe che si piegavano, e quelle mattonelle fredde come il suo corpo, e la sua faccia, le sue labbra blu, quella pelle che non voleva più riscaldarsi.

So che l'ho abbracciato, so che ho cercato di non farlo scivolare, di non perderlo, ma la sua carne era già fredda, fredda come tutto il gelo del mondo, fredda come il pavimento e come quello che mi ero tenuta dentro.

Così fredda da non poter tornare indietro.

Ci sono mani in questa oscurità, e ci sono voci. Ci sono mani calde, mani vive e parole preoccupate. Forse, qualcuno che piange, ma non sono io.

Loro gridano e io grido più forte, cerco di tenerli lontani, cerco di difenderti da quelle mani che mi tirano, mi forzano e mi accarezzano e tentano di staccarmi da te, ma scivolano via, perché io non ti lascio. Non ti preoccupare, Alfredo, non avere paura, io rimango qui con te.

Dentro il buio.

46

C'è stata l'oscurità, poi la luce forte. E un risveglio che mi ha azzannato i visceri, un risveglio così doloroso da sembrare un'altra morte.

47

C'è il sole, oggi, fa caldo.

Esco dalla chiesa, attraverso lo spiazzo di ghiaia e mi siedo su una panchina.

Accendo una sigaretta, mi guardo le mani e aspetto.

Quando esce la bara di Alfredo, alzo una mano e lo saluto.

Qualcuno nella folla assiepata sul sagrato della Pagoda crede che stia salutando lui e mi ricambia. Non importa, che pensino quel che vogliono. Alfredo lo sa.

Mi alzo, butto quella sigaretta che ho fumato solo a metà e me ne vado.

Vado a casa, vado a fare una cosa che non dovrei fare.

C'è quella porta graffiata davanti a me, quel tappetino sudicio che nessuno ha mai lavato, rovesciato sull'uscio. Prendo la chiave, faccio scattare la serratura.

Dentro non c'è nessuno, e chi dovrebbe esserci? Di una famiglia intera tre sono morti, uno è in carcere e l'altro è stato adottato. Da brave persone, speriamo.

Adesso il comune assegnerà la casa a un'altra famiglia, una famiglia di negri, di zingari o di calabresi, e un'altra famiglia ancora verrà a occuparla, e cambierà la serratura, e ci saranno liti, piatti e immondizia buttati giù dalla finestra, problemi con le guardie e notti insonni, e poi ci saranno i bambini che avranno paura di quella casa, perché dentro, diranno, ci è morto uno di overdose ed è stato trovato in bagno da una ragazza che poi è impazzita e adesso di notte si sentono i passi, le risate e la musica lontana, ci sono i fantasmi in questa casa, ci sono i fantasmi.

Il sole, quella luce accecante che entra dalla finestra aperta.

Inonda le stanze, fa scintillare le cromature della cucina e le piastrelle bianche del bagno.

Non sono entrata lì dentro. Sono rimasta sulla soglia a inseguire con gli occhi i giochi di luce sulle pareti. Quando lo hanno portato via, hanno ripulito tutto. Mi sono inginocchiata e ho tirato verso di me il tappetino della doccia. C'era una macchia di sangue in un angolo, il suo sangue secco, fermo nelle vene.

Mi sono alzata e ho visto il mio riflesso nello specchio. E Alfredo, Alfredo stava dietro di me, e mi ha sorriso. Ho sorriso anch'io e gli ho detto che non fa paura neanche come fantasma.

La sua immagine si è messa a ridere ed è svanita, come fumo.

In camera il solito casino in giro, come se fosse corso via all'improvviso, come se stesse per tornare da un momento all'altro, vestiti buttati in terra e su una sedia, cassetti spalancati, musicassette di Antonello Venditti e di Claudio Baglioni sparse sul letto.

Il letto sfatto, con le lenzuola attorcigliate.

Mi ci sono sdraiata dentro, ho tirato le lenzuola sulla testa. Lì dentro c'è il mio odore, e c'è anche il suo.

Non è troppo tardi, non ancora.

Allora prendo il cuscino, quel cuscino che ha conservato il nostro odore, quello che ci faceva uguali, quello che ci eravamo mischiati.

Lo prendo, me lo infilo sotto il braccio, attraverso il corridoio e mi chiudo alle spalle la porta di quella casa.

Speriamo per sempre.

La cosa più strana di tutte è che impari in fretta, che improvvisamente cominci a riconoscere le cose, a chiamarle con il loro vero nome. Quando muore qualcuno che ami, arriva qualcosa che ti prende alla pancia e non ti lascia andare. Niente cuore, no, il battito cardiaco rimane uguale, il sangue pompa dentro e fuori, il petto non fa male, la famosa fitta al cuore è solo un'invenzione di quelli che scrivono i romanzi a puntate sul settimanale del giovedì.

Il dolore che ti fa piegare in due è quello allo stomaco.

Non è forte come quello di un pugno, ma riesce a essere peggiore, perché parte dall'interno, striscia giù dalla gola, ti allaga le viscere e chiude tutto.

Il dolore di un amore morto è feroce come soffocare, ma mi abituerò.

Ci saranno tante cose a cui dovrò abituarmi, e ce ne saranno altrettante di cui dovrò fare a meno.

I rumori e gli odori e le luci di questo posto. Quando me ne andrò dovrò sopportare un altro tipo di giungla, più ritmica, meno scomposta.

L'acciottolio delle stoviglie. Le televisioni a volume altissimo. Il buio soffocante di certi spazi angusti. Le grida e le risate, i motorini senza marmitta che sbandano lungo le vie scalcinate, il rumore fastidioso di zoccoli di legno sulle scale, nell'ora più calda dell'estate. I rantoli soffocati, vetri che si infrangono, spari in lontananza. Motori che ringhiano per andare a schiantarsi contro un guardrail, dove poi qualcuno porterà lettere, bandiere, lacrime e fiori freschi ogni settimana. Il silenzio sordo di vecchi lavatoi condominiali dove nessuno verrà mai a cercarci.

L'odore dell'acqua, l'odore dei panni stesi ad asciugare e quello del legno marcio che si disfa sotto la pioggia. L'odore dell'erba, quello dell'anfetamina e quello dell'eroina. La polvere da sparo, l'odore del sangue e delle lenzuola che lo assorbono. Trucioli sottili di segatura che ti si infilano nei capelli e non li togli più. L'alito fetido degli angoli scuri. Vino scadente, umanità degradata.

La luce azzurrina delle terrazze dove non batte mai il sole, quella artificiale giallastra, spesso spenta, dei pianerottoli. Il tramonto riflesso sulle schegge di bottiglie rotte sull'asfalto, che brillano come diamanti. I fari nella notte, gli stop che ammiccano, il riflesso bluastro delle tv accese negli appartamenti bui.

Il rumore dei tuoi passi, il tuo odore che svanisce sul cuscino, la luce del giorno in cui mi hai lasciato sola.

48

Scendo a casa mia, e c'è solo mia madre.

Lei non è voluta venire al funerale, le fanno male i funerali, non sopporta gli addii.

Quando poi ti muore un figlio è ancora peggio.

Mio padre e Francesco no, loro si sono fatti forza e sono venuti in chiesa, anche con gli occhi rossi e la barba di tre giorni, anche così, impresentabili. Loro sono due di quelli che hanno portato la bara in spalla.

Dall'ingresso, sento mia madre che si muove nel bagno e la raggiungo.

Sta lì inginocchiata per terra, abbraccia la tazza del cesso e vomita pure l'anima.

Che cosa riesca a tirar fuori non lo so, sono giorni che non mangia.

Dalla cucina proviene l'odore del caffè sul fuoco, sta bruciando. È un odore orrendo, non lo sopporto.

Mia madre si alza, ha gli occhi pieni di lacrime. « Alfredo », dice, « il nostro Alfredo non c'è più. »

E, improvvisamente, sembra la cosa più ovvia del mondo.

Vorrei abbracciarla, vorrei dirle basta piangere, ma non ci riesco. La scanso, corro verso il water, mi piego e vomito anch'io. Copro il suo vomito con il mio, dolore su dolore, non lo so se funziona così, non lo so se così si annulla.

Mi rialzo, mi pulisco la bocca con il dorso della mano e sputo un paio di volte. Non ho retto a vederla vomitare, non ho retto a quest'odore di caffè bruciato. È un po' di tempo che gli odori forti mi danno fastidio, mi rivoltano lo stomaco.

Guardo mia madre. Lei guarda me. I suoi occhi mi attraversano, mi leggono dentro, il suo sguardo scende giù dalla bocca fino al cuore e poi nei polmoni, nel fegato. Nella pancia.

I suoi occhi mi scandagliano.

« Da quanto, Bea? »

È ancora giovane mia madre, ha trentasette anni. È bella e mi assomiglia. Assomiglia anche ad Alfredo. Ci assomigliamo tutti, qui.

Non rispondo. Me lo leggerà dentro.

« Da quanto sei incinta? »

Ed eccola che arriva, l'onda. La stavo aspettando. Mi accascio a terra. Piango.

« Due mesi », dico.

Non so dove troverò il coraggio di dire a mio figlio che suo padre è morto senza neanche sapere della sua esistenza.

49

Nei giorni seguenti provo a sopravvivere.

Mia madre mi cura, come se fossi malata. Mi tiene a letto, mi cucina delle cose buone. Sono giorni che digiuno, dice che non mi fa bene.

Dice che non fa bene a *lui*.

Per farla contenta mando giù tutto quello che mi porta. La pasta col sugo, la carne, la frutta, qualche volta un gelato. Non ho voglia di mangiare, ma mi sforzo, perché mia madre quando cucina è tranquilla. Si sente utile, e io non voglio che stia male.

Basto già io a stare male, non ne serve un'altra.

I giorni che passano mi sembrano lunghissimi, irrespirabili, come se non dovessero mai avere fine. Qualche volta mi convinco di essere morta anch'io, e solo allora mi sento meglio.

Arianna è sempre vicino a me, mi accarezza, mi bacia, mi riempie la testa di racconti stupidi di cose che ho dimenticato, cose che facevamo da bambine. Spesso mi fa ridere, e allora mi sale un rigurgito di tenerezza che mi scortica la gola. Le dico che sono contenta di averla come amica, le chiedo di raccontarmi ancora qualcosa, e lei non si fa pregare.

Riviviamo tutti gli anni passati attraverso le sue

parole, ma il nome di Alfredo, che pure era presente, non esce mai dalle sue labbra.

Non glielo domando, il perché. Lo so che le fa male. Arianna sarà una di quelle che alla sua tomba non ci andrà mai. Dirà che preferisce pensare che sia partito.

Dirà che qualche volta bisogna costruirsi una bugia e tenerla in piedi o non si va avanti.

Io non la penso come lei. Io non posso andare avanti con le bugie, non adesso, almeno.

Mio padre accompagnerà mia madre al cimitero tutti i giorni. Lei pregherà e porterà fiori freschi e pupazzetti. Troverò stupido il suo accanirsi a dimostrare amore a una tomba, ma l'illusione di far sentire amato Alfredo aiuterà lei a sentirsi meno sola.

Io, lentamente, miglioro. Adesso riesco a stare in piedi, le mie gambe non si piegano più. Adesso qualche volta penso a quello che verrà e mi chiedo a chi assomiglierà mio figlio.

Se sarà mio, o se sarà suo.

La notte qualche volta mi sveglio e allungo la mano pensando di trovarlo, ma trovo solo il corpo di mio fratello. Francesco lo sa che cosa penso in quei momenti, per questo mi abbraccia finché non mi riaddormento.

Adesso ci sembra che tutto questo debba essere eterno, ma sappiamo bene che passerà.

*

Un pomeriggio, mentre sono sul letto a fumare, mio padre entra in camera. Ha uno sguardo strano, sembra che si vergogni.

«Bea», mi dice, «ci serve una foto per la lapide.»

Lo soffia fuori così piano che quasi non lo sento.

Spengo la sigaretta, mi alzo e vado verso l'armadio. In fondo, dietro i vestiti smessi, c'è una busta con delle foto.

La rovescio sul letto, le spargo sulla coperta.

Ricordi degli anni Settanta, foto di noi da bambini. Francesco e Alfredo, piccolissimi, imbronciati davanti a un pallone. Un'immagine di noi tre immersi nella vasca da bagno, si vedono anche le mani di mia madre tagliate dall'inquadratura. La mia famiglia al completo e ci sono anche Massimiliano e Andrea.

Alfredo seduto su una panchina con i piedi che non toccano terra, che guarda nell'obiettivo e sorride.

Questa qui va bene. La porgo a mio padre e lui mi guarda con compassione. Pensa che sia andata fuori di testa.

«Amore, non possiamo mettere questa foto.»

«Perché no?»

«Perché ci serve una foto più recente. Qui non ha neanche otto anni.»

«Ma è lui. Chi se ne importa di quando è stata scattata.»

«Non si può fare.»

Mi stringo nelle spalle. Non me ne frega niente.

Nascosti sotto gli altri ci sono gli scatti del mio diciottesimo compleanno. Arianna, Francesco. I miei amici che mi festeggiano.

Alfredo, che mi abbraccia davanti alla torta e mi guarda.

« Questa va bene? »

Mio padre prende la foto tra le dita, sembra che abbia paura di strapparla.

« Ce l'abbiamo il negativo di questa? »

« A che ti serve? »

« Così ne faccio una copia. »

« È andato perso anni fa, papà. »

« Allora la devo tagliare, Bea. »

« Non la tagliare, che la tagli a fare? Mettila così. »

Il suo sguardo è pieno di orrore per quello che sta per dirmi. Vorrebbe vedermi felice. Vorrebbe vedermi guarire, ma io ancora non ce la faccio.

Mi abbraccia. Sento la sua guancia ruvida contro la mia. Non mi ha mai abbracciato, mio padre. Mai.

« Non posso tenerla così, non posso mettervi tutti e due. Tu non sei morta. »

Rimango in silenzio.

Non voglio contraddirlo.

Alla fine, decido che può tagliarla. Una foto non fa una grande differenza. Lo seguo in corridoio e lui da un cassetto tira fuori un paio di forbici. Guardo il filo della lama appoggiarsi sulla carta.

Distolgo lo sguardo. Vedere come ci separa all'improvviso mi fa male.

Chiudo gli occhi e sento solo il rumore delle forbici che scivolano.

Un pezzo della foto atterra ai miei piedi e io spero che sia caduta dal lato bianco, ma la fortuna non mi assiste, il caso mi prende in giro. C'è la mia faccia, lì per terra, la mia faccia che non mi guarda.

Adesso ci sono solo io.

50

Col passare dei giorni, la Fortezza comincerà ad andarmi stretta. Sentirò il bisogno di andarmene, e lo farò.

Riempirò una valigia di cose inutili, comprerò il biglietto del treno, e partirò per Bologna.

Andrò a stare da Marta, ha preso un piccolo appartamento in centro, sa già che mi piacerà.

Mi ospiterà lei, e sarà felice di farlo, anche se non ci vediamo da quasi quattro anni.

Dirà che le sembra passato solo un giorno.

Staremo insieme io e lei, staremo sempre insieme. Non mi chiederà mai di parlarle di Alfredo e per questo le sarò grata. Marta per me ci sarà sempre. Ci sarà tutte le volte che avrò bisogno di essere rialzata da terra, tutte le volte che non ce la farò a camminare.

Guarderà la mia pancia che cresce. Si emozionerà a sentire quella cosa che mi si muove dentro, che scalcia e di notte, qualche volta, mi sveglia.

Si convincerà che sia una femmina, anche se ancora non si sa, anche se non ho voluto saperlo. Spererà fino all'ultimo che sia come dice lei.

Sarà Marta a portarmi all'ospedale una notte di gennaio del 1988, trascorrerà le ore facendo avanti e indietro lungo il corridoio, fumando e bevendo caffè, aspettando quel bambino che è mio, e che però adesso è anche un po' suo.

Sarà un maschio, lo chiamerò Mattia.

Telefonerò a mia madre la mattina dopo, le dirò che adesso ho un figlio.

Lei vorrà venire a trovarmi, mi chiederà di tornare a casa, ma io ancora non ce la farò.

Dovrò aspettare altri anni.

Mi stabilirò a Bologna. Starò con mio figlio e con Marta e il giorno che lui la chiamerà zia, lei si commuoverà fino alle lacrime e io la sfotterò facendole il verso.

Improvvisamente mi sembrerà di essere felice, soprattutto quando lo guarderò crescere, e mi accorgerò che di me non ha niente, nemmeno un particolare. Forse un po' le labbra, ma non sono sicura, è difficile dirlo quando sono così piccoli. È biondo, Mattia, è biondo e ha gli occhi verdi. Ha preso tutto quello che poteva da Alfredo, è la copia sputata di suo padre.

Mi verrà da sorridere a pensarci, e penserò anche che il tempo addormenta tutto, anche il dolore più grande.

Cinque anni dopo tornerò alla Fortezza per la prima volta, e non sarà cambiato niente.

Ci sarà la mia famiglia. Ci sarà mio padre, stravaccato sul divano a guardare la partita, ci saranno Arianna e Francesco. Stanno ancora insieme, non si sono più lasciati. Ci saranno anche tutti gli altri amici che vorranno salutarmi, ci sarà l'appartamento di Alfredo, ancora vuoto.

È una fortuna che sia così, non la vorrei di nessun altro quella casa.

E poi, ci sarà mia madre.

La mia mamma che sarà sempre la stessa, solo con qualche capello bianco.

Quando vedrà Mattia piangerà, mi dirà cose che già so.

« Cristo santo, è uguale ad Alfredo quando aveva la sua età. »

Qualche giorno dopo troverò la forza di andare in quel cimitero dove non sono mai stata e guarderò quella foto sulla lapide, quella foto in cui lui non guarda l'obiettivo, quella scattata il giorno del mio diciottesimo compleanno.

Niente mi sembrerà così lontano come l'attimo imprigionato dentro quel flash, e allora prenderò in braccio Mattia, quel figlio che gli assomiglia e che non sapeva di avere, e mi prenderà alla gola il pensiero di come avrebbero potuto essere le cose se Alfredo fosse stato ancora vivo, di cosa avremmo fatto davanti a quel bambino venuto per caso.

Di quello che saremmo stati, ché io dopo di lui non ho voluto mai nessun altro.

« Mamma, piangi? »

Guardo Mattia, troppo piccolo per accorgersi

della somiglianza straordinaria che lo lega alla foto che ha davanti. Sorrido.

« No, amore, non piango. »

Un giorno gli spiegherò perché il ragazzo in quella foto non guardava l'obiettivo.

Un giorno gli dirò chi è Alfredo.

Un giorno, non adesso.

C'è tempo.

Le prime pagine del nuovo romanzo di

VALENTINA D'URBANO

ACQUANERA

1

12 marzo 1992

Dieci anni senza mai tornare.

Quando arrivo è quasi mattina e piove, una pioggia di traverso, gelida, che ti taglia la faccia.

A Roccachiara è sempre così. Fa freddo e piove, oppure l'umidità è talmente densa che fa lo stesso, è come se piovesse.

Mi incammino per la via principale del paese e tutto è uguale a come mi ricordavo, sembra una fotografia, non cambia mai.

Le case costruite una addosso all'altra, le inferriate dei negozi ancora chiusi, le stesse insegne di trent'anni fa. Le strade strette e desolate, i vicoli con le fioriere appese accanto alle porte.

Non c'è nessuno, solo la pioggia.

Tutto il resto è il silenzio.

Dicono che tutto questo silenzio provenga dal lago. Si solleva come nebbia, si spande per il paese, soffoca tutti i rumori.

Attraverso l'intero abitato senza incontrare anima viva e arrivo fino alle ultime case in fondo. Lì c'è uno sputo di piazzetta a picco sulla valle e sul lago. È il Belvedere degli eroi. Lo ricordavo spoglio e malandato, una manciata di metri quadri strappati allo strapiombo.

Adesso è molto diverso. Lo spiazzo lastricato, le panchine di metallo con la vernice bianca e scrostata. Una brutta fontana ornamentale, le targhe alla memoria dei caduti. Una balaustra in ferro battuto ha sostituito il vecchio muro di mattoni da cui ci si affacciava per vedere il lago.

Quel lago nero, che non ha vita.

Ci sono anche dei gradini scavati nella pietra che, dal belvedere, scendono giù verso il sentiero che si inoltra nel bosco. Prima non era che l'abbozzo di una scalinata malmessa e poco praticata. Negli anni Quaranta e Cinquanta la usavano soltanto le lavandaie e i pescatori, adesso è roba per turisti, con i corrimano in legno e le indicazioni per raggiungere la stradina sul lungolago. Un cartello segnala che alla fine del percorso c'è un chiosco che vende gelati, è aperto solo d'estate.

Mi siedo sulla panchina con la vista migliore e per un po' rimango a guardare lo spiazzo deserto e lucido di pioggia, le case con le imposte ancora chiuse, il lago calmo tra le montagne.

C'è un bel panorama, da qui.

Dicono che sia un bel posto, questo. Lo dicono sulle guide turistiche, nei manifesti della pro loco, qualche volta l'hanno detto anche in tv.

Quando non ci hai abitato, e sai anche che non ci abiterai mai, perfino questo ti sembra un bel luogo in cui vivere.

4

Aspetto un po’, fa molto freddo, dopo tre minuti già fatico a sentirmi i piedi.

Una volta, quando ero piccola e la piazza ancora non era stata ristrutturata, trovarono il cadavere di un ubriaco proprio lì, su una di quelle panchine. Si era sdraiato, si era addormentato ed era morto assiderato durante la notte.

Era un vecchio avvinazzato che viveva da solo. Tutti in paese lo conoscevano, io lo ricordo seduto ai tavolini di plastica del bar. Si chiamava Abner. La notizia della sua morte non mi fece effetto, non era un mio amico.

Non fece effetto a nessuno, a dire il vero, la sua morte passò quasi inosservata.

Tranne che per Luce.

Luce si dispiaceva per tutti, qualche volta addirittura piangeva. Era una sorta di rito. Anche se non li conosceva e non gliene fregava niente, lei cercava di sentirsi triste lo stesso. Per dare consolazione all’anima del defunto, diceva.

Come se le lacrime di una sconosciuta potessero consolarti del fatto di essere morto stecchito.

Seduta sulla panchina, ripenso al vecchio Abner e all’espressione affranta di Luce, ma i ricordi non scaldano e il gelo mi sta salendo rapido su per le gambe. Mi alzo. Al posto dei piedi ho due pezzi di ghiaccio.

Guardo in alto. Nell’unica casa affacciata sulla piazza c’è una luce accesa, quella della cucina.

Lo so perché quella, una volta, era casa mia.

5

*

Avvolta in una vestaglia blu che deve avere almeno un secolo, mia madre Onda sta ferma sulla porta. Ha la faccia piena di rughe, dimostra il doppio dei suoi anni e mi scruta con un'espressione interrogativa.

Mi accorgo che è invecchiata male, ma anche io devo essere cambiata.

I miei occhi sono sempre gli stessi, di un grigio incerto che cambia colore a seconda del tempo, e le lentiggini sul viso sono rimaste tutte al loro posto, eppure, in qualche modo che non mi so spiegare, sono diversa da come lei mi ricorda.

E, per un momento, ho l'assurda certezza che non mi riconoscerà.

« Fortuna? » chiede, inarcando un sopracciglio.

« Sì. »

« Ah, ecco. Sei tu », dice alla fine, senza cambiare espressione. « Che hai fatto ai capelli? »

Mi afferro una ciocca, la liscio con le dita. Ho i capelli neri, ma non è il mio colore naturale.

« Li ho tinti » rispondo.

Sembra accontentarsi.

« Allora, entri o no? Non posso mica stare tutto il giorno qui a perder tempo. »

Faccio un passo in avanti e lei ne fa uno indietro.

Poi, come se non fossero anni che non ci vediamo, mi volta le spalle e se ne torna in cucina.

« Se hai fame preparati la colazione, io ho già mangiato. »

« Mi faccio solo un caffè. L'avrei preso al bar, ma era ancora chiuso. »

« Non aprirà fino all'estate. Stanno facendo dei lavori di ristrutturazione. »

« Capisco », dico. Non mi interessano le sorti di quel bar. Mi guardo intorno.

La casa dove sono nata e cresciuta è identica a come la ricordo, quasi che insieme al paese abbiano congelato anche lei. Le cornici d'argento annerito con le fotografie antiche, i vasi decorati, le statue dei santi e i rosari della nonna, e quegli orribili, decrepiti centrini all'uncinetto che avranno più di un secolo e che stanno a prendere polvere sui mobili. Erano di Clara Castello, la vecchia strega da cui mia nonna aveva ereditato quella casa, e nessuno ha mai avuto il coraggio di buttarli via. Anche le riviste appoggiate sul televisore sembrano di almeno dieci anni fa.

Eppure, anche se è tutto uguale a prima, lì dentro io mi sento un'estranea.

« Sei in ritardo. Ti aspettavo per ieri sera », dice mia madre all'improvviso.

« Mi aspettavi? E come facevi a sapere che stavo tornando? »

C'è l'ombra di una smorfia compiaciuta sulla sua faccia, o forse me lo sto solo immaginando.

Credo che mia madre abbia tirato a indovinare. Credo che sappia che è stata la notizia apparsa sul giornale a spingermi a venire fin qui, io che in questo posto avevo giurato di non tornarci mai più.

«Anche tu l'hai letto sul giornale?» le chiedo.

Apro la borsa, tiro fuori il quotidiano. È di ieri, è tutto spiegazzato.

Nel bosco che si estende tra il lago e il paese hanno trovato delle ossa umane. Erano in una forra profonda, semisepolte dal fango e coperte dalle piante, e sembra fossero lì da un pezzo. Le ha trovate un turista a passeggio col cane. Sono ossa di donna, altro non si sa. Non c'erano documenti o segni particolari, niente. Solo ossa grigie e scalcinate ricoperte da stracci irriconoscibili, e neanche due capelli attaccati al cranio. La natura segue il suo corso, consuma tutto, l'ha fatto anche con quel corpo di cui ora rimangono solo dei pezzetti.

Seduta al tavolo della cucina, leggo l'articolo di giornale ad alta voce. Mia madre non dice nulla, sembra quasi che non ascolti. Si muove da una parte e dall'altra, sposta piatti e barattoli, soffia via della polvere immaginaria. Sembra nervosa. Quando finisco di leggere finalmente si gira e, per la prima volta da quando sono entrata in casa, mi guarda negli occhi.

«Non serve mica che mi leggi il giornale. Io lo sapevo già da prima, Fortuna.»

«E come facevi a saperlo?»

«L'ho sognato la notte scorsa.»

Un brivido di freddo mi striscia su per la schiena

e mi morde la nuca, ma faccio finta di niente. Mia madre non è tanto normale, qui lo sanno tutti.

« E che cosa hai sognato? »

« Eravamo sul lago, alla radura dei pescatori. C'eri tu e c'era anche Luce, eravate ancora bambine, ma non vi ho visto in faccia. Guardavate l'acqua e non volevate voltarvi. E poi c'era la voce di Luce, veniva fuori da qualche parte, non capivo da dove. »

Scuoto la testa, cerco di non darle importanza.

Vorrei che mia madre fosse normale. Vorrei una madre con la testa a posto.

« E che cosa diceva quella voce? »

« Che tornavi. Che c'è una cosa che sai solo tu, e che la devi dire. »

Ci sono tantissime cose di Luce che so soltanto io e che non dirò mai. Un milione di cose. Alcune le ho volute dimenticare.

« Onda... »

« Che vuoi? »

Conosce già la domanda che sto per farle.

« Secondo te, lo scheletro nel bosco... Si tratta di Luce? »

Ci fissiamo a lungo, in silenzio. Cerca di leggermi dentro e intorno, ma non ci riesce.

Non ci è mai riuscita con me. È per questo che mi odia.

« Solo tu lo puoi sapere » dice alla fine, con la voce che trema un po'. « È per questo che sei tornata, no? »

2

Maria Luce Ranieri è scomparsa da Roccachiara il giorno del suo ventunesimo compleanno.

Più di dieci anni fa.

Ricordo che la cercarono a lungo, nel lago e nei boschi, nelle grotte isolate sulle montagne che circondano la valle. All'inizio pensarono a un incidente. Forse si era persa, era ferita, o qualcosa del genere. A Roccachiara furono organizzate delle squadre di volontari che perlustrarono tutta la zona intorno al paese in lungo e in largo. Arrivarono le unità cinofile per battere nuove piste, ma i boschi qui intorno sono fitti e pericolosi, e allora dissero che lì Luce non c'era.

Provarono a dire che era scappata.

Stamparono dei volantini con la sua foto, ci scrissero sopra che era scomparsa, misero un numero di telefono per le segnalazioni e li sparsero per mezza Italia. Nessuno chiamò mai.

Quando una persona sparisce, c'è sempre il mitomane di turno che afferma di averla vista da qualche parte. Con Luce non accadde, il telefono della stazione dei carabinieri di Roccachiara rimase muto.

Nessuno aveva visto Luce. Nessuno sapeva dov'era. Dopo due mesi di ricerche non c'era nemmeno una traccia, un indizio labile del suo passaggio. Sembrava che non fosse mai esistita.

Alla fine i carabinieri vennero a bussare a casa mia. Cercavano mia madre.

E, se si rivolgevano a Onda, voleva dire che pensavano che Luce fosse morta e avevano bisogno della sua conferma.

Ma Onda non seppe dare una risposta.

Disse che non la vedeva. Che non riusciva a richiamarla. Che ogni volta che cercava di stabilire un contatto era come se una nebbia spessa le riempisse la testa. Qualche volta succedeva. Un velo pesante si abbassava su di lei, come una tenda che non riusciva a lacerare. Sentiva che dietro c'era Luce, e c'era anche la verità sulla sua scomparsa, ma vederci attraverso era impossibile. Non sapeva dire se fosse viva o morta. Provò per giorni, senza riuscirci.

Mi ricordo che pianse, ma che non poté fare niente.

Quello fu l'ultimo disperato tentativo di ritrovare Luce.

Interruppero le ricerche e archiviarono la faccenda inserendo il suo nome nel registro delle persone scomparse e mai ritrovate. Di Luce Ranieri rimase solo una fotografia sbiadita.

Lentamente, svanì dalla memoria collettiva. Fu dimenticata, sepolta, cancellata. Non era neanche una del paese, era una forestiera. Gli abitanti di

Roccachiara non avevano perso niente che fosse davvero loro.

Quando, sei mesi dopo, me ne andai, Luce era già solo un ricordo. Forse era morta, forse era fuggita, ma non aveva importanza: tutti sapevano che comunque non sarebbe tornata.

Per parte mia, ho cercato di dimenticarla, di non pensarci, come si fa con le cose brutte.

Se non poteva tornare indietro, o non voleva, era meglio scordarsene.

E a quel punto decisi di andarmene, di buttarmi alle spalle Roccachiara e la sua gente, il lago, le montagne, tutto quel freddo e quella nebbia, e di fuggire in un posto caldo, pieno di sole. E decisi di cancellare pure Luce, la sua figura instabile, ché dimenticare è meglio che avere un brutto ricordo.

Ci ho provato. Ho provato a tirarmela fuori, a snidarla dai miei ricordi, a sostituire la sua faccia con una faccia qualsiasi. A far sì che il suo nome diventasse un suono sconosciuto.

Invece, lei è stata più tenace di me.

Tanto che è riuscita a richiamarmi qui, a centinaia di chilometri di distanza da quella che ormai considero casa mia. Sono tornata indietro a cercare cose che ho abbandonato anni fa. Sono tornata per sapere se l'hanno ritrovata, se davvero quelle ossa scalcinate, quel cranio senza capelli appartengono a lei.

E, se così fosse, sono qui per rivederla. Perché sono passati dieci anni, e ho avuto un'altra vita, e altri amici e delle persone che mi hanno amato. Ma nessuno di loro, mai, mi amerà come ha fatto lei.

È soprattutto per questo che sono tornata, sì, ma c'è anche altro.

È una storia lunga.

ELSA

3

Sono l'ultima nata di una famiglia strana, fatta di sole donne. Mia nonna Elsa era una forestiera. Veniva da Terlizza, un paese dall'altra parte della valle. All'inizio degli anni Quaranta non era come adesso, non c'erano i mezzi di oggi. Bastava attraversare il lago e ti ritrovavi in un altro mondo. Potevi fare lo straniero a cinque chilometri da casa tua e inventarti un'altra esistenza. Potevi dire che scendevi dall'Austria, che è qui vicino, o dal Sud, che era una leggenda. Oppure, come mia nonna, dire che arrivavi dal paese accanto, e nessuno avrebbe mai messo in dubbio le tue origini.

Elsa era arrivata a Roccachiara che aveva sì e no quattordici anni.

Era orfana, o forse era stata abbandonata, magari da una famiglia che aveva già troppi figli.

Era cresciuta in un istituto di suore e, quando si era fatta abbastanza grande per andare a lavorare, loro stesse avevano provveduto a cercarle una sistemazione.

Fu presa a servizio nella casa del sindaco di Roccachiara per fare da bambinaia ai suoi figli.

Quella del sindaco era una delle famiglie più ricche del circondario, l'unica in tutto il paese a potersi permettere la servitù. Così, in cambio di vitto e alloggio, Elsa ottenne un lavoro. L'accolsero in casa con gentilezza, assegnandole una camera vicino a quella dei bambini. Era poco più di uno sgabuzzino, ma lei ne rimase molto colpita. Non aveva mai avuto una stanza tutta sua, non sapeva nemmeno che potesse esistere al mondo un'eventualità del genere.

Nel primo anno a casa del sindaco non successe nulla di rilevante. Era una realtà tutta diversa da quella cui era stata abituata in istituto, ma si era adeguata in fretta. I padroni si fidavano di lei e i bambini le si erano affezionati. Non appena fossero cresciuti, Elsa avrebbe ottenuto delle buone referenze per poter cercare lavoro lontano, in una grande città o addirittura all'estero.

Poi, una notte Elsa sognò che Matilde, la figlia maggiore del sindaco, una ragazzina gracile di otto o nove anni, si faceva il bagno nel lago, e il lago non era nero e impenetrabile, come al solito, ma azzurro e limpido, con le alborelle che guizzavano tra le alghe e i sassolini bianchi sul fondo. Nel sogno Matilde nuotava tra i canneti e la sua pelle era argentata, come quella di un pesciolino. Elsa la guardava dalla riva, e quando Matilde l'aveva invitata a entrare nel lago, lei si era tolta le scarpe e aveva toccato quell'acqua trasparente con la punta del piede. Anche in sogno era fredda come il ghiaccio.

Si svegliò con una sensazione di gelo a morderle le ossa, un freddo profondo che le sgorgava da dentro, e che niente, neanche il calore del fuoco in cucina, riusciva a scacciare.

Elsa sapeva che era stata l'acqua di quel lago chiaro a raggelarla. Allo stesso modo aveva raggelato pure la figlia del sindaco che, nella stanza dei bambini, cominciò all'improvviso a tremare e a battere i denti, e in poco tempo cadde nel delirio di una febbre fortissima, che le lasciava la pelle gelida e viscida di sudore, proprio come le squame di un pesce.

Qualche ora dopo, i sintomi che manifestava Matilde, colsero anche mia nonna. La stessa febbre della bambina le bruciava dentro e le faceva mancare il respiro, ma la sua pelle rimaneva gelida, impossibile da scaldare. Venne chiamato il dottore, che le visitò e poi, senza dire una parola, si chiuse nello studio del sindaco. Elsa, che sapeva a malapena leggere e scrivere ma non era certo priva d'intelligenza, capì subito che la situazione era grave, che se il dottore voleva parlare da solo col padrone la faccenda era brutta davvero.

E infatti, appena il dottore uscì di casa, le misero insieme nello stesso letto, la serva e la figlia del padrone, rinchiuse dentro una stanza per evitare di contagiare gli altri membri della famiglia, perché o la febbre se ne andava da sola, o morivano tutte e due.

Matilde resistette tutta la notte, lamentandosi di

tanto in tanto. Si coprì di macchie rosse, prese a respirare male e verso l'alba spirò in silenzio.

Elsa invece sopravvisse.

La sera la febbre cominciò a scendere. La sua pelle era ancora viscida e grigiastra, ma il freddo che le era entrato dentro lentamente svanì. Elsa si convinse che la bambina accanto a lei era morta perché si era fatta il bagno in quel lago di sogno. Si convinse anche di essersi ammalata perché aveva toccato col piede quell'acqua chiara.

E nei sogni, ormai lo sapeva, l'acqua trasparente indica sciagura.

Ma non disse niente a nessuno. Se lo tenne per sé, per paura di essere cacciata.

Al funerale della bambina partecipò tutto il paese. Invece di rimanere nelle ultime panche, Elsa sedette nella prima, proprio accanto al sindaco e a sua moglie, come una di famiglia. Per una volta, nessuno commentò quel fatto insolito. Tutti a Roccachiara conoscevano l'affetto che legava i figli del sindaco alla loro bambinaia.

A tre anni dalla morte di Matilde, mia nonna non aveva più rivisto nel sonno l'acqua del lago. Pensava che fosse stato un caso isolato, un dispetto della febbre, forse una coincidenza.

Finché, un pomeriggio d'inverno, non si addormentò in cucina, davanti al camino, e sognò che Renzo, l'ultimo figlio del sindaco, giocava con una barchetta di carta e i piedi immersi nell'acqua trasparente.

Si svegliò di soprassalto e corse nella stanza della signora per riferirle il sogno, raccontandole quello che probabilmente sarebbe accaduto di lì a poco.

La donna, come c'era da aspettarsi, non le credette e, spaventata e arrabbiata, la prese a schiaffi e la cacciò fuori dalla camera.

Due giorni dopo, un cavallo nervoso sfondò con un calcio il petto del piccolo Renzo, che morì sul colpo.

Nessuno poté fare niente, neanche il medico accorso subito sul luogo della disgrazia.

Dopo quella morte, Elsa fu cacciata dalla casa del sindaco, buttata in mezzo a una strada con l'accusa di aver fatto il malocchio a tutta la famiglia.

La raccolse dalla via Clara Castello, una vedova anziana e senza figli. Abitava nell'ultima casa del paese, una costruzione arroccata sul belvedere, proprio a picco sul lago che nei sogni annunciava tragedie.

A Roccachiara dicevano che la vecchia Clara era matta come una campana. Non piaceva a nessuno, solo ai gatti bianchi. Certe notti, tutti i gatti bianchi della zona – una ventina – si riunivano a miagolare sotto la sua finestra e grattavano la porta finché lei non li lasciava entrare. Tutto il paese la scherniva per questo, però di nascosto, perché quando la vecchia Clara ti sentiva ridere di lei, ti fissava con uno sguardo serio, mezzo velato dalla cataratta, e ti sentivi dentro tutto il gelo del mondo, e cominciavi a sudare freddo, fino a sentirti male.

E anche se nemmeno uno di quei bifolchi avrebbe ammesso di averne paura, nessuno era mai riuscito a sostenerne lo sguardo vuoto.

Come tutti, anche Elsa aveva timore di quella donna vecchissima, dai capelli radi, color argento come i suoi occhi. Girava voce che fosse una strega, e circolavano brutte storie sul suo conto. Gli anziani, quelli che avevano più o meno l'età di Clara Castello, raccontavano che parecchi anni prima la vecchia aveva avuto una figlia. Un fatto strano, visto che Clara era entrata in quell'età in cui le donne normalmente diventano sterili, e ci era entrata già da molti anni.

La levatrice che l'aveva aiutata a sgravare aveva giurato sulla Madonna che la neonata era sana, eppure pochi mesi dopo la bambina era scomparsa. A chi aveva avuto il coraggio di chiederle che fine avesse fatto, Clara aveva detto che sua figlia era morta nella culla, che l'aveva seppellita in un cimitero lontano, in un altro paese.

Qualche anno dopo, era morto anche il marito di Clara, avvelenato da un piatto di funghi. A Roccachiara si diceva che li avesse raccolti lei . Erano solo voci infondate, ma nessuno voleva prendersi la briga di scoprire quanta verità contenessero.

Perciò, quando Clara la invitò a entrare in casa, Elsa sulle prime fu combattuta dall'indecisione.

Era pieno inverno, e la scelta era tra accettare la

proposta di quella vecchia spaventosa o rimanere fuori e morire congelata.

Visto che mia nonna era una che alla vita ci teneva parecchio, scelse di correre il rischio e di entrare in quella casa dove quasi nessuno aveva mai messo piede.

Invece dell'antro di una strega, trovò un appartamento arredato in modo umile, ma pulito e ordinato.

La vecchia Clara le mise davanti un piatto di minestra e le chiese da dove veniva e come era capitata a Roccachiara. Una volta appreso che Elsa era cresciuta in un istituto di suore e che era una buona cristiana, le offrì un lavoro. Doveva occuparsi della casa, in cambio di vitto e alloggio.

Niente di particolarmente difficile, bisognava solo pulire, cucinare e uscire a fare la spesa, banali incombenze di tutti i giorni.

« Sono vecchia, quasi cieca, e sono stanca », le confidò la vecchia, « non ho più voglia di occuparmi della casa. Ma tu sei giovane, potresti sbrigare le faccende al posto mio. Sembri una brava ragazza, una che ha voglia di lavorare. »

Non avendo un altro posto dove andare, mia nonna accettò di rimanere lì, da quella donna solitaria. Tanto, peggio di così non poteva andare.

La notte seguente, miagolando, arrivarono i gatti.

Si assieparono proprio davanti alla porta, grattando con le unghie sul legno e chiamando la vecchia Clara con le loro vocine acute. Sembrava che piangessero tutti insieme.

Quando la donna andò ad aprire, i gatti sciamarono dentro, ignorarono la loro padrona e raggiunsero la stanzetta dove dormiva Elsa.

Lei si svegliò all'improvviso e si trovò circondata dal silenzio dei loro grandi occhi gialli. Ebbe subito paura, ma quando guardò verso la porta la paura divenne terrore.

In piedi sulla soglia c'era Clara Castello, bianca e levigata come un osso, avvolta nei suoi soliti panni neri di vedova.

I suoi occhi d'argento brillavano come due lune, proprio come quelli dei suoi gatti.

La vecchia Clara afferrò Elsa per i capelli e, con una forza insospettabile, la trascinò in cucina.

Accanto alla finestra era appeso un pensile chiuso a chiave, e la chiave pendeva al collo della vecchia.

Elsa si immaginò che contenesse chissà che, ma quando Clara l'aprì non ci vide dentro niente di strano. C'erano bacinelle di rame, scodelle, boccette, candele e barattoli di quelli usati per riporre le spezie.

La vecchia prese una bacinella e la riempì, accese una candela e versò poche gocce del contenuto di una boccetta – olio, a prima vista – nell'acqua.

Poi intimò a Elsa di immergere l'indice sinistro nella bacinella.

Lei, spaventata e confusa dal sonno e dal freddo,

obbedì per paura che la vecchia Clara la buttasse fuori di casa.

Non appena il suo dito toccò il pelo dell'acqua, l'olio che galleggiava in superficie precipitò, andando a raggrumarsi sul fondo.

Per parecchi minuti la vecchia non disse niente. Rimase immobile e muta, a guardare quell'olio denso che d'un tratto era diventato pesante e aveva creato una patina torbida sul fondo della bacinella.

Elsa tolse l'indice dall'acqua e se lo asciugò sulla camicia. Lentamente, l'olio tornò a galleggiare sulla superficie, come era naturale che accadesse.

Pensò subito che la vecchia Clara le avesse fatto il malocchio. Una fattura, forse. Una di quelle cose che ti facevano marcire il latte e morire le bestie. Una di quelle magie per cui non riuscivi a rimanere incinta e, se per caso ci riuscivi, davi alla luce solo bambini morti.

«Come mai il sindaco ti ha cacciato?» chiese Clara, anche se sicuramente sapeva già com'erano andate le cose.

«Ha detto che ero maledetta e che gli avevo fatto il malocchio, perché è morto il figlio.»

«E tu lo sapevi prima, che il bambino sarebbe morto?»

«Sì, lo sapevo.»

«Chi te l'ha detto?»

«Il lago, me l'ha detto. Ho sognato che Renzo stava con i piedi nell'acqua trasparente e ho capito. Ma quando l'ho detto non mi hanno creduto. Lui però è morto davvero, e allora mi hanno mandata via.»

«Sapevi che sarebbe morta anche la figlia grande, Matilde. Pure quello te l'ha detto il lago?»

«Sì. Però quella volta non ho detto niente, pensavo che fosse stata una coincidenza.»

Clara Castello restò assorta in silenzio, con la mano destra contratta e simile a un artiglio, appoggiata sui capelli biondi di Elsa.

«Clara, che cosa ho? Mi hanno fatto la maledizione?»

«Ma quale maledizione, Elsa» borbottò la vecchia Clara, con disprezzo.

E, a sua volta, infilò il dito indice della mano sinistra nell'acqua.

4

Tanti anni fa, quando la nonna era giovane, il lungolago non era completamente disabitato. Proprio vicino a un'insenatura incuneata tra il lago e un suo affluente ci vivevano delle persone. Erano una ventina, per la maggior parte uomini, e facevano i pescatori. Partivano all'alba sulle loro barchette e si fermavano al centro del lago per prendere i pesci che poi avrebbero rivenduto al mercato. Qualche volta, se non c'era vento, li sentivi cantare mentre districavano le reti. Le loro voci profonde sbucavano dalla nebbia come un'eco di campane.

Era gente povera, ancora di più di quelli che abitavano su in paese.

Tra loro c'era un ragazzo sui venticinque anni, magro magro e con gli occhi scuri e lo sguardo sempre affamato. Si chiamava Angelo e, come tutti gli altri, faceva il pescatore. Era uno dei più bravi, e di sicuro il più coraggioso. Se le reti si impigliavano da qualche parte, lui non ci pensava due volte: si buttava nell'acqua e si immergeva nel buio per sbrogliarle. Nuotava come un pesce, ed era altrettanto sfuggente e silenzioso. Per questo suo carattere pieno d'ombre, e per l'estrema miseria in cui viveva,

Angelo non aveva ancora trovato una moglie e abitava da solo in una delle capanne sul lago.

Su in paese, invece, Clara Castello diventava ogni giorno più vecchia e più fragile. Erano passati due anni da quando aveva accolto in casa Elsa, e la sua vista già debole era velocemente peggiorata. Ormai, anche se si rifiutava di ammetterlo, distingueva solo forme dai contorni incerti.

Che Clara fosse ormai praticamente cieca, Elsa se ne accorse una mattina per caso.

Era quasi l'ora di pranzo. Aveva appena finito di lavare le scale, come la vecchia le aveva chiesto, ed era rientrata in casa senza fare rumore.

Entrando in cucina, Elsa capì subito che c'era qualcosa di strano. Il grosso tavolo al centro della stanza era ingombro di tutti gli ingredienti che Clara usava per i medicamenti che rivendeva ai paesani. Bottiglie e barattoli erano sparsi e rovesciati sul pianale in disordine, e in una pentola sul fuoco qualcosa bolliva da ore, spandendo un odore nauseante. China sul pavimento, al centro di tutta quella confusione, Clara tastava le mattonelle in cerca di un coperchio che era finito per terra, e adesso era a qualche centimetro dalle sue dita.

« Vi serve aiuto, Clara? » esordì Elsa timidamente.

La donna tirò su la testa di scatto, con un'espressione colpevole.

« No », rispose asciutta. « Non mi serve niente. Mi è solo caduto un coperchio e lo sto cercando.

Deve essersi infilato sotto il lavello. Prima di preparare il pranzo, vai a spolverare in soggiorno.»

Elsa strinse la bocca. Guardò combattuta quelle mani rugose che scivolavano sul pavimento.

Si inginocchiò a terra, accucciandosi di fronte alla donna. Lentamente, senza farsi accorgere, le spinse tra le dita quello che cercava.

Quando la vecchia Clara Castello si rassegnò all'evidenza che presto sarebbe diventata cieca e non sarebbe più stata in grado di lavorare, decise di trasmettere a Elsa tutte le sue conoscenze, che avrebbero permesso a entrambe di continuare a guadagnare per vivere in maniera dignitosa. Le insegnò a distinguere le erbe cattive da quelle buone, quelle che confondevano la testa o che facevano ammalare da quelle che aiutavano a guarire, le insegnò a distillarle e a mescolarle per curare le persone. Già dopo pochi mesi, Elsa imparò a distinguere le erbe maligne che, usate nella giusta quantità, guarivano meglio di certe erbe buone, e soprattutto sapeva come usarle. Erano concetti affascinanti e la ragazza era sicuramente molto portata.

«Almeno», le diceva sempre Clara, «quando morirò avrai un mestiere per campare senza bisogno di referenze. Anche perché io, con la nomea che mi porto dietro, che razza di referenze potrei mai darti?» concludeva, con la sua risata sdentata e sprezzante.

In poco tempo, la vecchia smise di lavorare e delegò alla domestica tutti i suoi compiti. Elsa aveva vent'anni, era bella e sana, e aveva ancora tutti i denti al loro posto.

Andava in chiesa tutte le domeniche, recitava le preghiere ogni giorno e si confessava spesso.

Conosceva le erbe e le loro proprietà curative. Sapeva che il fiore dell'aconito era mortalmente velenoso, ma la sua radice, usata nella giusta dose, spegneva la febbre e placava i dolori di qualsiasi natura. Sapeva che l'agrimonia, come l'alchemilla, curava gli occhi, l'anemone di bosco favoriva un sonno pesante e l'ortica rossa arrestava le emorragie e cicatrizzava tagli e ferite. Per ogni male, Elsa conosceva una pianta in grado di guarirlo. La gente di Roccachiara si rivolgeva più spesso a lei che al dottore quando aveva bisogno di un rimedio per la tosse o per la tigna.

Si appellavano a lei anche per altre cose, cose da non raccontare a nessuno. Elsa non faceva domande, parlava poco e non pretendeva di essere pagata in anticipo come il medico del paese. Le persone che cercavano rimedi per guarire andavano in pieno giorno, mentre le altre lo facevano all'alba, o a notte fonda, quando in giro per Roccachiara non c'era un'anima.

E così Elsa preparava miscele e impacchi per guarire le infezioni più comuni, ma anche filtri d'amore, preparati per potenziare certe faccende maschili, veleni per gravidanze indesiderate.

Elsa non si sarebbe mai aspettata quante persone potessero presentarsi di notte a casa sua, circospetti come ladri. Non aveva mai pensato che un paese minuscolo come quello potesse contenere tutti quei segreti. E i segreti, si sa, si pagano bene.

Per questo, grazie al suo lavoro, Elsa era la ragazza nubile più ricca di tutto il circondario. Sposarla avrebbe significato poter condurre una vita da signore, eppure nessuno sembrava interessato a farlo.

Quando la incrociavano, i ragazzi di Roccachiara abbassavano la testa, o cambiavano strada. Nemmeno i poveracci, figli di contadini o di pastori, la degnavano di considerazione. Preferivano sposare le altre, serve o contadine, piuttosto che doversi legare per l'eternità a una che poteva avvelenarti da un momento all'altro, una che si diceva sognasse il futuro e riuscisse a sentire il sussurro dei morti.

Certo, loro non credevano a quelle cose, però era meglio non rischiare.

Così, per via dei suoi doni e delle voci che giravano sul suo conto, Elsa era destinata a restare zitella per sempre.

La vecchia Clara si disperava. In tutta Roccachiara, Elsa era l'unica della sua età a non essere nemmeno fidanzata. Persino quella storpia della figlia del sarto, persino lei era riuscita a trovare uno che di lì a breve se la sarebbe sposata.

Elsa no. Elsa non la voleva nessuno.